BASTEI
LÜBBE

CHRISTOPHER PIKE IM TASCHENBUCH-PROGRAMM:

74 001 Die Mitternachtsfreunde
74 002 Laras letzte Party
74 003 Gefährliche Rendezvous
74 004 Die ewige Feindin
74 005 Nachrichten aus der Zukunft
74 006 Der blonde Vampir, Teil 1
74 007 Der blonde Vampir, Teil 2
Schwarzes Blut
74 008 Todesmelodie
74 009 Der schwarze Dom
74 010 Der blonde Vampir, Teil 3
Der rote Würfel
74 011 Legende der Angst
74 012 Gestohlene Träume
74 013 Tod eines Engels, Teil 1
74 014 Sati
74 015 Mexikanischer Alptraum
74 016 Tod eines Engels, Teil 2
Das nächste Opfer

CHRISTOPHER PIKE

Tod eines Engels: Das nächste Opfer

Unheimlicher Thriller

Ins Deutsche übertragen von Monika Ohletz

BASTEI LÜBBE

BASTEI-LÜBBE-TASCHENBUCH
Band 74 016

Erste Auflage: Dezember 1997

Deutsche Lizenzausgabe 1997 by Bastei-Verlag
Gustav H. Lübbe GmbH & Co., Bergisch Gladbach
Originaltitel: Final Friends: The Dance
Lektorat: Karin Schmidt
Titelbild: Jan Balaz
Umschlaggestaltung: QuadroGrafik, Bensberg
Satz: Fotosatz Steckstor, Rösrath
Druck und Verarbeitung:
Ebner, Ulm
Printed in Germany

ISBN 3-404-74016-5

EINFÜHRUNG

In Band eins der Serie ›TOD EINES ENGELS‹ kommt eine Schülerin der Oberklasse, Jessica Hart, nach den Sommerferien eine Woche zu spät in die Schule zurück. Ihre alte High-School ist geschlossen worden, und Jessica geht jetzt auf die Tabb High.

Dort hat sie kein Schließfach mehr für sich allein, sondern muß sich eines mit einem Jungen namens Michael Olson teilen. Obwohl sie ihn sehr nett findet, sieht sie in ihm eher einen guten Freund, Michael jedoch verliebt sich sofort in Jessica. Michael ist schon von Anfang an auf die Tabb High gegangen und gilt als der intelligenteste Kopf der Schule, während Jessica zu den attraktivsten Schülerinnen gehört.

Die drei besten Freundinnen Jessicas sind ebenfalls neu in der Tabb: Sara Cantrell, Polly McCoy und Pollys jüngere Schwester Alice. Von diesen dreien ist Sara das interessanteste Mädchen: ebenso clever wie selbstbewußt, worin sie manchmal etwas übertreibt.

Polly dagegen ist ziemlich neurotisch und leidet unter ihrem geringen Selbstwertgefühl.

Jessica mag Alice am liebsten, ein süßes Mädchen mit einer besonderen Begabung zum Malen.

Alice hat einen seltsamen Freund, Clark. Weder Jessica noch Sara wissen viel über ihn, außer, daß er vorher mit Polly zusammen war.

Aus Spaß tragen Jessica und Polly Saras Namen in die Kandidatenliste für den Schülerrat ein. Am selben Nachmittag soll eine Schülervollversammlung stattfinden, während der alle Kandidaten eine kurze Rede halten müssen.

Michael verbringt die vierte Stunde mit seinem Freund Bubba.

Beide Jungen sind als hochbegabt eingestuft und arbeiten im Rahmen einer besonderen Förderung während dieser Zeit an selbstgewählten Projekten.

Bubba ist die kleinere, dicke Version von James Bond:

Alles läuft bei ihm nach Wunsch, und zwar auf jedem Gebiet, auch in der Liebe.

Aber Bubba ist sich nicht zu schade für billige Tricks und kleine Betrügereien. Er stiehlt Computercodes aus dem Verwaltungsbüro der Schule und zeigt Michael, wie er bestimmte Schulakten damit manipulieren kann.

Zu Bubbas Ärger platzt aber Alice herein, als Michael gerade mit den Codes arbeitet, die Bubba gestohlen hat. Bubba verlangt von Alice das Versprechen, die Sache für sich zu behalten, aber Alice lacht nur über seine Angst.

Obwohl Michael und Alice gute Freunde sind, weiß Michael nichts von Alices Freundschaft zu Jessica, und diese ahnt auch nicht, daß Michael und Alice sich so gut kennen.

Michael und Jessica sind die beiden wichtigsten Menschen in Alices Leben, und Alice hat sie absichtlich nicht miteinander bekannt gemacht, weil sie sie einander ›zur richtigen Zeit‹ vorstellen will.

Diese ist jetzt gekommen. Alice nimmt Michael das Versprechen ab, sie an diesem Abend beim Football-Spiel zu treffen, und sagt ihm, daß sie ein Mädchen kennt, in das er sich sofort verlieben wird.

Michael merkt nicht, daß Alice von Jessica spricht.

Während der Versammlung am Nachmittag wird Saras Name aufgerufen, und Jessica und Polly drängen sie so lange, bis sie wirklich eine Rede hält. Darin erklärt sie, daß sie nicht kandidiert, und macht gleichzeitig alle Kandidaten lächerlich. Später wird sie mit überwältigender Mehrheit zur Schülersprecherin gewählt.

Ein anderer Neuling in der Tabb High ist Nick Grutler, ein ehemaliges Bandenmitglied aus einem der gewalttätigsten Viertel von Los Angeles. Nick ist groß, schwarz und stark, und er ist sehr schüchtern.

Während einer Sportstunde im Kraftraum wird Nick von einem engstirnigen Jungen, der ›The Rock‹ genannt wird, in einen Streit und einen darauffolgenden Kampf verwickelt. Nick macht kurzen Prozeß mit seinem Gegner, doch später wird er nur durch die Einmischung von

Russ Desmond, einem sehr guten Langstreckenläufer, nicht der Schule verwiesen.

Als er am selben Nachmittag das Schulgelände verlassen will, trifft er Maria Gonzales, ein stilles Mädchen aus Mittelamerika. Maria leiht Nick einen Vierteldollar für eine Coke, und sie unterhalten sich so nett, daß Nick hinterher richtig verwirrt ist: Bisher haben ihn alle nur mit Verachtung behandelt.

Als Sara etwa um die gleiche Zeit die Schule verlassen will, läuft sie aus Versehen Russ Desmond genau vor die Füße, der gerade ein Cross-Country-Rennen läuft. Bei dem anschließenden Zusammenstoß wird Sara in die Büsche geschleudert. Russ hilft ihr aufzustehen, und Sara ist sofort beeindruckt von seinem athletischen Körper und seiner Gelassenheit.

Später überreden Jessica und Sara Polly dazu, Alices Idee von einer Party zu verwirklichen, bei der sich die alten und neuen Schüler der Tabb High kennenlernen können.

Polly ist zuerst hin und her gerissen, denn die Party müßte bei ihr zu Hause stattfinden. Jessica möchte gern, daß die Party stattfindet, weil sie dazu Bill Skater, den gutaussehenden Quarterback der Football-Mannschaft, einladen könnte.

Anders als die Mädchen, die alle aus reichen Elternhäusern stammen, muß Michael jeden Tag in einem Ladenlokal arbeiten, um seine geschiedene Mutter zu unterstützen. Er ist gerade im Laden, als Nick nach einem anstrengenden Nachmittag auf der Suche nach einem Job hereinstolpert.

Nachdem er ihm einen Probeauftrag gegeben hat, bietet Michael Nick an, im Laden zu arbeiten. Gleich darauf werden sie überfallen, aber alles ist nur ein ›Spaß‹ von Kats.

Michael kennt Kats vor allem durch Bubba. Kats ist ein paar Jahre älter als er und ist auch in der Tabb High gewesen, hat aber den Abschluß nicht geschafft.

Jetzt arbeitet er als Tankwart, will zu den ›Marines‹,

einer Eliteeinheit der Armee, und ist das, was man als den klassischen Verlierer bezeichnen würde.

Während des gespielten Überfalls benutzt er einen echten Revolver, worüber Michael sehr wütend ist. Kats sammelt Waffen und hegt eine heimliche Leidenschaft für Alice McCoy.

Michael und Nick kommen an diesem Abend während der Halbzeitpause zum Footballspiel und treffen am Tor Alice und deren Freund Clark.

Alice überredet Clark, auf sie zu warten, während sie auf der Suche nach dem Mädchen davonstürzt, von dem sie Michael erzählt hat. Michael unterhält sich ein paar Minuten lang mit Clark und findet ihn sehr eigenartig, ja sogar beängstigend seltsam.

Alice kann Jessica nicht finden, aber Michael trifft sie seinerseits und merkt bald, daß sie das Mädchen ist, von dem Alice gesprochen hat. Weil ihm aber ihr Interesse an Bill Skater nicht verborgen bleibt, verschweigt er ihr diese Tatsache.

Das hübscheste Mädchen der ganzen Schule ist eine Cheerleaderin namens Clair Hilrey. Bubba hat beschlossen, daß sie seine Freundin werden soll. Mit Hilfe seiner bemerkenswerten Überredungskünste erreicht er, daß Clair zustimmt, am folgenden Samstag mit ihm auszugehen.

Außerdem gefällt ihm Sara sehr gut, in der er seine verwandte Seele sieht.

Ebenfalls während der Halbzeitpause stößt Polly auf den betrunkenen Russ, der versucht, den Baum zu fällen, unter dem sich immer die Sportler versammeln: Er hat sein Rennen verloren und ist deswegen aus dem Cross-Country-Team ausgeschlossen worden.

Weil er Polly für Sara hält, läßt er sich von ihr nach Hause bringen. Polly behält seine Axt und verliebt sich in ihn, und zwar aus dem gleichen Grund wie vorher bei Clark: weil er ihr zumindest ein bißchen Aufmerksamkeit schenkt.

Am darauffolgenden Montag versuchen Michael und

Nick, sich mit Jessica und Maria zu verabreden. Aber bevor Michael Jessica fragen kann, lädt sie ihn ein. Jessica hat Schwierigkeiten in Chemie und hofft, daß er ihr Nachhilfestunden geben kann.

Dadurch, daß sie Michael zuvorkommt, erfährt sie nichts über seine Gefühle für sie. Sie sieht in ihm weiterhin einen guten Freund.

Nick hat mehr Erfolg mit seiner Einladung und verabredet sich mit Maria für den folgenden Samstag.

Der große Abend ist da: Jessica hat versucht, ein bißchen Schicksal zu spielen, und Russ überredet, mit Sara auszugehen. Sara erzählt sie jedoch, die Verabredung sei seine Idee gewesen.

Natürlich muß Jessica, als sie mit Michael unterwegs ist, bei Russ anrufen, um ihn daran zu erinnern, daß Sara auf ihn wartet, denn Russ scheint die ganze Sache völlig vergessen zu haben.

Michael und Jessica, Nick und Maria, Bubba und Clair sowie Russ und Sara treffen sich später an diesem Abend zufällig vor dem Kino. Alle amüsieren sich gut, außer Sara, die explodiert, weil Russ sie bittet, den Eintritt für den Film zu bezahlen. Als sie auch noch merkt, daß Jessica Russ überredet hat, mit ihr auszugehen, läuft sie vor Scham davon.

Der große Abend endet damit, daß Michael Sara und Jessica zu Jessica nach Hause bringt. Michael gibt Jessica – zu ihrer großen Enttäuschung – keinen Abschiedskuß. Jessica würde immer noch gern Bill Skater besser kennenlernen, ist aber schon dabei, sich in Michael zu verlieben. Doch er weiß nichts davon.

Schließlich ist der Abend der Party gekommen, und die halbe Schule trifft sich im Haus der McCoys. Polly wird fast verrückt bei dem Versuch, alle Gäste zu versorgen. Sie streitet sich mit Alice, weil sie glaubt, daß Alice sie angelogen und Clark zu der Party eingeladen hat, aber ihre kleine Schwester schwört, daß sie an diesem Tag nicht einmal mit Clair gesprochen hat. Tatsächlich hat Polly ihn auch noch gar nicht im Haus gesehen. Die ganze Sache scheint ziemlich verwirrend – aber Polly hat auch einen Grund, verwirrt zu sein: Sie berührt aus Versehen mit ihrem nassen Finger ein freiliegendes Stromkabel und bekommt einen elektrischen Schlag.

Der Abend gestaltet sich recht interessant: Jessica flirtet mit Bill, und Michael will deprimiert nach Hause fahren. Bubba flirtet mit Clair, und Clair versucht, Bill ins Bett zu bekommen. Kats versucht, bei Alice zu landen, und Polly versucht das gleiche bei Russ. ›The Rock‹ demütigt Nick im Swimmingpool, woraufhin Nick ihn fast ertränkt. ›The Rock‹ versucht, sich an Nick zu rächen, wird aber von Polly dadurch gestoppt, daß sie ihm Chlorpulver in die Augen schüttet.

Irgendwann geht die Party zu Ende, und nur die Hauptpersonen befinden sich noch im Haus: Michael, Jessica, Sara, Maria und Nick sitzen im Wohnzimmer, Polly ist draußen am Swimmingpool. Die anderen sind irgendwo in der Nähe.

Plötzlich steht Nick auf, um zur Toilette zu gehen. Jessica rät ihm, ins obere Stockwerk zu gehen.

Auf dem Weg zur Treppe sieht er Bill in der Küche, über die Spüle gebeugt und allem Anschein nach ziemlich wütend.

Oben bemerkt Nick Kats auf der Veranda im zweiten Stock. Nick geht während seiner Suche nach einer Toilette an mehreren geschlossenen Türen vorbei; in einem Raum hört er Wasser rauschen, in einem anderen glaubt er jemanden schluchzen zu hören. Aber er betritt keinen der Räume, bis er zum letzten Zimmer auf der linken Seite gelangt. Die Tür steht weit offen, das Licht funktioniert nicht.

Nick stolpert in den Raum, findet einen kleinen Waschraum, benutzt die Toilette, verläßt diese und den großen Raum wieder und geht durch den Flur zur Treppe zurück.

Er will gerade die Stufen hinuntergehen, als der Knall eines Schusses durchs Haus hallt.

Instinktiv rennt Nick die Treppe hinunter und stößt

mit Maria zusammen, die genau in die entgegengesetzte Richtung läuft.

Michael, Sara, Jessica und Polly treffen oben an der Treppe Maria und Nick. Gemeinsam betreten sie den dunklen Raum am Ende des Flures und machen eine Nachttischlampe an.

Kats, Bill, Bubba, Clair und ›The Rock‹ erscheinen – in dieser Reihenfolge – hinter ihnen.

Auf dem Boden liegt, in einer Blutlache, mit einem Revolver im Mund und einem Loch im Hinterkopf, Alice.

Sie begraben Alice ein paar Tage später. Alle nehmen an, es sei ein Selbstmord gewesen, aber Michael weiß, daß seine kleine Freundin sich niemals umgebracht hätte.

Als Jessica in diesem Punkt anderer Meinung ist, schreit er sie an und macht dadurch sich selbst und auch sie unglücklich.

Der erste Band endet mit Michaels Schwur, Alices Mörder zu finden – koste es, was es wolle.

1. KAPITEL

»Ich kann in der Schule keine Brille tragen«, erklärte Jessica Hart. »Damit würde ich ja aussehen wie ein Clown!«

»Aber ohne kannst du nichts sehen«, wandte Dr. Baron ein.

»Das ist mir egal! In der Tabb High gibt es sowieso nichts Besonderes zu sehen. – Ich trage sie nicht.«

Die Untersuchung war vorüber. Jessica saß neben ihrer besten Freundin Sara Cantrell auf einem harten Holzstuhl vor dem riesigen Schreibtisch von Dr. Baron. Sie war schon als Kind zu dem schlanken Mann mit dem freundlichen Gesicht, den schönen grauen Augen und den immer sorgfältig gekämmten Haaren gegangen, und der Arzt hatte sich in all den Jahren kaum verändert. Leider war auch seine Diagnose noch die gleiche: Ihre Augen wurden immer schlechter.

»Jessie«, warf Sara ein, »sogar mit deiner alten Brille hättest du auf dem Weg hierher beinahe dieses Kind auf dem Fahrrad überfahren!«

»Welches Kind?« fragte Jessica erstaunt.

»Ich gebe es auf!« murmelte Sara.

Mit der gleichen Geduld, wie er sie der sechsjährigen Jessie gegenüber bewiesen hat, die nicht durch sein Untersuchungsgerät blicken wollte, weil sie fürchtete, ihre Wimpern könnten an der Linse kleben bleiben, faltete Dr. Baron seine schlanken Hände auf seinem makellos sauberen Schreibtisch.

»Du wirst sicher angenehm überrascht sein, Jessie, wie viele hübsche Gestelle wir seit deiner letzten Untersuchung hereinbekommen haben! Brillen sind neuerdings richtig in Mode gekommen. – Denk doch nur mal daran, daß viele Models sie inzwischen sogar auf den Titelseiten tragen!«

Die Models auf den Covers brauchen sich auch keine Sorgen darum zu machen, ob sie wohl zu Ballköniginnen gewählt werden, dachte Jessica. »Und wenn ich es noch mal mit Kontaktlinsen versuche? Ich weiß, daß meine Augen beim letzten Mal schlecht darauf reagiert haben, aber vielleicht wäre es diesmal anders!«

»Beim letzten Mal hast du dich immer beschwert, wenn du die Dinger einsetzen mußtest«, meinte Sara.

»Das stimmt nicht. – Ich hab' mir nur keine Zeit gegeben, mich daran zu gewöhnen!« erwiderte Jessica.

»Es gibt Menschen mit überempfindlichen Augen«, sagte Dr. Baron. »Es sind nicht viele, weniger als einer von hundert. – Ihre Augen fangen beim kleinsten bißchen Staub oder Rauch an zu tränen – und du bist einer von diesen Menschen, Jessie. Du brauchst eine Brille, und du mußt sie immer tragen!«

»Und wenn ich mich im Unterricht immer in die vordere Bank setze?«

»Das tust du doch schon«, erinnerte Sara die Freundin.

»Aber wenn ich sie im Unterricht trage und danach absetze, wenn ich essen gehe und so?«

Dr. Baron schüttelte den Kopf. »Wenn du erst einmal damit anfängst, nimmst du sie auch nach jeder Stunde ab und setzt sie zur nächsten wieder auf. Deine Augen müssen sich ständig neu anpassen, und das ist sehr ermüdend. Nein, du bist nun einmal kurzsichtig, damit mußt du dich abfinden.« Er lächelte ihr aufmunternd zu. »Außerdem bist du doch eine außergewöhnlich hübsche junge Dame, und eine Brille wird sicher nichts daran ändern, wie andere dich sehen!«

Sara kicherte. »Genau, Brillenschlange!«

»Nur zu – immer frisch drauflos!« murmelte Jessica finster. Bis zum Ball waren es nur noch zwei Wochen, und sie zweifelte langsam daran, daß sie hübsch war, geschweige denn ›außergewöhnlich hübsch‹.

Ohne die stechenden Kopfschmerzen, die sie jeden Tag nach der Schule überfielen und von denen sie wußte, daß sie durch ihre übermüdeten Augen ausgelöst wurden, wäre sie niemals jetzt schon zur Untersuchung gegangen. Sie hätte ganz einfach bis nach dem Ball gewartet;

aber nun saß sie in der Falle, denn Sara würde ihr sicher ständig damit in den Ohren liegen, daß sie ihre Brille aufsetzen sollte!

»Eins verstehe ich nicht«, sagte sie. »Warum sind meine Augen in den letzten Monaten so rapide schlechter geworden? Ich meine, ich hab' doch hoffentlich keine Krankheit, die mich irgendwann blind werden läßt?«

»Nein, ganz bestimmt nicht!« beruhigte Dr. Baron sie. »Aber es kommt vor, daß sich die Sehfähigkeit in anstrengenden Zeiten schneller verschlechtert.« Er zog fragend eine Augenbraue hoch. »Hast du in letzter Zeit sehr unter Druck gestanden?«

Die Erinnerung an Alices Tod überfiel Jessica schon beim geringsten Anlaß und überrollte sie wie eine erdrückende Woge. Rote Lippen um den Lauf eines schwarzen Revolvers ... Rote Blutstropfen in hellblondem Haar ... Geschlossene Augen, für immer geschlossen ...

Jessica senkte den Kopf, massierte ihre Schläfen und fühlte nach ihrem Puls.

Schwer vorzustellen, daß sie diese Bilder jemals würde vergessen können! Das letzte Mal hatte Alice sie zu Dr. Baron begleitet.

»Ja«, sagte sie leise.

Der freundliche Arzt schlug vor, sie solle sich die Gestelle im Nebenraum ansehen, während er den nächsten Patienten untersuchte. Jessica tat es ohne große Begeisterung und entschied sich schließlich für ein etwas zu großes braunes Modell, das nach Saras Meinung gut zu ihrem dunklen Haar und den braunen Augen paßte. Bevor sie gingen, erschien Dr. Baron noch einmal und versprach, daß die Brille am folgenden Montag fertig sein würde – in nur vier Tagen. Normalerweise dauere es vier Wochen, betonte er.

Jessica bedankte sich dafür, daß er sich soviel Zeit für sie genommen hatte.

Polly hatte im Wagen auf sie gewartet – es war ihr eigener Wunsch gewesen. Sie wirkte jetzt oft seltsam teilnahmslos, und manchmal saß sie während der Lunchpause allein unter einem Baum auf dem Schulhof und blickte den Wolken hinterher, bis es zum Unterricht schellte. Sie aß wie ein Vögelchen und hatte seit dem Tod ihrer Schwester Alice vor zwei Monaten zehn Kilo abgenommen.

Es war verrückt, aber sie sah besser aus als seit Jahren – solange man nicht zu tief in ihre Augen schaute, deren Blick in weite Ferne gerichtet schien, und überlegte, was wohl hinter ihrer Stirn vorgehen mochte. Jessica machte sich ständig Sorgen um sie, aber Polly erklärte beharrlich, es gehe ihr gut.

»Brauchst du eine neue Brille?« fragte sie jetzt und streckte sich auf dem Rücksitz, als Jessica hinter das Steuer schlüpfte und Sara die Beifahrertür aufmachte.

»Sie ist blind wie ein Maulwurf«, sagte Sara.

»Ich sehe ganz gut«, erklärte Jessica und ließ den Motor an. Sie ließ das Fenster geschlossen, denn es war Anfang Dezember, und nach einem schönen Spätsommer hatte sich die Sonne nun doch endgültig entschlossen, sich zu verabschieden. Im Norden über den Bergen sammelten sich schwere, graue Wolken, und im Wetterbericht war ein Sturm über der Wüste vorhergesagt worden. Während sie die Heizung anstellte, setzte Jessica den Wagen zurück und blickte sich um.

»Paß auf, da ist ein Kind auf einem Fahrrad!« rief Sara.

»Wo?« fragte Jessica, trat voll auf die Bremse und brachte den Wagen zum Stehen. Dann merkte sie, daß Sara sich nur einen Scherz erlaubt hatte. »Ich hätte sie sowieso sofort aufgesetzt«, sagte sie und zog ihre alte Brille aus ihrer Handtasche.

»Ich bezweifle ernsthaft, daß dich auf dem Heimweg auch nur einer deiner potentiellen Wähler sehen wird!« meinte die Freundin.

»Das ist nicht der Grund, warum ich sie nicht gern trage«, erwiderte Jessica. Sie setzte die Brille auf und seufzte, weil sie fand, daß sie ihre Nase im Rückspiegel viel länger erscheinen ließ.

»Ich hab' gehört, Clair Hilrey soll auch bei Dr. Baron in Behandlung sein«, meinte Sara.

»Wirklich?« fragte Jessica. In der Schule ging das Gerücht um, daß Clair Hilrey und sie die besten Aussichten hatten, zur Ballkönigin gewählt zu werden. Die Ergebnisse der Kandidatenwahl für den Hofstaat sollten aber erst am nächsten Tag, einem Freitag, veröffentlicht werden. Und wenn sie nun beide nicht in den Hofstaat gewählt wurden?

Das wäre eine Katastrophe! dachte Jessica.

Sara nickte ernsthaft. »Er hat Clair blaue Kontaktlinsen verschrieben, damit ihre Augen leuchten wie der Morgenhimmel!«

Jessica machte eine ärgerliche Handbewegung. »Sei bloß still!«

Sara lachte und Polly ebenfalls, obwohl Jessica bezweifelte, daß ihr wirklich nach Lachen zumute war.

Sie fuhren los. Sara wollte zur Bank, um Geld vom Schulkonto zu holen; sie brauchte Bargeld, um, wie sie sagte, die Band zu bezahlen, die auf dem Ball spielen sollte.

Vor einem Monat hatte sie in ihrer Eigenschaft als Schülersprecherin einen Autohändler geschickt dazu überredet, der Schule im Austausch für kostenlose Werbung im Jahrbuch und der Schülerzeitung einen Wagen zu stiften.

Dieser Wagen war der Hauptpreis in einer Tombola gewesen, mit deren Hilfe Geld für die außerschulischen Aktivitäten gesammelt werden sollte. Die Tombola war ein großer Erfolg gewesen, und Sara konnte jetzt über mehrere tausend Dollar verfügen, um den Homecoming-Ball zu finanzieren.

Jessica hatte jedoch keine Lust, zur Bank zu fahren. Sie bekam schon wieder Kopfschmerzen, und außerdem mußte sie dringend jemanden besuchen.

Fast ohne ein weiteres Wort setzte sie die Freundinnen

bei Sara zu Hause ab – Sara konnte Polly jederzeit heimfahren, denn sie hatte endlich ihren Führerschein wiederbekommen, und sie war neuerdings Polly gegenüber sehr hilfsbereit.

Alles ist plötzlich anders geworden, dachte Jessica. Aber das Leben ging weiter – sie wußte, daß es so sein mußte.

Sie hatte zwei volle Monate lang um Alice getrauert, war jeden Tag nach der Schule direkt nach Hause gegangen und hatte die meiste Zeit in ihrem Zimmer verbracht, ohne Musik zu hören oder fernzusehen. Sie hatte nur geweint – und jetzt hatte sie genug davon.

Alice war fort, das war das Schrecklichste, was hatte geschehen können – aber Jessica Hart lebte. Sie fühlte das Bedürfnis, sich wieder Gedanken über ihr Aussehen zu machen, darüber, ob Bill Skater sie begehrenswert fand, und über die Frage, ob sie wohl in der nächsten Chemiearbeit die nötige Punktzahl erreichen würde.

Sie mußte wieder anfangen zu leben. Doch bevor sie all diese Dinge tun konnte, mußte sie zuerst einmal eine Brücke über die Kluft schlagen, die sich zwischen Michael Olson und ihr aufgetan hatte. Es wurde höchste Zeit, daß sie miteinander redeten!

Sie hatte seine Adresse aus dem Telefonbuch herausgesucht, denn sie wollte ihn lieber zu Hause besuchen, als in der Schule mit ihm zu sprechen. Dort sah sie ihn sowieso nur sehr selten.

Er kam und ging, sagte ›Hallo‹ und ›Bis dann‹; sie hoffte, daß er in seiner eigenen Umgebung etwas aufgeschlossener sein würde.

Mit Hilfe eines Stadtplans fand sie die Adresse und parkte etwa hundert Yards oberhalb des weißen Hauses mit der Stuckfassade. Die späte Nachmittagssonne versteckte sich hinter den vorbeiziehenden Wolken und kam wieder hervor. Jessica blickte sich um: uralte Autos, aus denen Öl auf den rissigen Teerbelag der Einfahrten tropfte; von Unkraut überwucherte Hinterhöfe statt gepflegter Gärten mit Swimmingpools ... Sie gehörte nicht hierher, und bei dieser Erkenntnis stieg ein leises Gefühl von Scham in Jessica auf: Die Annehmlichkeiten ihres Daseins bedeuteten ihr einfach zuviel!

Michaels Garage stand offen, aber sein Wagen war nicht da.

Sie überlegte kurz, ob er wohl zur Arbeit gefahren war, doch dann fiel ihr ein, daß er donnerstags immer frei hatte. Sie beschloß zu warten.

Nachdem sie sich einen Pullover übergezogen hatte, holte sie das Übungsbuch für den Abschlußtest hervor. Die richtige Prüfung sollte am Samstag der folgenden Woche stattfinden; trotz all ihrer Anstrengungen war Jessica gerade so weit, daß sie die tausend-Punkt-Marke überschritten hatte. Für einen durchschnittlichen College-Anwärter war das ein ganz respektables Ergebnis, aber als zukünftige Stanford-Studentin – die sie in einem Jahr sein wollte – stand sie damit am unteren Ende der Skala. Ihr Problem dabei war der mathematische Teil. Sie war zwar imstande, die gestellten Aufgaben zu lösen, aber es gelang ihr einfach nicht, das schnell genug zu tun!

Sie geben uns von klein auf Taschenrechner in die Hand und nehmen sie uns weg, wenn wir sie gerade am dringendsten brauchen, dachte Jessica. Sie nahm einen Bleistift und stellte die Uhr an ihrem Armaturenbrett. Dann nahm sie sich vor, die Mathematiktests durchzugehen, bis Michael kam.

Während des dritten Durchgangs legte sie ein kleines Schläfchen ein, aber als Michael Olson ein paar Stunden später seinen alten Toyota in die Garage fuhr, war sie immer noch da.

Sie blieb jedoch einfach sitzen und beobachtete, wie er ausstieg und einen Moment im rötlichen Abendlicht stehenblieb, um sich zu strecken, bevor er im Haus verschwand.

Jessica dachte an den Nachmittag vor acht Wochen, als er sie dafür verwünscht hatte, daß sie glaubte, Alice habe sich selbst umgebracht. Und sie dachte an ihre Unfähigkeit, sich zu verteidigen und ihm zu erklären, warum es so gewesen sein mußte.

Plötzlich hatte sie Angst, ihm gegenüberzutreten. – Aber sie fuhr nicht los, sondern saß einfach da und starrte auf das weiße Haus, in dem er wohnte.

2. KAPITEL

»Wieviel Bargeld hast du geholt?« erkundigte sich Polly, als Sara nach einem kurzen Aufenthalt in der Bank zum Wagen zurückkam.

»Drei hübsche Tausender«, erwiderte Sara, schloß die Fahrertür, stellte ihre Tasche ab und betätigte die Zündung. Sie benutzte aus Prinzip nie den Sicherheitsgurt, denn sie war davon überzeugt, daß ihr Wagen bei einem schlimmen Unfall sofort in Flammen aufgehen würde. Sie war so ein Katastrophentyp, und das letzte, was sie wollte, war, dann in ihrem Sitz festgeschnallt zu sein. »Ich muß die Band bezahlen, außerdem den Lebensmittelhändler und den Zirkusmenschen, der uns das Zeltdach leiht.«

Der Homecoming-Ball wird dieses Jahr einmal ganz anders werden, dachte Sara zufrieden, und viel besser als sonst. Sie beglückwünschte sich wie schon so oft insgeheim dafür, daß sie zu Beginn des Schuljahres darauf bestanden hatte, das Fest bis zur Basketballsaison zu verschieben. So hatte sie Zeit gehabt, das nötige Geld für eine richtige Feier zusammenzubekommen, die diesen Namen auch verdiente und an der jeder für wenig Geld teilnehmen konnte – statt eine steife Party zu veranstalten, an der teilzunehmen sich nur wenige leisten konnten. Der Ball sollte im Anschluß an das erste Heimspiel auf den Trainingsfeldern im Freien stattfinden. Als Sara dem Schülerrat diese Idee zum erstenmal unterbreitet hatte, hatten sie ihr alle einmütig geantwortet, sie sei komplett verrückt geworden.

»Wir kommen jeden Tag in diese verdammte Schule«, hatte ihre ebenso hübsche wie zickige Stellvertreterin Clair Hilrey gesagt, »und wir können eine so wichtige Veranstaltung wie die Krönung der neuen Homecoming-Queen unmöglich zwischen der verrotteten Turnhalle und dem stinkenden Kraftraum abhalten!«

Natürlich hatte diese Reaktion Sara nur darin bestärkt, daß ihre Idee gut war. Aber es gab tatsächlich ein paar Probleme: Wenn es nun zum Beispiel an dem Abend regnete, an dem der Ball stattfinden sollte? Genausoviel Grübelei kostete sie der Gedanke, wie sie eine feierliche Atmosphäre schaffen sollte, wenn um sie herum nichts als Dunkelheit war.

Und genau an diesem Punkt war ihr der Einfall gekommen, ein riesiges Zelt zu mieten. Einfach genial! Auf diese Weise konnten alle Schüler kommen, egal ob mit oder ohne Partner. Und sie konnten es so dekorieren, wie sie wollten, und eine Liveband so laut spielen lassen, wie es ihnen gefiel.

Clair hatte zwar laut dagegen protestiert, genau wie die anderen sogenannten ›Neinsager‹ im Rat. Aber die restlichen Anwesenden, die nicht damit rechneten, zu dem Ball eingeladen zu werden, hatten ihrem Vorschlag zugestimmt, und das hatte Sara genügt. Sie hatte nicht einmal darüber abstimmen lassen, sondern einfach mit den Vorbereitungen begonnen.

»Hast du das Geld nur mit deiner eigenen Unterschrift bekommen?« fragte Polly.

»Nein, es ist ja ein Gemeinschaftskonto«, erwidert Sara. »Ich brauche auch die Unterschrift des Schatzmeisters. Bill Skater hat mir heute nachmittag einen Scheck unterschrieben.«

»Wahrscheinlich, bevor du die Summe eingetragen hattest, stimmt's?«

»Wo ist das Problem?« gab Sara hitzig zurück, doch dann fiel ihr wieder ein, daß sie sich geschworen hatte, nett zu Polly zu sein, bis die Freundin ganz über Alices Selbstmord hinweggekommen war.

Polly wandte sich ab und spielte nervös mit einer ihrer Locken herum. Außer einer grauen Strähne, die plötzlich neben ihrem rechten Ohr erschienen war, sah sie – nach Saras ehrlicher Meinung – einfach überwältigend sinnlich aus. Warum bezahlten die Leute Unsummen für Brustimplantate? Wahrscheinlich half es genausogut, sich ein paar Monate lang vollzustopfen und dann eine Diät einzulegen!

»Ich hab' ja nur gefragt«, sagte Polly jetzt besänftigend. »Es ist einfach sehr gefährlich, soviel Geld mit sich herumzutragen. Wenn du alles per Scheck bezahlst, bekommst du auch eine Quittung.«

»Das weiß ich«, antwortete Sara geduldig. »Aber nimm zum Beispiel die Band: Keiner von denen wird das Geld versteuern wollen. So kann ich ihnen mit den Scheinen vor der Nase herumwedeln und ihnen sagen, sie sollen mir ein gutes Angebot machen. Und genau das werden sie tun!«

»Ist das nicht verboten?«

»Keine Ahnung. Aber wen interessiert das schon? Ach, übrigens, hat dieser Ingenieur in eurem Unternehmen inzwischen die Pläne für den Rollwagen fertig?«

Ein weiterer Vorteil des Zelts bestand nach Saras Meinung nämlich darin, daß man nur eine Plane zur Seite zu ziehen brauchte und eine spezielle Plattform für die Krönung hereinfahren lassen konnte.

Die alte Sitte, die Prinzessinnen in Begleitung ihrer Väter im Wagen auf der Bahn um das Footballfeld herumfahren zu lassen, war ihr gelinde gesagt zu altmodisch erschienen. Sie hatte sich eine Plattform mit einem Schloß darauf vorgestellt, dessen höchsten Turm die Königin nach dem Öffnen des geheimen Umschlags besteigen sollte. Die Idee hatte sie aus einem MTV-Video geklaut.

»Du meinst Tony?« sagte Polly. »Ja, er hat letzte Woche angerufen, um zu sagen, daß die Pläne fertig sind. Er meinte, er könnte einen der Lastwagen der Firma benutzen, um es darauf zu bauen.«

»Klasse!« Endlich ein Posten, für den sie kein Geld ausgeben mußten!

»Es muß zum Zelt geschleppt werden«, fuhr Polly fort. »Tony hat gesagt, wir werden einen guten Fahrer brauchen, weil man nicht viel sehen kann und die Plattform nicht sehr stabil sein wird!«

»Gut – ich überlege mir, wer dafür in Frage kommt!« erwiderte Sara.

»Aber bitte laß mich aus dem Spiel!« meinte Polly hastig.

»Okay.«

»Wirklich?«

»Kein Problem!«

Polly lehnte sich erleichtert zurück. »Gut!«

Sara warf ihr einen forschenden Blick zu und stieß einen tiefen Seufzer aus. Es hatte keinen Sinn, sich etwas vorzumachen: Polly würde nie über Alices Tod hinwegkommen – und sie und alle anderen genausowenig. Sara hatte nicht einmal Jessica erzählt, daß sie es nicht mehr ertragen konnte, allein zu sein. Manchmal fürchtete sie, irgendein kranker Gedanke würde plötzlich von ihr Besitz ergreifen, wie ein Dämon, der ihr etwas einflüsterte. Und dann würde sie ein Messer oder vielleicht eine Rasierklinge nehmen und sich eine Ader aufschneiden und genauso bluten wie Alice ...

Aber sie war nicht selbstmordgefährdet und war es auch nie gewesen. Sie hatte keine Eile, diese Welt zu verlassen, doch sie hätte viel dafür gegeben, Alice noch einmal zu sehen, selbst wenn es nur für ein paar Minuten gewesen wäre. Zwei lange Monate waren vergangen, und ihr Kummer schmerzte immer noch wie eine frische Wunde!

Als sie wieder losfahren wollte, stellte sie fest, daß der Bankangestellte vergessen hatte, den neuen Kontostand in das Sparbuch des Schülerrats einzutragen. Ein kurzer Sprint zurück in die Bank, und der Fehler wurde behoben.

Auf dem Weg zu Pollys Haus unterhielten sie sich über Pollys Tante, die gleichzeitig ihr Vormund war. Die arme alte Frau hatte einen leichten Herzanfall erlitten, als sie von Alices Tod erfahren hatte, und war erst kürzlich wieder nach Hause gekommen. Tagsüber, während Polly in der Schule war, kümmerte sich eine Krankenschwester um sie, aber den Rest der Zeit über war es Polly selber, die für sie kochte, ihr den Rücken massierte und ihr ins Badezimmer half.

Sara bewunderte zwar Pollys liebevollen Einsatz, aber sie verstand nicht ganz, warum die Freundin – bei all dem Geld, das sie besaß – nicht rund um die Uhr eine Hilfe einstellte; so hätte sie eine Menge Schlaf mehr bekommen.

Nachdem sie Polly abgesetzt hatte, fuhr Sara noch zum Supermarkt – jedoch nicht zu irgendeinem. Dieser lag nur etwa sechs Meilen von ihrem Zuhause entfernt, war nicht gerade der sauberste und hatte einen Angestellten namens Russ Desmond. Sie hatte in der Schule – natürlich sehr vorsichtig – Erkundigungen darüber eingezogen, wo Russ arbeitete, und dies war schon ihr vierter Besuch.

Bei den drei vorangegangenen hatte er entweder freigehabt oder hinten im Lager gearbeitet.

Natürlich begegnete sie ihm auch fast jeden Tag in der Schule, aber als Schülersprecherin hielt sie es für unter ihrer Würde, ihm dort hinterherzulaufen.

Sie begann in der Gemüseabteilung und ging dann mit ihrer Tasche in der Hand durch alle Gänge, bis sie in der Fleischabteilung angekommen war, aber sie konnte ihn nirgends entdecken.

Enttäuschter, als sie es sich eingestehen wollte, machte sie sich auf den Weg zum Ausgang und hatte diesen schon fast erreicht, als sie sah, wie Russ eine Palette in die Abteilung für gefrorene Lebensmittel schob.

Er trug einen dicken, roten Pullover, orangefarbene Handschuhe und eine grüne Wollkappe, die einen aussichtslosen Kampf gegen sein dichtes braunes Haar ausfocht.

Wie gut er aussah!

Sara konnte nicht erklären, warum sie ihn so attraktiv fand. Die meisten Mädchen hätten wahrscheinlich gefunden, daß er ein zu kantiges Gesicht hatte und zu ungepflegt wirkte, um wirklich gut auszusehen, und im Grunde meinte sie das auch. Aber trotzdem wurden ihr immer die Knie weich, wenn sie ihn sah. Sie mochte seine kräftige Schulterpartie, seinen Gang, seine unbekümmerte Ausstrahlung ...

Doch sie hätte auch nicht den kleinsten Moment lang daran geglaubt, daß sie in ihn verliebt sein könnte. – Für eine solche Schwäche war sie viel zu cool!

Sie wollte, daß er auf sie aufmerksam wurde und sie zu sich rief. Wie eine ganz gewöhnliche Kundin durchstöberte sie die Truhe mit der Eiscreme und schob sich dabei immer weiter auf die Stelle zu, an der er gerade arbeitete.

Als sie nur noch ein kleines Stück von ihm entfernt war und er sie noch immer nicht bemerkt hatte, stieg leichter Ärger in ihr auf, und sie sprach ihn an.

»Hallo, Russ – bist du es wirklich?«

Er blickte auf. »Sara? Was machst du denn hier?«

Sie zuckte mit den Schultern. »Einkaufen. Arbeitest du hier?«

»Ja.«

»Das wußte ich ja gar nicht. Und dabei komme ich sehr oft hierher!«

»Tatsächlich? Ich hab' dich noch nie hier gesehen!«

»Ich bin auch nie sehr lange hier drin – rein und wieder raus, du weißt ja, wie das ist.«

»Ach ja?« Er wandte sich wieder der Palette zu, die er abladen mußte. Sie war mit Beuteln voller tiefgefrorener Karotten gefüllt.

»Was suchst du hier?«

»Wie bitte?«

»Was willst du kaufen?«

»Ach so – Dosenfleisch.«

»Gang dreizehn, im unteren Regal auf der rechten Seite. Magst du das Zeug etwa?«

»Na ja, es ist nicht so übel.«

»Ich hasse es!«

Sara ging es ebenso. »Ich finde die Dosen ganz schön.« Na, klasse, dachte sie und räusperte sich. »Gibt's bei dir was Neues?«

»Nein, und bei dir?«

»Oh, ich bereite nur gerade den Homecoming-Ball vor. Du weißt doch, daß ich Schülersprecherin bin, oder?«

»Ja, du hast mal so was gesagt«, erwiderte er.

»Der Ball ist schon in ein paar Wochen.« Das war ein Wink mit dem Zaunpfahl, denn sie hatte bisher noch niemanden, mit dem sie hingehen konnte. Doch es schien ihn wenig zu interessieren. Er war mit den Karotten fertig und machte mit den gefrorenen Broccoli weiter. »Ich gehe auf jeden Fall hin«, fügte sie hinzu.

»Ach ja?«

»Ja; ich muß schon deshalb hin, weil ich den Umschlag mit dem Zettel öffne, auf dem der Name der neuen Ballkönigin steht!«

Sie hielt kurz inne und schluckte, bevor sie fragte: »Gehst du auch?«

»Nein – wozu denn?«

»Um Spaß zu haben zum Beispiel! Wir haben eine tolle Band, die ›Keys‹. Ich habe sie vor ein paar Tagen spielen gehört, und sie machen sehr gute Tanzmusik. Tanzt du gern?«

»Manchmal schon – wenn ich betrunken genug bin.«

Sara wußte nicht, was sie darauf antworten sollte, denn Alkohol war auf dem Ball nicht erlaubt. Mindestens eine Minute lang stand sie nur da und fühlte sich vollkommen hilflos, während sie wieder und wieder die Aufschrift auf einer Tüte mit gefrorenem Blumenkohl las. *Inhalt: Blumenkohl,* wiederholte sie in Gedanken, während Russ das Gemüse zu Ende ablud. Dann begann er damit, die leeren Kästen einzusammeln, und verstaute sie auf seiner Palette.

»Ich muß wieder nach hinten«, sagte er.

»Okay«, erwiderte Sara.

Er lud sie nicht ein, ihn zu begleiten, aber sie folgte ihm trotzdem. Zum Glück war niemand anders dort, zumindest nicht in der Nähe des Kühlraums. Sara fand es unglaublich, wie kalt es durch die offene Tür strömte und wie Russ in dieser Kälte arbeiten konnte. Er begann seine Palette wieder zu beladen, und der Atem stand wie ein weißer Nebel vor seinem Gesicht.

Er war ein ausgezeichneter Arbeiter, immer in Bewegung, und seine Kondition schien hervorragend zu sein.

Sara fiel etwas ein, das sie ihn fragen wollte.

»Ich habe gehört, du bist ins CIF-Finale gekommen«, sagte sie. Es war extrem schwierig, sich für diese Schlußrunde der kalifornischen Schulwettkämpfe zu qualifizieren.

»Das ist doch nichts Besonderes«, erwiderte Russ und verschwand hinter mehreren hohen Stapeln von Kartons. Sara machte einen vorsichtigen Schritt in den Kühlraum hinein und bekam sofort eine Gänsehaut. Sie bemerkte eine große Axt, die an der Innenseite der mit Eis überzogenen Tür hing.

»Und ob es das ist«, rief sie und hängte ihre Tasche am Riemen über einen Haken. Dann legte sie ihre Handflächen gegeneinander. Sie konnte Russ nicht einmal sehen!

»Dafür qualifizieren sich doch viele!« antwortete er.

»Ja, aber ich wette, du gewinnst!« rief sie zurück.

»*Was?*«

Aus irgendeinem Grund war es ihr immer schon lächerlich erschienen, im Dunkeln laut zu rufen, besonders dann, wenn man sich wiederholte. »Ich habe gesagt, daß du bestimmt gewinnst!«

»Daran sieht man, wieviel du vom Geländelauf verstehst!« meinte er, als er mit Stapeln von Kartons auf dem Arm wieder auftauchte.

Das klang wie eine Beleidigung, dabei hatte sie ihn doch nur gelobt!

»Ein bißchen verstehe ich schon davon«, gab sie zurück; sie hatte seine Ergebnisse in der Zeitung genau verfolgt. Er hatte die letzten zehn Rennen gewonnen und dabei jedesmal seine Zeit verbessert.

»Sicher«, sagte er.

»Wirklich!« beharrte sie.

»Und was weißt du?«

»Daß du gewinnst, wenn du unter vierzehn Minuten läufst.«

Russ schnaubte verächtlich. »Natürlich würde ich mit einer Zeit unter vierzehn Minuten gewinnen. Aber das Finale findet unten in Newport statt, und zwar auf dem hügeligsten Kurs der Stadt. Da sind fünfzehn Minuten schon sehr gut!« Er ließ die Kartons auf die Palette fallen und murmelte fast unhörbar: »Ich gewinne bestimmt nicht!«

»Sag das nicht! Wenn du so denkst, kannst du nicht gewinnen!«

»Und wen interessiert das?«

»Wie meinst du das? Interessiert es dich denn überhaupt nicht? Macht es dir nichts aus, zu verlieren?«

»Nein!«

Sara begann vor Kälte zu zittern. Noch eine Minute in diesem Raum, und ihr Haar würde weiß sein. Aber gleichzeitig fühlte sie, wie ihr warm wurde – oder lag es an ihrem Ärger?

»Was sagst du da?«

»Das es mir egal ist.« Er zog seine Handschuhe aus und rieb seine Hände aneinander. »Es ist doch nur ein verdammtes Rennen.«

»Ein verdammtes Rennen? Immerhin handelt es sich um die Stadtmeisterschaft der Schulen! Wenn du es schaffst, bekommst du ein verdammtes Stipendium fürs College!«

Er schüttelte den Kopf. »Ich gehe nicht aufs College! Ich finde ja schon die High-School zum Kotzen!«

»Nicht zu glauben!« meinte Sara wütend. »Da hast du dieses wahnsinnige Talent, das dir alle Türen öffnen kann, und du wirfst es einfach weg! Was zum Teufel ist eigentlich los mit dir?«

Russ sah sie stirnrunzelnd an. »Warum schreist du eigentlich immer, wenn du mit mir redest?«

»Schreien? Wann soll ich dich angeschrien haben? Ich hab' zwei Monate lang nicht ein Wort mit dir geredet!«

»Ja, aber beim letztenmal hast du auch geschrien!«

»Gut – vielleicht brauchst du ja jemanden, der dich anschreit! Dir ist alles egal, weil du zuviel trinkst! Du bist erst siebzehn und schon Alkoholiker!«

»Ich bin achtzehn.«

»Aber trotzdem ein Alkoholiker. Ich hab' dich laufen sehen – wenn du nicht jeden Abend einen Kasten Bier trinken würdest, könntest du wahrscheinlich an der Olympiade teilnehmen!«

Ihre Worte kamen bei Russ nicht so gut an.

»Wer bist du, daß du mir sagst, was ich zu tun habe? Du bist genauso spießig wie alle anderen!«

»Und was soll das heißen?«

Er stand auf. »Daß du unsicher bist! Jedesmal, wenn wir miteinander reden – egal, wie lange –, erzählst du mir, daß du Schülersprecherin bist. Na gut – ich hab' es schon beim ersten Mal kapiert. Aber wen interessiert das schon? Mich jedenfalls nicht! Mich würde nicht mal interessieren, wenn du die Jungfrau Maria wärst!«

Sara traute ihren Ohren nicht. Unsicher? Sie war der coolste Teenager seit den Zeiten von Ann Landers und Dear Abby, und so außergewöhnlich, daß sie für den Schülersprecherposten nominiert worden war, sogar ohne für das Amt kandidiert zu haben – und das war nur ein Beispiel von vielen!

»Wen hast du da gerade eine Jungfrau genannt?« erkundigte sie sich.

Russ lachte laut auf. Worüber lachte er bloß so?

Na warte, dachte Sara; sie würde es ihm schon zeigen! Sie machte einen Schritt nach vorn und versetzte ihm einen Stoß vor die Brust.

»Halt sofort den Mund!« rief sie.

Doch er lachte nur noch lauter. »Genau – das ist dein Problem, Sara: Du brauchst keinen Begleiter für den Ball, alles, was du brauchst, ist eine heiße Nacht im Heu!«

Sara ballte ihre Hände zu Fäusten, und ihre Fingernägel bohrten sich in ihre Handflächen. Sie wußte jetzt schon, daß sie die Abdrücke noch am nächsten Tag würde erkennen können. Wenn sie es nicht getan hätte,

hätte sie ihm wahrscheinlich die Augen ausgekratzt. Sie hatte sich bisher in ihrem Leben nur ein einziges Mal ähnlich gedemütigt gefühlt, und zwar das letzte Mal, als sie mit Russ gesprochen hatte, nach ihrer unglückseligen Verabredung. Sie atmete tief ein und trat ganz bewußt einen Schritt zurück.

»Wie kommst du darauf, daß ich keinen Tischherrn hätte?« fragte sie leise.

Russ hörte auf zu lachen, senkte kurz den Blick, doch als er Sara wieder ansah, grinste er immer noch.

»Deshalb bist du doch hergekommen, oder?« meinte er. »Ich hab' gesehen, wie du mich gesucht hast.«

Sie lächelte ganz schwach. »Ich soll dich gesucht haben?«

»Ja; ich glaube, das hast du getan.«

»Ich habe das Regal mit dem Dosenfleisch gesucht«, gab Sara ausdruckslos zurück.

Russ wurde ernst. »Sara, es ist ja nichts dabei, du kannst es ruhig ...«

»Halt«, unterbrach sie ihn, machte einen weiteren Schritt rückwärts und tastete mit der Hand nach der Kante der Tür. »Bleib einfach ganz still stehen und sag kein Wort mehr, okay?«

Sein Blick folgte der Bewegung ihrer Hand, und auf seinen Zügen malte sich panische Angst. »Warte! Das innere Schloß ...«

Sie warf ihm die Tür vor der Nase zu. Auf dem Weg nach draußen holte sie sich eine Packung Dosenfleisch aus dem unteren Regal in Gang dreizehn und beschloß, daß das ihr Mittagessen sein würde.

Doch sie konnte den ganzen Heimweg über nicht aufhören zu zittern. Sie machte sich nicht etwa Sorgen darüber, daß Russ erfrieren könnte – zur Not würde er sich seinen Weg schon freihacken –, sondern sie hatte Angst, er könne recht haben mit dem, was er über sie gesagt hatte.

Erst sehr viel später stellte sie fest, daß sie ihre Tasche im Laden vergessen hatte.

3. KAPITEL

Das Geräusch irritierte Michael Olson, der in seiner Garage neben dem selbstgebauten Teleskop stand. Er hielt in seiner Arbeit inne, um festzustellen, woher es kam, und lachte schließlich laut über seine eigene Dummheit: Er selbst hatte das Geräusch produziert – er hatte gepfiffen!

Früher hatte er es ständig getan, aber jetzt war es das erstemal seit der Party bei den McCoys. Anscheinend hatte er völlig vergessen, wie es sich anhörte, wenn man glücklich war.

Glücklich? Das kann nicht sein, dachte er.

Doch er fühlte sich tatsächlich gut – zwar nicht voll überschäumender Lebenslust, aber immerhin ziemlich zufrieden. Sofort stieg ein leises Schuldgefühl in ihm auf. Bei Alices Beerdigung hatte er sich geschworen, nie mehr so verletzlich zu sein, sich niemals mehr so von Schmerz und Gefühlen überwältigen zu lassen. Aber das war naiv gewesen, wie er jetzt einsah.

Eigentlich war es ihm schon die ganze Zeit über klar gewesen, obwohl er nie darüber nachgedacht hatte.

Er streckte die Hand aus und berührte sein Reflektorteleskop, das harte Aluminiumgehäuse und den gut geölten Einstellknopf des Objektivs. Seine Rückkehr in den Alltag hatte er zu einem großen Teil diesem Gerät und seiner Arbeit daran zu verdanken.

Nach seinem Streit mit Jessica war er zwei Wochen lang nicht zur Schule gegangen, und in dieser Zeit hatte er absolut nichts getan; er hatte nicht geweint und sich auch keine Gedanken darüber gemacht, wer Alice umgebracht haben mochte – ja, er hatte nicht einmal an sie gedacht; nein, das stimmte nicht ganz: Er hatte an nichts anderes gedacht, aber ohne sich den Trost zu gestatten, sich an ihr süßes Mädchengesicht zu erinnern. Er hatte sich alle schönen Gedanken, die mit ihr zu tun hatten, verboten, und sich statt dessen wieder und wieder ihren Sarg, den Revolver und den Widerstand ihres leblosen Körpers in dem Moment vorgestellt, als er versehentlich in dem dunklen Schlafraum dagegen gestoßen war.

Er hatte manche Gedanken aus Scham verdrängt – und nicht nur, weil er sich für Alices Tod mitverantwortlich fühlte.

Sein ganzes Leben lang hatte er Komplimente darüber gehört, was für ein besonderer Mensch er war. In seiner großen Bescheidenheit – wie lächerlich! – hatte er den Kopf gesenkt und dabei aber die ganze Zeit über gedacht, daß ja vielleicht doch etwas daran war.

Er war ein sehr guter Schüler, arbeitete hart, half seiner Mutter, ihre Rechnungen zu bezahlen, und vielen Mitschülern bei ihren Hausaufgaben. Er tat alle möglichen Dinge für alle möglichen Leute, die nicht halb so nett waren wie er selbst.

Und genau das war das Problem in dieser Sache: Er tat all diese Dinge, das schon, doch er tat es vor allem, um sein Image aufrechtzuerhalten.

Sicher war er deshalb nicht von Grund auf schlecht – sein Verhalten war einfach nur zutiefst menschlich.

Der Tag der Beerdigung hatte das mehr als deutlich gezeigt, auch wenn Michael eine Weile gebraucht hatte, um es zu erkennen. Seit seiner Kindheit hatte er seine Gefühle immer für sich behalten und in sich verschlossen und war gut damit zurechtgekommen, um was es sich auch gehandelt hatte. Aber dieser alles andere verdrängende Kummer, dieser überwältigende Schmerz hatte den coolen Michael Olson besiegt.

Michael hatte kein Mittel dagegen gefunden, war statt dessen auf Jessica losgegangen, als sie am verletzlichsten gewesen war. Er war eben auch nur ein Mensch, und er ging noch zur High-School!

Genau zwei Wochen nach der Party hatte er den plötzlichen Drang verspürt, in die Wüste hinauszufahren. Es war ein schöner, klarer Abend gewesen, und der dunkle, warme Sand und die Felsen hatten sich deutlich gegen den Himmel abgehoben. Als die Sonne untergegangen war und die Sterne herauskamen, hatte er auf einem Hügel gelegen, das Gesicht dem Himmel zugewandt, meilenweit von allen anderen Menschen entfernt. Er war mit seinen Blicken die Milchstraße entlanggewandert und hatte seinen Gedanken freien Lauf gelassen.

Vielleicht war er auch kurz eingeschlafen und hatte geträumt. Jedenfalls erinnerte er sich, eine ganze Weile dort gelegen zu haben und zum erstenmal seit Alices Tod wirklich zur Ruhe gekommen zu sein.

Vom Boden her, so war es ihm erschienen, war eine ruhige Kraft über ihn gekommen, es war gewesen, als habe ihn etwas berührt, das tief und zugleich machtvoll gewesen war.

Er hätte geglaubt, es sei von oben gekommen, von den Sternen her, wenn er die Berührung nicht so nah bei seinem Herzen gespürt hätte. Noch immer konnte er nicht sagen, was damals eigentlich mit ihm geschehen war, er wußte nur, daß er sich in diesen beiden Stunden geborgen und unendlich geliebt gefühlt hatte.

Durch wen oder was, das wußte er nicht.

Michael hatte nie viel über Gott nachgedacht. Schon sehr früh war er zu dem Schluß gekommen, daß es einen geben könnte, daß es aber reine Zeitverschwendung gewesen wäre, seine Existenz beweisen zu wollen. Und dieser Meinung war er immer noch. Aber jetzt fühlte er, daß es dort draußen im Kosmos – oder tief in ihm, wo, war im Prinzip egal – etwas ganz Wunderbares gab. Dieses Gefühl folgte keiner Logik, und es konnte ebensogut eine Erfindung seines von Trauer erfüllten Herzens sein – aber das war ihm egal. Es gab ihm Trost und erlaubte es ihm, sich an Alice zu erinnern, wie sie gewesen war, ohne daß es schmerzte.

Als er nach diesem Abend in der Wüste schließlich nach Hause gekommen war, hatte er von dem Mädchen geträumt, das ihm ein paar Wochen vor Alices Tod schon einmal in einem Traum erschienen war. Er hatte auf derselben Brücke gestanden, und derselbe Fluß war unter ihm gewesen, vor ihm dieselbe Wüste und hinter dem Mädchen derselbe Wald.

Wieder hatte sie ihm nicht erlaubt, sich umzudrehen und sie anzusehen, und wieder hatte sie etwas von einem Schleier gesagt. Aber sie hatte sich zu seinem Ohr vorgebeugt, so daß er ihre Haare an seiner Wange fühlen konnte. Und es war diese Berührung gewesen, die ihn geweckt hatte.

Er wünschte, sie hätte es nicht getan, denn das Mädchen war im Begriff gewesen, ihm etwas mitzuteilen, da war er sich sicher. Und es war etwas Wichtiges gewesen.

Am nächsten Tag hatte er mit der Arbeit an dem Teleskop begonnen, hatte in der Stadt das nötige Werkzeug zum Schleifen des Spiegels und noch anderes Zubehör für das Aluminiumrohr, das drehbare Gehäuse für das Okular und die Linsen selbst besorgt. Das drehbare Stativ baute er, ohne eine Vorlage zu haben.

Dies war auch nicht sein erstes selbstgebautes Teleskop – schon in der achten Klasse hatte er ein Sechs-Zoll-Teleskop zustande gebracht; doch der doppelte Durchmesser der Öffnung vervielfachte die Schwierigkeiten des Unternehmens.

Trotzdem erfüllte die Arbeit daran Michael mit tiefer Befriedigung. Er ging wieder zur Schule, und das Teleskop rückte schnell in den Mittelpunkt seines von der Stiftung für hochbegabte Jugendliche geförderten Projekts.

Er stattete das Gerät mit einem ungewöhnlich kurzen Brechungswinkel aus, wodurch es für die Arbeit mit hochaufgelösten Bildern, wie sie zum Beispiel beim Studium des Mondes und der Planeten nötig war, relativ untauglich wurde.

Doch so eröffnete es dem Betrachter ein wunderbar weites Blickfeld, das ideal geeignet war zur Untersuchung von großen Sternhaufen. Seinem Tutor erklärte

Michael, daß er nach Kometen suche, doch das war nicht die ganze Wahrheit: In Wirklichkeit suchte er nach einem *neuen* Kometen.

Es war eine Tatsache, daß die meisten Kometen von Hobbyastronomen entdeckt wurden, die mit recht einfachen Instrumenten arbeiteten. Trotzdem standen die Chancen dafür, daß Michael, selbst nach zwölf Jahren sorgfältigster Beobachtung in den dunkelsten Wüstennächten, eine solche Entdeckung machen würde, nur etwa bei tausend zu eins – denn das Universum hatte seine eigenen Regeln ...

Doch vor zwei Wochen hatte er von demselben Hügel aus, auf dem er seine Rückkehr ins Leben begonnen hatte, in der Nähe des Sirius einen schwachen Lichtstreifen geortet, der dort – zumindest, soweit er wußte – noch nie beobachtet worden war.

Er hatte den Weg dieses Lichtstreifens über mehrere Tage verfolgt, und das war genau der richtige Ausdruck, denn das Licht bewegte sich vorwärts.

Es war weder ein Nebel noch eine Galaxie, und auch kein Kugelsternhaufen. Es handelte sich ganz eindeutig um einen Kometen, und vielleicht würde es *sein* Komet werden! Er mußte nur noch seine Bahn genauer bestimmen, um bei einem anerkannten Observatorium einen formellen Antrag auf Prüfung seiner Entdeckung zu stellen.

Unglücklicherweise machte ihm im Moment das Wetter einen Strich durch die Rechnung, denn über der Wüste war es die ganze letzte Woche über wolkig gewesen, und in der Stadt konnte er wegen der vielen Lichtquellen den Himmel nicht deutlich genug sehen.

Er brannte darauf, den nächsten Schritt zu tun, doch er mußte sich in Geduld fassen. Dieser Lichtstreifen war Milliarden Jahre lang da draußen gewesen – und er würde sicher noch ein paar Tage auf Michael warten!

Wenn es ein neuer Komet war, würde er das Recht

haben, ihm einen Namen zu geben, und vielleicht hatte er deswegen gepfiffen, während er sein Teleskop gereinigt hatte. Das Verrückte war nämlich: Schon als er begonnen hatte, sein neues Instrument zu bauen, hatte er gewußt, daß er einen Kometen entdecken würde.

Im übrigen war er ins Basketballteam eingetreten. Der alte Trainer fühlte sich zwar zu Höherem berufen und trainierte jetzt eine College-Mannschaft, und der neue war ein Idiot, aber das Spielen machte Michael trotzdem Spaß. Das erste Punktspiel der Saison sollte am übernächsten Freitag stattfinden und das nächste eine Woche später, als Heimspiel unmittelbar vor dem Homecoming-Ball. Es würde eine gute Gelegenheit sein, seinen neuen Sprungwurf vorzuführen.

Doch trotz seiner wiedergewonnenen Lebensfreude hatte sich Michael keineswegs der allgemeinen Ansicht angeschlossen, daß Alice McCoy Selbstmord begangen haben mußte. Er konnte verstehen, warum andere das glaubten, und warf es ihnen nicht länger vor, aber er selbst war mehr denn je davon überzeugt, daß Alice umgebracht worden war. Vielleicht aus instinktiver Gewißheit. Und jetzt beschäftigte ihn schon länger ein Gedanke, der ihn inzwischen förmlich verfolgte: Wer einmal gemordet hatte, konnte das auch noch ein zweites Mal tun!

Michael ließ sein Teleskop in der Garage stehen und ging in die Küche, denn er wollte noch einen Anruf erledigen. Am Abend zuvor war ihm beim Einschlafen plötzlich etwas sehr Wichtiges über die Art eingefallen, wie Alice gemalt hatte.

Er wählte die Nummer des Polizeireviers, nannte seinen Namen und fragte nach Lieutenant Keller. Er hatte seit dem Tag der Beerdigung nicht mehr mit dem Kriminalbeamten gesprochen.

»Mike!« sagte Keller mit Wärme, aber nicht im mindesten überrascht, als er an den Apparat kam. »Wie ist es dir inzwischen ergangen?«

»Sehr gut, danke, Sir! Und wie geht es Ihnen?«

»Gut. Was kann ich für dich tun?«

»Als erstes wollte ich fragen, ob es im Fall McCoy irgendwelche neuen Entwicklungen gibt.«

Keller hielt einen Moment inne, bevor er antwortete: »Ich fürchte, nein, Mike. Soweit es diese Abteilung betrifft, ist der Tod von Alice McCoy als Selbstmord behandelt worden.«

Das kam nicht unerwartet, war aber trotzdem eine Enttäuschung. »Heißt das, Sie haben die Akte schon geschlossen? Ich glaube, ich habe einen neuen Beweis gefunden.«

»Hast du den vollen Namen dieses Freundes von Alice herausgefunden, von dem du gesprochen hast?«

»Nein, das nicht. Niemand scheint irgend etwas über ihn zu wissen. Aber ich werde es weiter versuchen, und ich glaube, jetzt ist auch genügend Zeit vergangen, um direkt mit Alices Schwester Polly über diesen Typen zu reden.«

»Klingt gut.« Keller versuchte nur, höflich zu sein, sonst nichts. Michael merkte, daß er immer noch glaubte, er habe es mit einem vor Kummer verwirrten Teenager zu tun, und das störte ihn, aber nicht allzusehr.

»Und dein Beweis?«

»Haben Sie einen Computer auf Ihrem Schreibtisch stehen?« erkundigte sich Michael.

»Ja.«

»Können Sie den Autopsiebericht über Alice McCoy abrufen?«

»Ja; aber ich habe dir doch schon erklärt, daß ich daraus ohne die schriftliche Zustimmung der Familie keine Informationen freigeben kann.«

»Ich verstehe. Aber ich will ihn ja im Moment auch gar nicht einsehen, ich möchte nur, daß *Sie* sich ihn ansehen!«

Keller dachte einen Moment nach, dann stieß er einen leisen Seufzer aus.

»Na gut; bleib einen Moment dran, ich suche den Bericht heraus.«

Michael hörte, wie der Lieutenant einige Tasten drückte. Er brauchte drei oder vier Minuten, um den Bericht zu finden, eine ungewöhnlich lange Zeit. Wahrscheinlich las er ihn sich zuerst noch einmal durch. Aber schließlich sagte er: »Ich habe ihn auf dem Bildschirm.«

»Wer hat ihn geschrieben?«

»Ich habe dir doch gesagt, ich kann keine ...«

»Aber wieso sollte der Name des Arztes vertraulich sein?« unterbrach ihn Michael. »Die Liste der städtischen Leichenbeschauer ist doch öffentlich einzusehen!«

Das war zwar nicht unbedingt logisch, aber anscheinend war Michaels Ton überzeugend genug gewesen. Jedenfalls sagte Keller etwas sehr Wichtiges: »Die Autopsie ist nicht von einem städtischen Leichenbeschauer, sondern von einem unabhängigen Gutachter vorgenommen worden.«

»Und warum?«

»Wahrscheinlich, weil unsere Leute zu dem Zeitpunkt alle beschäftigt waren. Und, wenn es dich glücklich macht: Der Gutachter war Dr. Gin Kawati.«

Michael notierte sich den Namen.

»Haben Sie vielleicht auch seine Telefonnummer?«

»Mike ...«

»Schon gut, kein Problem. Aber lassen Sie mich eine andere Frage stellen: Sie sagten, Alices, Nicks und Kats Fingerabdrücke seien auf der Waffe gewesen, ist das richtig?«

»Ja.«

»Steht in dem Bericht zufällig auch, von welcher Hand die Abdrücke jeweils stammen?«

»Ja, so ist es.«

»In welcher Hand hielt Alice die Waffe?«

»Du warst doch selbst dort – sie hielt sie in der rechten Hand.«

»Gab es auf dem Revolver auch Abdrücke ihrer linken Hand?«

»In diesem Bericht wird nichts davon erwähnt. Worauf willst du hinaus?«

»Alice McCoy ist Linkshänderin.«

Keller schwieg einen Moment. »Bist du sicher?« fragte er dann.

»Ja. Mir ist gestern abend wieder eingefallen, wie sie gemalt hat: Sie hielt den Pinsel immer in der linken Hand. Interessant, finden Sie nicht?«

Keller schien durch Michaels Worte etwas aus der Fassung gebracht.

»Ja, doch, das ist es. Aber es beweist noch gar nichts. Sie hätte trotzdem den Revolver durchaus mit der rechten Hand in ihren Mund schieben können.«

»Sind Sie Rechtshänder, Lieutenant?«

»Ja, das bin ich.«

»Wenn Sie sich umbringen wollten, mit welcher Hand würden Sie dann die Waffe halten?«

»Was ist denn das für eine Frage?«

»Ich weiß, daß es sich reichlich zynisch anhört«, gab Michael zu. »Aber denken Sie doch bitte einen Augenblick darüber nach! Auch wenn ein Mädchen Selbstmord begehen will, würde es trotzdem sehr überlegt mit der Waffe umgehen. Sie würde sich bemühen, gleich beim erstenmal richtig zu treffen, sie würde nervös sein und bestimmt nicht ihre schwächere Hand benutzen.«

»Jetzt versuchst du, dich in den nervlichen Zustand einer Depressiven hineinzuversetzen. Nach allem, was wir wissen – und du weißt es ebensogut wie ich –, kann sie in voller Absicht alles verkehrt gemacht haben!«

»Sie war nicht depressiv!« stieß Michael energisch hervor, ehe er sich wieder gefaßt hatte. »Wenn Sie heute abend nach Hause gehen, denken Sie eine Weile darüber nach – mehr verlange ich doch gar nicht!«

»In Ordnung, Mike, das werde ich tun«, erwiderte Keller. »Gibt es sonst noch etwas?«

»Ja; könnte ich kurz vorbeikommen und das Formular für die schriftliche Erlaubnis abholen, von der sie ständig sagen, daß ich sie brauche?«

»Ich muß in ein paar Minuten weg, aber ich könnte es dir vorne am Tresen hinterlegen.«

»Dafür wäre ich Ihnen dankbar. Und noch eine letzte Frage: Ist Alices rechte Hand auf Fingerabdrücke untersucht worden?«

»Das geht aus diesem Bericht nicht hervor. Aber sie kann während der Party vielen Leuten die Hände geschüttelt haben – solche Abdrücke wären deshalb nicht von Bedeutung.«

»Eben das bezweifle ich«, sagte Michael trocken.

Sie verabschiedeten sich und versicherten sich gegenseitig, miteinander in Kontakt zu bleiben.

Es war vier Uhr und schon dämmrig – die Sonne ging um diese Jahreszeit sehr früh unter. Michael wählte eine Nummer, unter der man den neuesten Wetterbericht abhören konnte, und erfuhr, daß es in der Wüste wieder regnen würde. Also beschloß er, sein Teleskop zu Ende zu reinigen und es dann wegzupacken.

In der Garage war es stickig. Er stieß die Tür auf und atmete tief die kühle Abendluft ein. Genau in diesem Moment bemerkte er den Wagen, der ein Stück weiter oben an der Straße geparkt war.

Michael hatte Jessica nie im Wagen von der Schule nach Hause fahren sehen, aber er erinnerte sich noch an den silbergrauen Celica, der an dem Abend, als sie miteinander ausgegangen waren, in der Auffahrt gestanden hatte. Dieser Wagen sah exakt genauso aus, und irgend jemand saß auf dem Fahrersitz. Doch in dem schlechten Licht konnte er nicht einmal erkennen, ob es sich um ein männliches oder ein weibliches Wesen handelte. Gut, daß er über genau das richtige Instrument verfügte, um dieses Rätsel zu lösen!

Er stellte das Teleskop hinter einem Busch in der Einfahrt auf, und nach einigen Versuchen konnte er die Person im Wagen durch die Zweige hindurch beobachten, ohne selbst gesehen zu werden. Nachdem er einen Moment gebraucht hatte, um die Linsenschärfe einzustellen, hatte er einen klaren Blick auf jedes Detail von

Jessica Hearts Gesicht. Sie arbeitete an irgend etwas und hatte einen Bleistift im Mund. Er beobachtete, wie sie sich den Kopf kratzte, die Stirn runzelte, auf ihre Uhr blickte, und wie ihre Miene sich verdüsterte. Egal, was sie tat, für ihn war sie einfach schön!

Seit er wieder in der Schule war, hatte er sich große Mühe gegeben, ihr nicht zu begegnen, noch mehr als in der Woche nach ihrer ersten und einzigen Verabredung. Er hatte um ein anderes Schließfach gebeten und es bekommen; er hatte während der Pausen und zur Essenszeit den Schulhof gemieden; und er hatte sich vom Schulcomputer eine Liste mit ihrem Stundenplan ausdrucken lassen und sich überlegt, wo sie zu jedem beliebigen Zeitpunkt sein mußte, um dann seine eigenen Wege danach zu planen.

»Ich habe Alice geliebt, mehr als alles andere. Und was ich den Polizisten gesagt habe, habe ich nicht gesagt, weil ich es wollte. Es hat mir weh getan, es sagen zu müssen, genauso, wie es mir jetzt weh tut, hier zu stehen und mich von dir beschuldigen zu lassen ...«

Natürlich war er ihr trotz seiner Bemühungen manchmal begegnet, aber sie hatten nicht viel miteinander gesprochen. »Hallo! Wie geht's?« – »Paß auf dich auf! Bis dann!« – Das war alles gewesen. Aber er hatte sie doch oft genug gesehen, um zu wissen, daß seine Sehnsucht nach ihr nicht, wie er geglaubt hatte, mit Alice begraben worden war. Sie war eher noch stärker geworden.

Jessicas Wagen stand vor dem Haus der Pickerings – Michael hatte bisher gar nicht gewußt, daß sie mit Julie Pickering befreundet war! Wahrscheinlich wartete sie darauf, daß Julie nach Hause kam, und er nahm an, daß sie in der Zwischenzeit noch Schularbeiten erledigte – sie konnte jederzeit aussteigen und an Julies Tür klopfen.

Michael gab sich selbst keine Zeit zum Nachdenken, sonst hätte er vielleicht am Ende einen Rückzieher gemacht. Er machte sich sofort auf den Weg die Straße hinunter, denn er war an jenem Abend in der Wüste zu dem Schluß gekommen, daß er sich bei Jessica entschuldigen mußte.

Als er etwa die Hälfte der Entfernung zu ihrem Wagen zurückgelegt hatte, sah er, daß sie ihn bemerkt hatte, und winkte.

»Hallo! Bist du's, Jessica?«

Sie kurbelte das Fenster an der Fahrerseite hinunter und streckte den Kopf heraus, wobei ihre langen braunen Haare ihr über die Schulter fielen.

»Ja, ich bin's wirklich!« erwiderte sie mit etwas gezwungenem Lächeln. »Hallo, Michael! Ich wette, du fragst dich gerade, was ich hier tue?«

Er blickte zum Haus der Pickerings hinüber.

»Du kennst Julie, stimmt's?«

Jessica folgte seinem Blick. »Ach, ja, Julie – natürlich kenne ich sie!«

»Wollt ihr zusammen lernen?« Michael fiel ein, daß Julie wie Jessica Chemie gewählt hatte.

»Ja – genau ... Ich ... Ich wußte gar nicht, daß Julie und du in derselben Straße wohnt!«

Michael machte eine unbestimmte Handbewegung in die Richtung, aus der er gekommen war. »Ich wohne da drüben.«

»Ah.«

Er schob seine Hände in die Hosentaschen und tat etwas, das man zum Glück immer tun konnte, wenn man sich mit einem hübschen Mädchen unterhielt: Er blickte angestrengt auf den Boden. Irgendwie fand er einfach keinen Anfang für das, was er ihr sagen wollte.

»Ich habe dich in der letzten Zeit in der Schule nicht oft zu Gesicht bekommen«, meinte Jessica nach einer Weile.

»Ich war aber da«, erwiderte er lahm.

»Hast du ein neues Schließfach?«

»Ja – sie haben mir eins zugewiesen«, sagte er schulterzuckend. »Irgend jemand hat die Schule gewechselt, und deshalb wurde es gerade frei.«

»Dann hast du jetzt bestimmt viel mehr Platz.«

»Du hast dich nie zu breit gemacht!«

»Doch, natürlich habe ich das, mit meiner Tasche und dem Make-up und dem ganzen Zeug! Ich weiß wirklich nicht, wie du das überhaupt so lange ausgehalten hast!«

»Ich habe deinen Pullover ruiniert, nicht umgekehrt!«

»Du hast ihn nicht ruiniert!«

»Doch, leider ja!«

»Nein!« Jessica streckte die Hand aus und berührte ihn leicht am Arm. »Sieh mich doch mal an, Michael!«

Er tat es und blickte zuerst in ihre großen braunen Augen. Wie immer, wenn er sie anschaute.

Sie lachte leise. »Siehst du nicht? Ich habe ihn an!«

Jetzt lächelte er auch.

»Stimmt! Wie hast du bloß den Flecken herausbekommen?«

Jessica berührte die Stelle über ihrem Herzen. »Ich weiß es schon gar nicht mehr, und es ist auch vollkommen egal – jedenfalls ist er weg!«

»Der Pulli steht dir sehr gut!«

»Danke!« Sie schwieg einen Moment, und ihre Miene wurde plötzlich ernst. »Hast du um ein neues Schließfach gebeten?«

Er konnte sie nicht belügen. »Ja«, sagte er leise.

Seine Antwort schien sie zu treffen, doch sie erholte sich schnell und nickte.

»Ich verstehe.«

»Jessie ...«

»Nein, wirklich, ich verstehe dich! Es ist okay, ich bin dir nicht böse! Es ist nur ... Ich hab' mich in den Pausen gern mit dir unterhalten!« Sie lächelte schwach. »Es war immer sehr nett!«

»Tut mir leid«, erwiderte er.

»Schon in Ordnung, wirklich!«

»Nein, ich wollte dir sagen, daß es mir leid tut, was ich dir alles an den Kopf geworfen habe!« Er senkte den Blick und fuhr leise fort: »Als wir in Alices Atelier waren – ich hätte das alles nicht sagen sollen!«

Jessica ließ sich in ihrem Sitz zurücksinken, legte ihre Hände auf das Steuer, zog sie wieder zurück. Es war ganz offensichtlich, daß sie dieses Thema lieber gemieden hätte.

»Du warst eben noch ziemlich aufgewühlt«, sagte sie ruhig.

»Ich war ein Schwein!«

Sie schüttelte leicht den Kopf und sagte im gleichen Ton, in dem sie über den Flecken gesprochen hatte: »Ich hab' schon vergessen, was du gesagt hast, und es ist auch nicht so wichtig. Es ist vorbei!«

»Vergibst du mir?«

»Dafür, daß du sie geliebt hast? Daran ist nichts zu verzeihen, Michael! Und das ist alles, was ich in diesem Raum damals gehört habe – daß du sie geliebt hast. Okay?«

Sie hatte ihm verziehen, und sie bat ihn, das Thema zu wechseln. »Okay«, sagte er und fühlte sich plötzlich viel besser. Er hätte schon Wochen eher zu ihr gehen sollen!

Sie nahm die Zettel und Bücher, die auf dem Beifahrersitz gelegen hatten, und sagte, froh, über etwas anderes sprechen zu können: »Wie du siehst, lerne ich noch für die Aufnahmeprüfung fürs College«, sagte sie. »Ich muß sie am Freitag ablegen, nicht an diesem, sondern in einer Woche.«

»Genau wie ich – in der Sanders High?«

Jessicas Miene hellte sich auf. »Ja! Vielleicht sind wir sogar im selben Raum!«

»Vielleicht!«

Sie deutete mit einer Kopfbewegung auf ihr Lehrbuch. »Bei diesen Übungsaufgaben schneide ich nicht gerade toll ab. Wieviel Punkte schaffst du so im Schnitt?«

Er hatte noch nicht einen Gedanken an die Prüfung verschwendet. »Ich habe noch gar keine gemacht.«

»Ist das wahr? Du gehst also einfach hin – und fertig? Das ist wirklich erstaunlich!« Sie blickte auf die beschriebenen Blätter und runzelte die Stirn. »Ich wünschte, ich könnte das auch!«

»Du schaffst es bestimmt ohne Probleme. Mach dir nur darum keine Sorgen!«

»Ich mache mir auch keine Sorgen!« Sie lachte. »Ich sterbe nur vor Angst!«

Michael lächelte ihr zu. »Wenn es ganz schlimm wird, kann ich dir ja immer noch einen Zettel mit meinen Ergebnissen rüberschieben – das heißt natürlich, nur, wenn du willst!«

Jessica blickte zu ihm auf. »Führ mich nicht in Versuchung!«

»Natürlich müßtest du mich im voraus dafür bezahlen!«

»Ah, bezahlen muß ich dafür? Wobei mir einfällt, daß ich dir sowieso noch eine Einladung ins Kino schulde!« Sie überlegte. »Würdest du gern mit mir ins Kino gehen?«

Michael fühlte sich noch ein bißchen besser. »Wann?«

»Wie wäre es mit morgen?«

Der nächste Tag war ein Freitag, und er mußte einfach arbeiten, weil er sich für das letzte Übungsspiel der Saison schon den Samstag freigenommen hatte. Er konnte es seinen Chefs einfach nicht antun, zwei Tage am Stück freizunehmen, wenn Hochbetrieb herrschte. Sie waren sowieso schon sehr großzügig gewesen, indem sie ihn nicht entlassen hatten, als er nach der Beerdigung einige Tage nacheinander einfach zu Hause geblieben war!

Auf der anderen Seite war ihr Gegner im letzten Vorbereitungsspiel äußerst schwach, und Trainer Sellers überlegte immer noch, wen er als Verteidiger aufstellen sollte.

Wenn Michael sich krank meldete, würde die Mannschaft sicher trotzdem gewinnen; die beiden Spieler, zwischen denen sich der Trainer nicht entscheiden konnte, waren länger auf dem Feld und bekamen Gelegenheit, zu zeigen, was sie konnten.

Indem er am Samstag arbeitete, konnte Michael es einrichten, Freitag abend frei zu haben.

»Morgen paßt es mir sehr gut«, sagte er deshalb.

Sie besprachen noch die Einzelheiten – Michael würde Jessica um sechs Uhr zu Hause abholen, und dann würden sie sich von dort aus ins Vergnügen stürzen.

Sie drückte seine Hand, bevor sie losfuhr, und Michael nahm an, daß sie es sich anders überlegt hatte und nun doch nicht mit Julie zusammen lernen wollte.

Er wußte nicht, was mit ihm los war, aber er konnte den glücklichen Moment einfach nicht richtig auskosten. Statt dessen fiel ihm seine Unterhaltung mit Lieutenant Keller wieder ein und beschäftigte ihn.

Er hatte nicht genügend Material gehabt, um den Kriminalbeamten herauszufordern – er brauchte mehr! Michael wurde klar, daß er unbedingt den Autopsiebericht einsehen mußte.

Er setzte sich in seinen Wagen und fuhr zum Polizeirevier, wo er das Formblatt für die schriftliche Zustimmung der Familie abholte.

Je schneller er es dort wieder abgab, desto eher konnte er Alices Namen reinwaschen.

Dann schlug er den Weg zum Haus der McCoys ein. Polly öffnete auf sein Klingeln. Unter ihren Augen lagen dunkle Schatten, und sie sah müde und zerquält aus. Sie hatte sehr abgenommen, es zeigte sich auch in ihrem Gesicht; Michael war vorher nie aufgefallen, wie hübsch sie war und wie sehr sie ihrer Schwester ähnelte!

»Hi, Mike«, sagte sie. Sie trug eine dunkelrote Hose, eine weiße Bluse, und um den Hals hatte sie ein rotes Schaltuch geschlungen. »Wie geht's dir?«

»Mir geht's gut, und dir?«

»Auch. Willst du reinkommen?«

»Ja, danke.« Er betrat das Haus und spürte, wie er sich unwillkürlich innerlich wappnete. Selbst in zwanzig Jahren würde er dieses Haus noch nicht wieder ohne Unbehagen betreten können! Der flauschige Teppich, die hohen, weißen Decken ... Er erinnerte sich nur zu gut daran. Es lag allerdings ein leicht schaler Geruch über allem, der ihm neu erschien.

Polly führte ihn zu dem Sofa im Wohnzimmer, auf

dem er mit Nick und Maria gesessen hatte, als der Schuß gefallen war.

»Ich hatte gerade in der Gegend zu tun und dachte, ich schaue mal vorbei, um zu sehen, wie es dir geht.«

»Das ist sehr nett von dir!«

Er blickte sich um.

»Wie schaffst du es bloß, das Haus so gut in Ordnung zu halten?«

»Polly?« ertönte jetzt eine leise Stimme vom Flur her.

Polly sprang sofort auf und lief zur Tür, doch auf der Schwelle blieb sie stehen.

»Ich habe Besuch von einem Schulfreund, Tantchen. Brauchst du irgendwas?«

»Nein, Liebes, sprich ruhig erst mit deinem Freund!«

»Erst? Also brauchst du doch etwas?«

»Nein – bleib bei deinem Besuch!« sagte die alte Dame.

Polly schüttelte leicht verärgert den Kopf und ließ sich wieder neben Michael auf die Couch fallen.

»Wahrscheinlich ruft sie in einer Minute wieder«, sagte sie.

»Wie geht es ihr denn? Irgend jemand sagte, sie habe einen Herzanfall gehabt?«

Polly nickte. »Ja; die Ärzte meinten zwar, es sei kein so schlimmer Anfall gewesen, aber sie ist eben schon so alt und hat sich immer noch nicht richtig davon erholt. Sie muß jetzt hier unten schlafen, weil der Weg die Treppe hinauf zu mühsam für sie wäre.«

»Hast du eine Krankenschwester eingestellt?«

»Nein – ich kann mich allein um sie kümmern. Wenn sie mir nur sagen würde, was sie möchte, wäre es allerdings einfacher. Meistens vergißt sie es.« Polly schüttelte wieder den Kopf und sah Michael an, und ihr Blick war voller Trauer, obwohl sie lächelte.

Er war schon fast entschlossen, über den eigentlichen Grund seines Besuchs zu schweigen.

»Ich bin froh, daß du da bist. – Es wird nämlich irgendwann langweilig, jeden Abend zu Hause zu sitzen!«

»Du solltest versuchen, öfter wegzugehen!«

Polly blickte in Richtung der Haustür – oder schaute sie nach oben, dorthin, wo sie Alice gefunden hatten?

»Noch nicht«, sagte sie.

Michael räusperte sich. »Polly, ich muß dir was gestehen: Es gibt da ein paar Fragen, die ich dir gern stellen würde!«

»Möchtest du was essen?«

»Nein, danke. Ich würde gern ...«

»Vielleicht was zu trinken?«

Er lächelte. »Gern – ein Glas Saft wäre nicht schlecht.«

Polly sprang auf. »Was für welchen denn? Wir haben Ananas-Kokosnuß-Saft.«

»Ja, das wäre genau richtig!«

Polly kam nach einer Minute mit einem großen Glas Saft zurück, in dem Eiswürfel schwammen und dessen Rand mit einer Orangenscheibe verziert war. Sie hatte sich nicht die Mühe gemacht, für sich selbst auch etwas einzugießen. Diesmal rückte sie auf der Couch ein Stück näher an Michael heran, und ihre Miene verriet eher Wachsamkeit als Schmerz.

»Ist es gut so?« fragte sie.

Er trank einen Schluck. »Super!« Dann stellte er das Glas auf seinem Oberschenkel ab und rührte mit dem Strohhalm, den Polly ihm gegeben hatte, die Eiswürfel um.

»Ich wollte dich was fragen ... wegen Alice«, begann er vorsichtig.

»Wir können gern über sie reden«, versicherte Polly ihm hastig. »Jessie und Sara ... Sie glauben, ich würde zusammenbrechen, sobald ich ihren Namen höre, aber das stimmt nicht. Sie war immerhin meine Schwester – warum sollte ich also nicht über sie reden?«

»Das ist eine gute Einstellung!« Himmel, war das schwierig! Trotz ihrer Versicherung hatte Michael das Gefühl, sich an einem warmen Tag auf dünnem Eis zu befinden. »Was ich sagen wollte ist ... Glaubst du ernsthaft daran, daß Alice sich umgebracht hat?«

»Hat sie es denn nicht getan?«

»Glaubst du, daß sie es selbst getan hat?«

Polly wandte den Kopf ab und starrte einen Moment abwesend vor sich hin. »Was?«

Michael stellte sein Glas auf den Couchtisch. »Hattest du den Eindruck, daß sie selbstmordgefährdet war?«

Sie runzelte die Stirn. »Du meinst, bevor sie sich umgebracht hat? Sie hat es nur dieses eine Mal getan, zumindest war es der einzige Versuch, von dem ich weiß.«

»Glaubst du, sie könnte es noch öfter versucht haben?«

»Sie hat mir nie von anderen Versuchen erzählt. – Ich meine, sie hat mir auch dieses Mal vorher nichts gesagt; aber sie hat mir sowieso nicht alles erzählt. Wir waren uns nah, aber sie hatte ihre Geheimnisse, und ich finde, das war auch in Ordnung.«

»Polly?«

»Was ist? Habe ich zuviel Eis in deinen Saft getan?«

»Nein. Was ich sagen will ist: Ich glaube nicht daran, daß Alice Selbstmord begangen hat.«

»Nein?«

»Nein. Ich glaube, daß sie ermordet worden ist.«

Polly wirkte nur mäßig beeindruckt. »Wirklich?«

»Ja.«

»Und wer hat sie dann umgebracht?«

»Ich weiß es nicht – aber genau darum bin ich hier. Ich versuche es herauszufinden.«

Polly wirkte plötzlich verwirrt. »Du glaubst aber doch nicht, daß ich es war, oder?«

»Nein!«

Sie entspannte sich wieder. »Ich war es auch nicht. Ich dachte, sie hätte es selbst getan. Das hat mir dieser Arzt im Krankenhaus gesagt. Der Mann mit dem Strom ...«

»Der Mann mit dem *was*?«

Polly schüttelte den Kopf. »Vergiß es! Ich verstehe jetzt, was du meinst. Du glaubst, jemand hat sie absichtlich getötet – und es war kein Unfall.«

»Ja, genau.«

»Und du weißt nicht, wer es getan hat?«

»Richtig.« Michael richtete sich auf und schlang seine

Finger ineinander. »Polly, kurz bevor Alice starb, bist du nach draußen gegangen, um den Chlorgehalt im Pool zu prüfen. Weißt du noch, ob du die Poolbeleuchtung ausgeschaltet hast?«

Sie nickte. »Klar weiß ich das noch! Ich habe ein gutes Gedächtnis. Ja, ich hab' sie ausgemacht!«

»Nachdem du das Chlorpulver ins Wasser geschüttet hattest?«

»Ja.«

»Wie lange vor dem Schuß hast du das Licht ausgeschaltet?«

»Nicht lange.«

»Eine Minute vorher?«

»Ja ...«

»Als du draußen am Pool warst, hast du da irgend jemanden gesehen?«

»Nein.«

»Oder hast du irgendwas gehört? Vielleicht auf dem Dach?«

»Nein.«

»Bist du dir ganz sicher?«

»Nein ... ja!«

»Was hast du getan, als du den Schuß hörtest?«

»W ... Ich bin ins Haus gegangen – du hast mich doch gesehen, weißt du nicht mehr?«

»Doch, ich erinnere mich.« Sie hatte eigentlich etwas anderes sagen wollen. Michael wechselte das Thema. »Erzähl mir von Clark!«

Polly antwortete nur zögernd. »Ich kenne nicht mal seinen Nachnamen!«

»Na gut – aber vielleicht kannst du mir irgendwas anderes über ihn erzählen. Wie hast du ihn eigentlich kennengelernt?«

»Auf einem Ausflug in den Bergen. Ich hatte mir den Fuß verstaucht, und Clark kam vorbei und hat ein Bild von mir gezeichnet.«

»Wo genau in den Bergen?«

»Ich weiß nicht, wie der Platz heißt, aber wir sind den

Weg hinaufgegangen, der nach oben führt, von der Rennstrecke weg.«

»Von der Santa-Anita-Rennbahn?«

»Ja, dort sind wir hochgegangen.«

»Alice und du?«

»Ja.«

»Auf welche Schule ist Clark gegangen?«

»Ich weiß nicht mal, ob er überhaupt in der Schule war.«

»Aber er ist doch in unserem Alter, oder?«

»Das weiß ich auch nicht. Er hat jedenfalls nie über die Schule gesprochen. Alice sagte, du hättest ihn kennengelernt?«

»Ja – beim ersten Football-Spiel in diesem Jahr. Worüber hat er denn geredet?«

»Ach, über komische Sachen. Er war ein seltsamer Typ – aber ... aber auch interessant!«

»Warum war Alice mit ihm befreundet?«

»Er ist Künstler, genau wie sie es war. Er hat ihr alle möglichen Maltechniken gezeigt und sie für alles offen gemacht.«

»Waren sie ... sehr eng befreundet?«

Pollys Miene verdüsterte sich.

»Wie meinst du das?«

Er mußte Rücksicht darauf nehmen, daß Polly vor Alice mit Clark befreundet gewesen war.

»Gingen sie miteinander?«

»Du meinst, ob sie miteinander geschlafen haben? Natürlich nicht! Oder glaubst du, ich würde meine kleine Schwester mit so jemandem ins Bett gehen lassen? Ich habe Alice sogar gebeten, ihn nicht zur Party einzuladen. Wenn sie jetzt hier wäre, würde sie dir dasselbe sagen.«

Michael stutzte und fühlte, wie es ihm kalt den Rücken hinunterlief. »War Clark denn auf der Party? Ist er gekommen?«

»Was meinst du?«

»War Clark an dem Abend hier?«

»Ich hab' dir doch gesagt – ich hatte Alice gebeten, ihn nicht einzuladen!«

»Aber vielleicht ist er ohne Einladung gekommen!«

»Nein, das hätte er nicht getan – er war zwar verrückt, aber so verrückt nun auch wieder nicht!«

»Aber ...«

»Polly!« rief die alte Frau.

Mit einem Seufzer stand Polly auf.

»Ich komme schon!« sagte sie und verschwand den Flur hinunter. Einen Augenblick später erschien sie wieder.

»Es tut mir leid, Mike, aber ich kann mich nicht länger mit dir unterhalten. Ich muß mich um sie kümmern. Tut mir wirklich leid!«

Er stand auf und zog das Formular aus seiner Tasche. »Ist schon in Ordnung. Ich hätte dich sowieso nicht so überfallen dürfen! Vielleicht können wir ja ein anderes Mal weiterreden?«

»Gern!«

»Hey, könnte ich dich noch um einen großen Gefallen bitten? Siehst du dieses Formular hier? Es gibt mir die Erlaubnis, den Bericht über deine Schwester einzusehen.«

»Welchen Bericht?«

»Den Autopsiebericht.« Wie er dieses Worte haßte!

Polly nahm das Blatt und überflog es. »Soll ich es unterschreiben?«

»Nein, ich möchte, daß deine Tante es unterschriebt. Sie war Alices Vormund.«

»Aber wozu?«

»Ich habe das Gefühl, in dem Bericht könnte etwas stehen, daß die Polizei übersehen hat.«

Polly faltete das Formular zusammen. »Gut, ich werde sie bitten, es sich anzusehen.«

»Dafür wäre ich sehr dankbar! Und noch etwas: Würdest du dieses Gespräch für dich behalten? Bitte sag Jessie oder Sara nichts davon. Sie glauben ... Ich meine, sie finden, ich sollte die ganze Sache lieber ruhen lassen!«

Polly nickte mitfühlend. »Ja, so sind sie meistens!«

Sie brachte ihn zur Tür, und als er hinausging, legte sie ihm ihre Hand auf den Arm und sah ihn eindringlich an. Wieder konnte er deutlich den Schmerz in ihrem Blick erkennen, und er fragte sich, ob er mit seinen Fragen nicht alles noch schlimmer gemacht hatte.

Polly schien seine Gedanken zu lesen, genau wie Alice es immer getan hatte.

»Es macht mir nichts aus, mit dir darüber zu sprechen, wie sie gestorben ist«, sagte sie. »Alice hat mir immer vorgeschwärmt, was für ein toller Mensch du bist – und sie hat mir auch gesagt, daß ich dir vertrauen kann.«

Michael lächelte verlegen. »Das war nett von ihr!«

Polly hielt ihn immer noch am Arm fest. »Such nicht nach Clark, Mike! Alice hat mir auch etwas über ihn erzählt, an dem Abend, an dem sie gestorben ist. Sie hat gesagt, daß er böse ist.«

»Willst du damit sagen, er würde mir etwas antun?«

»Ich weiß nicht ... Ich will nur nicht, daß dir was zustößt!«

»War er auf der Party, Polly?«

Jetzt ließ sie ihn los, faßte sich mit der Hand an den Kopf und begann fast unmerklich zu zittern.

»Ich weiß es nicht mehr«, sagte sie leise. »Da waren so viele Leute ... und zu viele, die wir nicht eingeladen hatten!«

Er berührte sie sanft an der Schulter und bedankte sich noch einmal für ihre Hilfe.

Als er in seinen Wagen stieg, fühlte er sich leicht verunsichert. Wenn Polly Alice nicht so geliebt hätte und er sie nicht unmittelbar vor dem Knall des Schusses hätte zum Pool hinausgehen sehen, hätte er ihren Namen ebenfalls auf seine Liste der Verdächtigen gesetzt.

Das hat der Arzt im Krankenhaus mir gesagt ... Der Mann mit dem Strom ...

[illegible]

[illegible]

[illegible]

[illegible] und [illegible]

[illegible]

[illegible]

[illegible]

[illegible]

[illegible]

4. KAPITEL

Es war viel später – Michael war lange weg, ihre Tante schlief, und die Sonne war untergegangen. Polly saß allein im Dunkeln, der Fernseher lief, aber ohne Ton. Es war ihr lieber so, sie konnte zusehen, ohne zuhören zu müssen. In der Schule hatte sie manchmal das Gefühl, sie müsse verrückt werden unter all den Leuten, die ununterbrochen zu reden schienen. Selbst ihre besten Freundinnen, Jessica und Sara, hörten nie auf zu reden, und wenn sie selbst einmal etwas zu sagen hatte, waren sie zu beschäftigt, um zuzuhören.

Polly nahm sich noch eine Möhre. Sie hatte gelesen, daß das Essen von Möhren die Sehfähigkeit steigerte; und das war ihr sehr wichtig, weil sie in den meisten Nächten wach lag und auf die Rufe ihrer Tante horchte. Außerdem halfen Möhren, wenn man abnehmen wollte, zumindest hatte Alice das immer behauptet – und sie war wirklich sehr dünn gewesen, wie eine Bohnenstange!

Polly achtete nicht darauf, was gerade im Fernsehen lief – wieder irgend so eine alberne Talk-Show. Im Moment waren fast alle Sendungen ziemlich primitiv, und neuerdings – sie wußte nicht, wie vielen Zuschauern außer ihr das auffiel – brachten die Sender sogar Wiederholungen der Nachrichten!

Plötzlich richtete sich Polly kerzengerade auf: Was war das für ein Geräusch gewesen? Sie hatte ein Klappern gehört, das von draußen hinter dem Haus zu kommen schien.

Polly hoffte, daß es nur eine Katze gewesen war, denn sie hatte panische Angst vor Einbrechern. Außer dem alten Jagdgewehr ihres Vaters hatte sie keine Waffe im Haus, und das konnte sie einfach nicht finden. Sie stand auf und lugte vorsichtig durch den Spalt im Vorhang vor der gläsernen Schiebetür.

Es war niemand draußen, zumindest, soweit sie sehen konnte. Aber durch das herannahende Unwetter war es auch ungewöhnlich dunkel.

Einen Augenblick lang stand sie ganz still und lauschte dem Wind und dem Rascheln der Blätter in den Bäumen. Wahrscheinlich war das Geräusch nichts anderes gewesen als das Klopfen eines Zweiges gegen die Hauswand – also brauchte sie nicht gleich die Polizei zu rufen.

Da – ein weißer Lichtblitz zuckte über den Himmel und ließ sie zusammenfahren. Automatisch begann sie zu zählen, wie sie es als Kind gelernt hatte, und das Krachen des Donners ertönte zwischen zwei und drei. Fast gleichzeitig begann es zu regnen, und die Tropfen prasselten auf die Wasserfläche des Swimmingpools wie Sandkörner auf eine Windschutzscheibe, wenn ein Wagen in der Wüste von der Straße abkam.

Polly lehnte sich mit der Stirn gegen die kühle Glastür. Auf einmal vermißte sie ihre Eltern, vermißte sie ganz schrecklich! *Deren* Wagen war von der Straße abgekommen und in einem Graben gelandet, wo er explodiert war. Sie war damals noch sehr klein gewesen, aber sie erinnerte sich noch ganz genau, wie es passiert war: Es hatte über irgend etwas Streit gegeben, und dann hatte der Wagen gebrannt, und die Ärzte hatten ihr gesagt, es sei alles gut.

Sie verstand bis heute nicht, warum Ärzte immer logen, wenn sie den Mund aufmachten!

Die Drähte tun nicht weh; du wirst sie nicht mal spüren!

Aber sie hatte alles gespürt – was für Lügner!

Polly ging nach oben, lief den Flur hinunter, bog nach rechts ab und betrat den hintersten Raum auf der linken Seite, das Schlafzimmer ihrer Eltern, wo sie Alice gefunden hatten.

Der Umriß, den die Polizisten mit Kreide um den toten Körper gezogen hatten, war schon weggewischt worden, lange bevor Polly nach dem Tod ihrer Schwester wieder nach Hause gekommen war, aber sie konnte noch immer

Reste davon auf dem harten Holzboden erkennen, selbst im Dunklen.

Manchmal, wenn sie wie jetzt traurig war, fand sie etwas Trost darin, in dieses Zimmer zu kommen und sich auf die Stelle zu legen, wo sie Alice gefunden hatten. Sie streckte sich auf dem Boden aus, die Augen geöffnet, und starrte zur Decke hinauf.

Blitze zuckten, und Donner grollte, wenn auch die Abstände größer wurden. Aber es regnete weiter, und der Sturm war noch nicht vorüber. Polly stellte fest, daß auch der Abstand zwischen ihren Atemzügen größer wurde. Sie zählte zuerst zehn Sekunden zwischen dem Ein- und dem Ausatmen, dann fünfzehn, und sie fragte sich, ob ihr Herz wohl auch langsamer schlug.

Während sie so dalag, meinte sie zu verstehen, wie es für Alice gewesen sein mußte, als sie sie auf dem Boden gefunden hatten. Es konnte nicht so schlimm gewesen sein: Die Toten bluteten zwar, aber sie weinten nicht mehr ...

Polly merkte, daß sie schluchzte – alles nur, weil sie lebte! Sie waren alle fortgegangen und hatten sie allein gelassen. Eine Woge der Verzweiflung drohte sie zu überkommen, aber sie kämpfte dagegen an, zwang sich, sich aufzusetzen.

Die anderen hatten sich nicht um sie gekümmert, hatten nicht gefragt, was sie mit ihrem Leben vorhatte. Ihr Vater hatte beschlossen, von der Straße in den Graben zu fahren, ihre Mutter war einfach verbrannt. Und Alice hatte diesen albernen Revolver genommen und ... Nein!

Schon wieder dieses Geräusch! Diesmal kam es eindeutig von draußen, irgendwo unter dem Fenster. Polly kroch vorsichtig dorthin, hob das Rouleau ein wenig an und lugte hinunter. Zuerst sah sie nichts als den Garten, nur regnerische Nacht. Doch dann blitzte es wieder, und sie entdeckte ihn: einen Mann auf ihrem Grundstück!

»Hey, Sie – was machen Sie da?«

Ihre Frage veranlaßte den Eindringling nicht etwa zum Weglaufen, und sie schien ihn auch nicht im mindesten zu erschrecken. Er legte eine Hand über die Augen und blickte zu ihr hoch, wobei seine langen, dünnen Haare ihm über die Schultern fielen.

Polly trat einen Schritt vom Fenster zurück und spürte, wie ihr Herz heftig schlug. Ich hätte meinen Mund halten und die Polizei rufen sollen, dachte sie. Doch dann begann er zu sprechen.

»Bist du das, Polly?«

Erleichterung durchströmte sie, gefolgt von Befürchtungen ganz anderer Art.

»Clark? Was machst du denn da unten?«

»Ich versuche, ins Haus zu kommen. Es ist ziemlich naß hier draußen, und ich habe schon mindestens zwölfmal an der Vordertür geschellt! Warum hast du nicht aufgemacht?«

»Die Schelle an der Vordertür ist kaputt.« Sie war am Abend der Party kaputtgegangen.

»Ich hab' aber auch geklopft!«

»Tut mir leid, ich dachte ... Ach, ich weiß nicht – einen Augenblick! Geh schon mal zur hinteren Terrasse, ich lasse dich ins Haus!«

Er trug die schwarze Lederkombination, die er immer anhatte, wenn er mit seinem Motorrad unterwegs war. Der Regen schien ihn nicht allzusehr durchnäßt zu haben, nur seine strähnigen roten Haare waren feucht und wirkten so viel dunkler.

»Ich hatte schon gedacht, du hättest dieses Gehäuse den Geistern überlassen!« sagte er, als sie die gläserne Schiebetür aufzog, die auf die überdachte Terrasse hinausging. »Wie geht's dir, Baby? Haben uns lange nicht gesehen.«

»Ja – monatelang! Ich kann kaum glauben, daß du hier bist! Warum hast du nicht vorher angerufen?«

Er strich sich mit seinen langen, knochigen Fingern über das Gesicht. Clark war immer dünn gewesen, aber jetzt wirkte er fast ausgemergelt.

»Ich wollte dich sehen, nicht mit dir reden!« Er grinste. »Du siehst anders aus, Polly – richtig zum Anbeißen!«

Polly strahlte und entspannte sich etwas. Sie wußte nicht so recht, warum sie das Gefühl gehabt hatte, Michael vor Clark warnen zu müssen. Jetzt stand er vor ihr, und es war alles ganz normal!

»Danke – du sieht auch gut aus! Willst du nicht reinkommen?«

»Nein«, erwiderte er und deutete auf seine schlammbespritzten Stiefel. »Ich will drinnen nicht alles versauen – besser, wenn schöne Dinge schön bleiben!« Er wandte sich zu der Seite des Hauses um, an der sie ihn entdeckt hatte, und das Grinsen verschwand von seinem Gesicht wie das einer Lehmskulptur im Regen. Seine Stimmung schlug völlig um.

»Warum hast du mir nichts gesagt?« meinte er vorwurfsvoll.

Polly kaute auf ihrer Unterlippe herum. »Ich dachte, du wüßtest es.«

Er sah sie an, und der Blick seiner grünen Augen verfinsterte sich. »Ich wußte gar nichts, bis ich in den Zeitungen von der Beerdigung gelesen habe.«

»Und – bist du hingegangen?«

»Du weißt genau, daß ich nicht da war!«

»Nein, das weiß ich nicht, ich mußte im Krankenhaus bleiben.«

Clark war wütend. »Aber ich hab' angerufen und dir was aufs Band gesprochen!«

»Davon wußte ich nichts – der Anrufbeantworter hat nicht funktioniert!«

Er schüttelte den Kopf und trat ein paar Schritte von der Tür zurück. Dann wandte er Polly den Rücken zu und streckte eine Hand unter dem Dach des Patio hervor. Es goß immer noch in Strömen.

»Wer hat sie umgebracht?« fragte er.

»Die Polizei meint, es sei Selbstmord gewesen.«

Er dachte eine Weile darüber nach, dann änderte sich seine Stimmung wieder, und er lachte leise. »So, so, die Polizei! Was haben die sonst noch gesagt?«

»Nichts.«

»Haben sie nach mir gefragt?«

Polly zögerte. »Nein ...«

Clark fuhr herum. »Aber jemand anderes?«

Sie hatte ihm nie etwas vormachen können; er hatte eine seltsame Macht über sie, die sie sich nicht erklären konnte.

»Ja, ein Typ in der Schule.«

»Wie heißt er?«

»Michael.«

»Und sein Nachname?« beharrte Clark.

»Das weiß ich nicht genau«, sagte Polly und fügte kläglich hinzu: »Er wollte auch deinen Nachnamen wissen.«

Clark kam zu ihr zurück und berührte kurz mit seinen nassen Fingern ihr Kinn. Es war fast, als entlüde sich dabei elektrische Spannung, und sie begann ungewollt zu zittern.

»Weißt du noch, als wir uns kennengelernt haben?« fragte er. »An diesem heiligen Platz? Die Indianer, die dort begraben sind, glaubten, daß man einem Menschen alles antun kann, was man will, wenn man seinen geheimen Namen kennt.«

»Hast du mir darum nie deinen Nachnamen gesagt?«

Er grinste wieder. »Glaubst du etwa an diesen Unsinn?«

»Nein«, beteuerte sie.

Clark sah sie eine Weile nachdenklich an. »Ich erinnere mich an diesen Michael«, sagte er dann. »Ich habe ihn bei einem Football-Spiel getroffen. Weißt du, ob er mich während der Party gesehen hat?«

Wieder blitzte und donnerte es, und die Luft roch nach Ozon. Polly hob eine Hand und rieb sich die Schläfe. Sie fühlte keinen Schmerz, nur einen leichten Druck – und großes Erstaunen.

»Du warst auf der Party?« fragte sie benommen.

»Ja; ich bin ziemlich am Schluß gekommen, wie du mir gesagt hattest. Weißt du nicht mehr?«

»Doch«, versicherte sie hastig. »Ich hatte es nur für

einen Moment vergessen, das ist alles!« Sie erinnerte sich tatsächlich – wenn auch vielleicht nicht an alles, so doch an sehr viel. Sie waren zu dritt im Raum gewesen und hatten sich über irgend etwas gestritten, über die Pappbecher oder darüber, warum Clark nicht eher gekommen war – etwas in der Art. Dann hatten Clark und sie Alice allein in dem Zimmer gelassen und waren hinunter ins Erdgeschoß gegangen. Er hatte sich auf sein Motorrad gesetzt und war weggefahren, und sie war nach draußen gegangen, um den Chlorgehalt im Pool zu prüfen. Alice hatte sich den Revolver geholt ...

Die Einsamkeit, die Polly vorher im Schlafzimmer empfunden hatte, überfiel sie wieder mit solcher Macht, daß sie in Tränen ausbrach. Clark legte die Arme um sie, und sie kuschelte sich hinein.

»Ich hab' mich mit Alice immer nur gestritten und sie glauben lassen, ich würde sie hassen, dabei habe ich sie mehr geliebt als alles andere auf der Welt«, sagte sie. »Und jetzt ist sie nicht mehr da, und meine Tante ist hier, aber sie kann kaum atmen. Hilf mir, Clark – du mußt mir helfen! Ich kann so nicht leben, ich hab' das Gefühl, ich müßte auch sterben!«

Lange Zeit sagte er gar nichts, sondern hielt sie nur in seinen Armen, wie er es getan hatte, bevor er mit Alice zusammengewesen war. Als er sie schließlich losließ, fühlte sie sich etwas besser, wenn auch ein wenig benommen. Er strich ihr eine Strähne aus der Stirn und kratzte sie dabei aus Versehen mit einem Fingernagel.

»Alles wird gut, Mädchen«, sagte er. »Du mußt nicht sterben; du hast nichts falsch gemacht, überhaupt nichts!«

»Aber ich ...«

»Schscht! Genug geweint. Zuviel Trauer stört den Schlaf der Toten! Sag mir lieber, ob Michael glaubt, daß Alice ermordet worden ist.«

Polly wischte sich die Tränen ab. »Er hat so einen Verdacht.«

»So ... und sonst?«

»Er hat mir ein Formular gegeben, das Tantchen ihm unterschreiben soll.«

»Zeig es mir!« verlangte er.

Als sie es ihm gab, warf er kaum einen Blick darauf, sondern faltete es zusammen und steckte es in seine Jackentasche.

»Ich sehe es mir später an«, sagte er.

»Wenn du willst, kann ich es dir auch jetzt vorlesen; ich hab' Unmengen an Möhren gegessen und kann im Dunkeln sehen!«

Er ging nicht auf ihre Worte ein, sondern streckte den Kopf in den Türspalt und sog die Luft ein. »Hier drinnen stinkt es! Ist diese alte Frau immer noch da?«

»Ja, sie ist krank. Sie hatte einen Herzanfall, und ich pflege sie.«

»Warum tust du das? Mit alten Leuten ist es so: Wenn sie an der Reihe sind, dann sterben sie, egal, was du tust!«

»Sag nicht solche Sachen!«

»Aber es stimmt, Baby! Manchmal ersticken sie an ihren eigenen Zungen. Ist es nicht schrecklich, das die ganze Zeit über mit anzusehen?«

»Das macht mir nichts aus. Ich pflege sie gut!«

Er grinste und wollte gerade etwas sagen, als jemand an die Haustür klopfte.

»Wer ist das?« fuhr er Polly an.

»Keine Ahnung. Ich gehe nachschauen, ja?«

»Nein, warte! Ich mache mich besser davon. – Mein Motorrad steht zwar am Ende der Auffahrt unter einem Baum, aber es wird wahrscheinlich doch naß.« Er umfaßte ihren Arm und zog sie zu sich heran. Einen Moment lang dachte Polly, er würde sie küssen, aber dann ließ er sie plötzlich los und bedeutete ihr durch Gesten, ihm von der Terrasse weg zu folgen.

»Komm her!« sagte er.

»In den Regen? Da werde ich ja naß!«

»Und wen stört das?«

Sie ging zu ihm hinüber und stellte sich neben ihn in

den herabströmenden Regen. Der Besucher an der Vordertür klopfte wieder, aber sie nahm es kaum wahr. Die Feuchtigkeit fühlte sich herrlich an, durchtränkte ihre Haare, und einzelne Tropfen rannen in den Ausschnitt ihrer Bluse und über ihre Brüste.

Clark nahm sie wieder in den Arm und flüsterte nahe an ihrem Ohr: »Ich mag dich so ... Jetzt bist du kalt, wie ich ...« Er küßte leicht ihren Nacken, und sie stellte sich vor, daß der Regen tief in seine Haut eingedrungen war, während er auf seinem Motorrad durch die Nacht raste. Die Berührung seiner Lippen ließ sie frösteln, doch gleichzeitig fühlte sie, wie eine seltsame Wärme ihren Rücken hochstieg.

»Liebst du mich, Polly?«

»Ich ... ich bin froh, daß du da bist!«

»Willst du, daß ich wiederkomme?«

»Ja.«

»Dann tue ich es auch.« Er küßte sie wieder auf den Hals, dann trat er einen Schritt zurück. »Ich muß dir was verraten. Kannst du ein Geheimnis für dich behalten?«

»Natürlich!«

»Erst mußt du mir versprechen, mit niemandem über mich zu reden.« Er strich ihr leicht über die Schulter und hielt sie am Stoff ihrer Bluse fest. »Schwör es bei deinem Leben!«

Sie bekreuzigte sich und nickte. »Worum geht es denn?«

»Michael weiß etwas, aber was er weiß, hat er sich erst jetzt zusammengereimt: Alice hat sich nicht selbst umgebracht.«

»Woher weißt du das?«

»Deine Schwester war viel zu intelligent, um ihre Haare in ihrem eigenen Blut zu waschen!«

»Und wer hat sie dann getötet?« fragte Polly verwirrt.

Clark starrte sie aus seinen hellgrünen Augen an, während der Besucher an der Haustür zum drittenmal klopfte. »Weißt du es wirklich nicht?«

»Nein«, erwiderte sie.

»Würdest du mich anlügen?«

Polly fühlte sich wieder etwas benommen. »Ich weiß es wirklich nicht!«

Seine Miene entspannte sich, und Polly erkannte darin eine Zuneigung, die sie bisher nie bemerkt hatte.

»Vielleicht erinnere ich mich auch nicht mehr – aber ich male, was ich sehe! Hör gut zu, und denk drüber nach: Du hast sie nicht umgebracht, und ich hab' nicht den Finger am Abzug gehabt!«

Polly mußte über die Abwegigkeit seiner Anspielung lächeln.

»Natürlich haben wir so etwas nicht getan!«

Clark wandte sich zum Gehen und spuckte auf den Rasen.

»Dann bleib am Leben, Baby, und bleib cool – nur so kommen Leute wie wir auf die Dauer durch!«

Er verschwand in Richtung des Tores an der Westseite des Hauses.

Wirklich ein interessanter Typ, dachte Polly, und beeilte sich, zur Tür zu kommen.

Der Besucher war Russ. Er trug nichts außer einem grünen T-Shirt und Jeans. Jemand hatte ihm einen Schlag aufs Auge versetzt, und sein Gesicht war bis zur Nase geschwollen.

Polly fand es absolut schmeichelhaft, daß er in seiner Verfassung zu ihr gekommen war.

»Ich brauche einen Platz zum Schlafen«, sagte er.

Sie hatte immer gewußt, daß er sie mochte – und auf einmal war sie ganz zufrieden und überhaupt nicht mehr einsam. Plötzlich kamen all diese netten Jungen, die mit ihr reden und sie küssen wollten – es könnte ruhig öfter regnen, dachte sie.

Aber vielleicht würde Clark es nicht so gerne sehen, wenn Russ sie küßte! Sie sah, daß sein Motorrad noch immer am Ende der Auffahrt stand, und ihr Blick flog zur Westseite des Hauses: Wahrscheinlich war er noch nicht durch das Tor gekommen. Rasch streckte sie die Hand aus, faßte Russ am Arm und zog ihn ins Haus.

»Du armer Kerl!« sagte sie. »Komm, ich mache dir was zu essen, und dabei kannst du mir alles erzählen.«

Sie briet ihm ein Steak mit Pommes Frites. Es war kein Bier im Haus, aber er schien ganz zufrieden mit dem teuren französischen Rotwein, den sie aus dem Schrank ihrer Tante geholt hatte. Zumindest war die Flasche leer, bevor er zum Nachtisch überging.

Als Polly ihn fragte, wer ihn so geschlagen hatte, zuckte er nur mit den Schultern, und sie nahm es ihm nicht übel. Sie war nicht so neugierig wie viele Leute, die sie kannte.

Dann sahen sie eine Weile fern; Russ liebte die alten Folgen von ›Star Trek‹ – mit laufendem Ton. Sie unterhielten sich noch ein bißchen, aber schließlich fing er an zu gähnen.

Polly führte ihn ins Obergeschoß, zu ihrem eigenen Zimmer, und er war so ein Gentleman, daß er keine besonderen Umstände erwartete. Er sagte einfach nur gute Nacht und zog die Tür hinter sich zu.

Polly ließ sich unten auf die Couch fallen, und ihre Tante hielt sie die ganze Nacht über wach. Aber das machte ihr nichts aus. Es war gut, einen Mann im Haus zu haben!

5. KAPITEL

»Wie konntest du bloß so unvorsichtig sein?« fragte Jessica.

»Aber ich habe es doch extra mit in den Laden genommen, weil ich besonders vorsichtig sein wollte«, gab Sara trotzig zurück.

»Eine Tasche mit dreitausend Dollar im Kühlraum eines Supermarktes zu vergessen, das ist aber alles andere als vorsichtig«, meinte Jessica trocken.

»Ich hab' sie nicht einfach so liegen lassen. Ich hab' sie hingehängt, und später hat Russ mich aus dem Kühlraum gejagt!«

»Russ hat dich rausgejagt?« Jessica schnaubte verächtlich. »Wahrscheinlich hast du ihn eher eingeschlossen! Was hast du denn vorgefunden, als du gestern abend wieder hingefahren bist?«

»Also ...«

»Hast du deine Tasche wiedergefunden?«

»Ja.«

»Und das ganze Geld war fort?«

»Ja.«

Jessica sah ihre Freundin eindringlich an. Sie vermutete Schlimmes. »Das war noch nicht alles, oder?«

»Die Tür zum Kühlraum fehlte auch.«

»Was ist denn damit passiert?«

»Der Geschäftsführer meinte, Russ hätte sie eingeschlagen.«

»Wie bitte? Also hast du ihn tatsächlich eingesperrt? Was zum Teufel ist bloß in dich ... Ach, vergiß es – ich will es gar nicht wissen! War Russ noch da, als du wiederkamst?«

»Nein, sein Boß hat ihn gefeuert, weil er die Tür ruiniert hat.«

»Hast du ihm denn wenigstens erklärt, daß es deine Schuld war?«

»Nein – ich wollte mein Geld wiederhaben, und dabei wäre mir ein wütender Geschäftsführer keine große Hilfe gewesen!«

Jessica seufzte. »Mein Gott, wie geschickt! Du bist der größte Dummkopf, der je zur Schülersprecherin gewählt worden ist!«

»Ich hatte eigentlich gehofft, du würdest mich aufheitern!« meinte Sara kleinlaut.

»Das verdienst du nicht!« gab Jessica zurück.

Sie schwiegen einen Moment.

»Er muß das Geld genommen haben«, meinte Jessica schließlich.

Sara schüttelte nur stumm den Kopf.

»Aber du hast versucht, ihn einzufrieren. Warum kann er nicht aus Rache das Geld genommen haben?«

»Weil Russ so was nie tun würde!«

»Hast du mit ihm gesprochen?«

»Ich hab' bei ihm zu Hause angerufen.«

»Und?«

»Er wohnt nicht mehr dort.«

»Klasse! Einfach wunderbar! Sag das noch mal!«

»Sein Vater hat ihn rausgeworfen, und ich weiß nicht, wo er jetzt ist.« Sara kratzte sich am Kopf. »Nachdem Russ entlassen worden war, ist ein halbes Dutzend Leute ein paar Stunden lang in den Kühlraum hinein- und wieder hinausgerannt, um das Gefriergut in ein anderes Lager zu bringen, damit es nicht verdirbt. Einer von denen muß die Tasche gefunden und das Geld genommen haben!«

»Ein halbes Dutzend Angestellte ... Es dürfte doch kein Problem sein, die zu überprüfen!«

»Nein, überhaupt kein Problem!« Sara seufzte.

Jessica trommelte ungeduldig mit den Fingern auf dem Lenkrad herum.

»Da hast du wirklich ganze Arbeit geleistet! Du kannst weder die Band noch das Essen bezahlen, und der Ball muß wieder verschoben werden. Wahrscheinlich wird er sogar ganz abgesagt!«

»Und deine Krone könnte anfangen zu rosten«, erwiderte Sara spitz.

»Davon rede ich gar nicht«, gab Jessica ärgerlich zurück.

»Und ob du davon redest! Ich bin in Schwierigkeiten, Jessie, und alles, was dich interessiert, ist diese affige Schönheitskonkurrenz!«

»Das ist nicht wahr!«

»Du denkst doch an nichts anderes!«

»So? Und was soll ich deiner Meinung nach tun?«

»Du könntest mich zum Beispiel moralisch unterstützen und aufhören, mir zu erzählen, für wie dumm du mich hältst!«

»Du bist aber dumm! Du gehst in diesen Supermarkt, um eine Dose Fleisch zu kaufen und einen Tischherrn für den Ball zu suchen, und am Ende bist du um dreitausend Dollar ärmer und hast fast einen Menschen umgebracht!«

Sara warf der Freundin einen eigenartigen Blick zu, bevor sie sich in ihren Sitz zurücksinken ließ.

»Ich fürchte, ich muß dir recht geben«, murmelte sie.

Jessica holte tief Luft. »Ich glaube immer noch, daß Russ das Geld genommen hat. Ich hätte es an seiner Stelle jedenfalls getan!«

Sara seufzte tief auf. »Nein, so gut kenne ich ihn – so ein Mensch ist er nicht. Das Geld ist verschwunden, und zwar auf Nimmerwiedersehen!«

»Wieviel ist noch auf dem Konto?«

»Ungefähr zweitausend. Aber für die Hälfte davon habe ich schon Schecks ausgestellt.« Sie schüttelte den Kopf. »Es wird einfach nicht reichen!«

»Und wenn du Polly fragst?«

»Das habe ich schon versucht. – Ich hab' heute morgen mit ihr gesprochen. Sie sagt, sie braucht die Unterschrift ihrer Tante, um an soviel Bargeld zu kommen.« Sara zuckte mit den Schultern. »Das glaube ich ihr auch.«

»Könntest du nicht noch ein Auto für eine Tombola finden?«

»Dazu ist keine Zeit mehr.« Saras Lächeln fiel ungewohnt kläglich aus. »Ich bin für Vorschläge jederzeit dankbar!«

Jessica dachte einen Moment nach.

»Ich habe aber keine«, sagte sie dann.

Der Baum, unter dem sich immer die Football-Mannschaft versammelte, war durch seinen Standort wie durch seine Ausmaße der Mittelpunkt des Schulgeländes und gleichzeitig der beliebteste Treffpunkt. Die riesige Eiche mit den dicken, ausladenden Ästen stand genau zwischen dem Verwaltungsgebäude und der Bibliothek, nicht weit von der Snack-Bar entfernt.

In der Lunchpause versammelten sich darunter garantiert mindestens die Hälfte der Jungen, um mit mindestens der Hälfte der hübschen Mädchen aus den Cheerleader-Teams zu flirten.

Außer während der Woche vor der Party, als sie Bill Skater regelrecht verbissen verfolgt hatte, hatte Jessica diesen Platz meistens gemieden, denn größere Menschenansammlungen – selbst aus harmlosem Anlaß – waren ihr zuviel.

Aber heute war alles anders: Gleich würden die Ergebnisse der Wahl zum Hofstaat für den Homecoming-Ball von einer großen Plattform aus verkündet werden, die unter dem Baum aufgebaut worden war.

»Wo ist denn Sara?« fragte Maria Gonzales. »Liest sie nicht die Namen vor?«

»Nein; ich habe gehört, daß Mr. Bark, mein Lehrer im Politikkurs, das übernommen hat«, erklärte Jessica. »Sara hat im Moment zuviel anderes im Kopf.«

Maria nickte mitfühlend.

»Es muß ziemlich anstrengend sein, sich um alles zu kümmern!«

»Du weißt gar nicht, wie recht du hast!« gab Jessica trocken zurück.

»Bist du sehr nervös?« wollte Maria wissen.

»Ich fühle mich ungefähr so, als ob ich auf meine eigene Hinrichtung warten würde!«

Maria ließ ihren Blick über die Anwesenden gleiten.

»Du bist die Hübscheste hier, das sieht doch jeder!«

»Jeder außer mir!« Dr. Baron hatte Recht gehabt, als er sagte, daß die Buchstaben und Ziffern auf der Tafel bedeutend mehr Sinn machten, wenn sie ihre Brille aufsetzte – aber sie hatte den ganzen Morgen über das Gefühl gehabt, die anderen würden sie anstarren und denken, daß sie aussah wie ein wandelndes Lexikon.

Im Moment jedoch hatte sie die Brille in der Hand und wußte deshalb nicht genau, ob sie vielleicht an Halluzinationen litt, als sie die langbeinige, blonde Schülerin ganz allein auf einer der Bänke unter dem Baum sitzen sah. Jessica zeigte auf das Mädchen.

»Wer ist das?«

Maria runzelte die Stirn. »Clair Hilrey«, erwiderte sie.

»Und was tut sie da?«

»Nichts.«

Jessica setzte verstohlen ihre Brille auf. Die Cheerleaderin war wirklich ganz allein, und als ob das nicht schon sehr außergewöhnlich gewesen wäre, wirkte sie auch noch ausgesprochen niedergeschlagen.

»Was wohl mit ihr los ist«, meinte Jessica.

»Wahrscheinlich hat sie Angst, nicht im Hofstaat zu sein«, vermutete Maria.

»Clair hat das Selbstbewußtsein einer Flutwelle – nein, das ist es nicht. Irgendwas stimmt nicht mit ihr!« Jessica nahm die Brille wieder ab und packte sie weg. »Dabei fällt mir ein, daß du heute morgen in Chemie auch ziemlich traurig ausgesehen hast!«

»Mir geht's aber gut!«

»Ach, komm, Maria! Sind wir nicht lange genug befreundet? Du bist nicht glücklich! Was hast du für ein Problem?«

Das zierliche Mädchen, das mit seinen Eltern aus Lateinamerika ins Land gekommen war, schüttelte verlegen den Kopf.

»Ich bin glücklich!«
»Denkst du noch an Nick?«
»Nein!«
Nach Alices Party, als die Polizisten im Haus der McCoys hin- und hergelaufen waren und sie alle vernommen hatten, waren urplötzlich Marias Eltern aufgetaucht.
Als Jessica ihre Eltern angerufen hatte, um ihnen zu erklären, was passiert war, hatte sie vergessen zu sagen, daß sie nicht bei Maria zu Hause Bescheid sagen sollten, und das war ein Fehler gewesen.
Mr. und Mrs. Gonzales hatten nicht einmal gewußt, daß ihre Tochter auf einer Party war, noch dazu um zwei Uhr morgens. Und zu allem Überfluß waren Marias Eltern auch noch ausgerechnet in dem Augenblick erschienen, als Bubba den Polizisten von dem Kampf zwischen Nick und dem ›Rock‹ im Pool berichtete. Maria hatte dabei keine ganz unwichtige Rolle gespielt, was Bubba geschickterweise in Anwesenheit ihrer Eltern erwähnte.
So brauchten sie nicht lange, um zu begreifen, daß Maria mit Nick befreundet war, und es war natürlich auch nicht gerade günstig, daß die Polizei Nick wie Kats und Russ zu weiteren Verhören mit aufs Revier nahm.
Jessica hatte zwar nicht gehört, was Marias Eltern ihrer Tochter zu sagen hatten, aber ein Blick auf ihre Mienen, als sie gegangen waren, hatte gereicht, um zu wissen, daß es nichts Freundliches gewesen war.
In Marias Familie ging es noch sehr streng zu, und nun durfte sie auf gar keinen Fall auch nur in Nick Grutlers Nähe kommen.
»Das ist gelogen«, meinte Jessica jetzt, denn sie wußte, daß Maria noch oft an Nick dachte.
Maria wollte schon protestieren, aber dann nickte sie.
»Ich wünschte, ich könnte an etwas anderes denken«, sagte sie traurig.
»Es wird schon wieder werden, keine Angst!«
Maria hatte daran große Zweifel.

»Ich kann ja nicht mal mit ihm darüber reden«, meinte sie.

»Natürlich kannst du das! Deine Eltern müssen ja nichts davon erfahren. Du könntest ihm wenigstens alles erklären!«

»Wie soll ich ihm denn erklären, daß meine Eltern – nur weil er schwarz ist – denken, er hätte Alice umgebracht?« Sie schüttelte den Kopf. »Dann soll er lieber glauben, daß ich ihn nicht mehr mag – es macht alles einfacher!«

Mr. Bark stieg auf die Plattform, und es wurde plötzlich ganz still. Jessica betete, daß Mr. Bark nicht noch eine Rede halten würde. Wenn sie noch eine Minute länger warten mußte, würde sie anfangen zu schreien!

Er hielt seine Rede trotzdem. Sie dauerte eine gute Viertelstunde, handelte davon, wie wunderbar es war, in diesen aufregenden Zeiten heranzuwachsen, und – Gott segne ihn, dachte Jessica: Er schaffte es sogar, die Notwendigkeit nuklearer Abrüstung darin unterzubringen! Jessica hörte zähneknirschend zu – doch schließlich zog er den Umschlag aus der Tasche.

»Und jetzt zum neuen Hofstaat!« sagte er gespannt und faltete den Zettel mit der Liste auseinander. »Prinzessin Nummer eins ist ...«

Jessica – Jessica – Jessica – laß es mich sein, mich, bitte!

Mr. Bark hielt verblüfft inne. »Hier scheint mir ein Fehler vorzuliegen. Der Hofstaat müßte aus fünf Mädchen bestehen ...«, sagte er, trat vom Mikrophon zurück und sprach einen Moment leise mit Bubba.

Bubba nickte zu allem, was Mr. Bark ihn fragte, und schließlich ging der Lehrer wieder ans Mikrophon zurück.

»Wir haben ein ungewöhnliches Wahlergebnis«, erklärte er. »Sechs Mädchen sind punktgleich auf dem fünften Platz gelandet; deshalb wurde entschieden, daß der Hofstaat in diesem Jahr nur aus vier Mädchen besteht. Das sind Clair Hilrey, Cindy Fosmeyer, Maria Gonzales und Jessica Hart.«

Maria ließ ihre Bücher fallen und schlug die Hände vor den Mund. Jessica stieß unwillkürlich einen lauten Schrei aus. Dann fielen sie sich in die Arme und lachten mit Tränen in den Augen.

Es war ein herrliches Gefühl, fand Jessica, besser als alles, was sie bisher erlebt hatte.

Sie konnte gar nicht wieder aufhören, vor Freude zu zittern.

»Ich kann es noch gar nicht glauben«, wiederholte Maria immer wieder. »Ich kann es einfach nicht glauben!«

»Wir brauchen es auch nicht zu glauben«, meinte Jessica noch immer lachend. »Es ist auch so wahr, und wir sind mitten drin!«

Schüler, die sie kannten, aber auch andere kamen, um zu gratulieren. Cindy Fosmeyer war eine von ihnen; sie hatte einen großen Busen und eine bemerkenswert lange Nase. Jessica küßte sie auf die Wange.

Alles schien mit unglaublicher Geschwindigkeit abzulaufen – Schulterklopfen, Lachen, Umarmungen, Küsse ...

Aber kein Kuß und keine Umarmung von Polly oder Sara, und Jessica hatte sich gerade auf die Suche nach ihnen begeben, als Bill Skater auf sie zukam und ihr die Hand schüttelte.

»Ich wußte, daß du gewählt werden würdest«, sagte er.

»Wenn das so war, warum hast du es mir nicht gesagt?« Sie kicherte und umarmte ihn dann flüchtig. Damit hatte er nicht gerechnet.

»Na, ja, Jessie, du hast mich eben nicht danach gefragt!«

Jessica fühlte sich stark und übermütig wie noch nie.

»Gut, ich habe also nicht gefragt. Aber warum fragst du mich nicht etwas?«

Diese blauen Augen! Bill schenkte ihr einen äußerst verführerischen Blick – mit seinem Aussehen konnte er wahrscheinlich gar nicht anders, als so zu blicken – aber in seiner Stimme war ein leises Zögern, als er sagte: »Willst du heute abend mit mir ausgehen?«

Das war alles, was ihr zu ihrem Glück noch gefehlt hatte – sozusagen die Sahne auf dem Kuchen. Sie beschloß, vielleicht später wirklich noch Kuchen essen zu gehen.

»Sehr gern!« antwortete sie.

Sie war eine Prinzessin, und sie hatte einen Prinzen gefunden. Jessica gab ihm ihre Telefonnummer, umarmte ihn noch einmal kurz und machte sich dann auf die Suche nach ihren Freundinnen.

Doch statt dessen stieß sie weitab vom Gewimmel draußen in dem Raum, in dem sich Saras Schließfach befand, auf Clair Hilrey.

Clair war allein, und sie sah aus, als fühle sie sich auch genauso.

Sie gaben sich die Hand, und Clair gratulierte Jessica sogar.

»Vier arme kleine Prinzessinnen«, sagte sie, »das klingt wie ein schlechtes Märchen, findest du nicht?«

»Zumindest eigenartig, diese Sache mit den gleichen Stimmenzahlen!« erwiderte Jessica.

»Darüber war ich nicht so überrascht«, meinte Clair. »Ist Maria eine Freundin von dir?«

»Ja.«

»Dann gratulier ihr von mir!«

»Das werde ich tun.« Jessica lächelte. »Bist du gar nicht aufgeregt?«

Clair wandte sich ihrem Schließfach zu, um die Kombination einzustellen. »Frag mich das in ein paar Wochen noch mal, wenn auf dem Ball mein Name aufgerufen wird!«

So war das also! »Vielleicht bist du es dann, die mich fragt«, erwiderte Jessica.

Clair war einen Moment still und warf ihr einen kurzen Blick zu. Und dann begann sie zu lächeln, strahlend und selbstsicher.

»Du mußt wissen, Schätzchen – ich verliere nie!«

6. KAPITEL

Sara hatte unbemerkt von Jessica die Bekanntgabe der Namen der Prinzessinnen beobachtet. Aber sie hatte aus mehreren Gründen Hemmungen gehabt, ihrer besten Freundin zu gratulieren.

Erstens fand sie, wie sie Jessica morgens im Wagen schon gesagt hatte, daß diese die ganze Geschichte viel zu wichtig nahm.

Und zweitens war sie wegen des verlorenen Geldes und der Tatsache, daß Russ ihretwegen seinen Job verloren hatte, so deprimiert, daß sie Angst hatte, Jessica mit einer unpassenden Bemerkung die Freude zu verderben.

Daß diese beiden Gründe sich widersprachen, störte Sara nicht im geringsten. Denn im Grunde freute sie sich sowohl für Jessica wie auch für Maria und war nicht im mindesten eifersüchtig.

Um nichts in der Welt hätte sie selbst in den Hofstaat gewählt werden wollen – ihr Amt als Schülersprecherin reichte ihr schon vollkommen!

Im Moment mußte sie vor allem Geld auftreiben und gleichzeitig Russ seinen Job wiederbeschaffen – und sie wußte selbst nicht, was ihr mehr Kopfzerbrechen bereitete.

Seine Bemerkungen klangen ihr noch in den Ohren und beschäftigten sie.

Bisher hatte sie immer gedacht, es sei ihr egal, ob sie beliebt war oder nicht – und sie hatte sich immer für halbwegs clever gehalten.

Aber Russ schien ehrlich zu glauben, daß sie ihre Position benutzte, um ihn zu verführen – und dabei war es gleichgültig, ob er recht hatte oder nicht, obwohl er natürlich unrecht hatte. Vielleicht war etwas an der Art falsch, wie sie ihm begegnete – das wäre zumindest eine Erklärung gewesen!

Heute war er nicht in der Schule – gut, also würde sie sich morgen wieder Gedanken über ihn machen. Jetzt waren zuerst die großen Scheine und der dicke Bubba an der Reihe!

Sie folgte Bubba, als er nach der Versammlung seinen Platz unter der großen Eiche verließ und zum Computerraum ging.

Es war allgemein bekannt, daß er an der Börse spekulierte, und ihre Erkundigungen in der Schule hatten ergeben, daß er dabei sehr viel Erfolg zu haben schien.

Er war so etwas ähnliches wie ein Genie, wenn es darum ging, aus ein paar Dollar ein paar Tausender zu machen.

Während sie an die Tür klopfte und die Klinke herunterdrückte, hoffte sie, daß er ihr für einen guten Rat kein Geld abnehmen würde ...

Er saß schon an einem der Bildschirme und tippte mindestens eine Million Worte pro Minute in die Tastatur; in dem Augenblick, als er sie hereinkommen hörte, verdunkelte er den Bildschirm, doch er schien sich zu freuen, daß sie gekommen war, und bot ihr einen Stuhl an.

»Na, wie findest du unsere neuen Prinzessinnen?« erkundigte er sich.

»Ich war erstaunt, daß Maria Gonzales und Cindy Fosmeyer gewählt worden sind«, erklärte Sara. »Maria dürfte das stillste Mädchen der ganzen Schule sein, und Cindy ist nun auch nicht gerade das, was man sich unter einer Prinzessin vorstellt!«

»Du meinst, sie ist ein Trampeltier?«

»Ja, genau.«

Bubba nickte.

»Aber dafür hat sie diesen Atombusen, und der ist schon für die Hälfte der Stimmen gut!« Er streifte seinen dunklen Bildschirm mit einem Seitenblick. »Sie war immer eine meiner Favoritinnen!« Er grinste plötzlich, als sei sein Kommentar besonders komisch gewesen. »Und was kann ich für Sie tun, Chefin?«

»Ich hab' ein kleines Problem und habe gehört, du könntest mir vielleicht helfen, es zu lösen.«

Er lehnte sich in seinem Stuhl zurück, offensichtlich sehr zufrieden darüber, daß sein Ruf sie zu ihm geführt hatte. »Handelt es sich um ein finanzielles oder ein sexuelles Problem?« fragte er.

»Du hast Nerven«, gab Sara empört zurück.

»Ja, aber außerdem hab' ich auch noch ein sehr volles Bankkonto und einen großen ... Na, sagen wir einfach, ich wäre bereit, dir auf beiden Gebieten jederzeit zu helfen!«

»Es handelt sich um ein finanzielles Problem«, erwiderte Sara.

»Schade!«

»Ich brauche dreitausend Dollar, und zwar bis Anfang nächster Woche.«

»Warum?«

»Weil ohne das Geld der Ball ins Wasser fällt.«

»Warum?«

»Was meinst du mit ›Warum‹? Ich brauche das Geld, um das ganze Drum und Dran zu bezahlen!«

»Hast du das ganze Geld aus der Tombola denn schon ausgegeben?«

»Nein, eigentlich nicht ...«

»Und was ist dann damit passiert? Hast du es verloren?«

»Ich – ja, zugegeben.«

»Und wie hast du es verloren?«

»Was macht das für einen Unterschied? Es ist jedenfalls weg.«

»Wenn du es wegen eines Typen verloren hast, dann ist dein Problem nicht nur ein finanzielles, sondern auch ein sexuelles! Ich weiß gern genau, worauf ich mich einlasse, bevor ich in irgendwas Zeit investiere!« Er nahm einen Stift in die Hand. »Bist du mit Russ Desmond zusammen?«

»Was geht dich das eigentlich an? Nein, ich bin nicht mit ihm zusammen! Also – kannst du mir nun helfen oder nicht? Wenn nicht ... ich hab' noch nicht zu Mittag gegessen.«

»Wo würdest du gern essen gehen?«

»Wie bitte?«

»Ich lade dich zum Essen ein. Wo würdest du gern hingehen?«

Sara stand auf. »Nirgendwohin! Danke, daß du mir deine kostbare Zeit geschenkt hast!«

Sie war schon an der Tür, als Bubba sie mit den Worten aufhielt: »Ich kann dir das Geld besorgen – vielleicht zumindest ...«

»Und wie?«

»Komm zurück, und setz dich wieder!«

Sie tat, was er ihr sagte. Er legte seinen Stift zur Seite, beugte sich vor und sah sie eine Weile stumm an.

»Du bist hübsch, Sara«, sagte er dann.

»Wie?« wiederholte sie ihre Frage.

Er zuckte mit den Schultern. »Ist das so wichtig? Du solltest mich lieber fragen, was dich dieser Gefallen kosten würde.«

»Was würde mich dieser Gefallen kosten?«

»Sex.«

Sara lachte ungläubig. »Wie bitte?«

»Sex!«

»Bist du verrückt? Willst du damit sagen, du bezahlst mir dreitausend Dollar für meinen Körper?«

Er lehnte sich wieder zurück und schüttelte den Kopf.

»Nein – und das sage ich nicht, um dich zu beleidigen, aber ich müßte verrückt sein, wenn ich dir – oder irgend einem anderen Mädchen – soviel Geld bezahlen würde, um mit ihm ins Bett zu gehen. Nein, ich habe gesagt, daß ich dir das Geld besorgen kann. Ich habe nichts davon gesagt, daß ich es dir gebe.«

»Und woher willst du es bekommen? Nimmst du es von deinem eigenen Konto?«

»Nein, mein Geld ist zum großen Teil festgelegt.« Er dachte einen Augenblick nach. »Wieviel hast du noch übrig?«

»Einen Tausender.«

»Kannst du heute Nachmittag noch an das Geld herankommen?«

»Nicht ohne Bill Skaters Unterschrift.«

»Hast du irgendwo eine Kopie von etwas, das Bill unterschrieben hat?«

»Ja ...«

»Dann kannst du also Bills Unterschrift fälschen?«

»Ja, aber ganz so verzweifelt bin ich noch nicht! Ich weiß, worauf du hinaus willst: Ich soll dir die tausend Dollar geben!«

»Du bist so verzweifelt, sonst wärst du nicht hier. Und ich brauche tatsächlich das Geld, das du noch übrig hast!«

»Niemals. Was würdest du damit tun?«

»Ich würde es investieren.«

»Kann man mit investiertem Geld denn so schnell Gewinn erzielen?«

»Auf dem Rohstoffmarkt setzt du heute hundert Dollar ein und hast morgen fünfhundert.«

»Aber ich habe gehört, das sei eine ähnlich sichere Methode wie Würfel spielen!«

»Nicht, wenn man weiß, was man tut! Aber ich hatte es auch nur als Beispiel genommen. Was ich wirklich mit dem Tausender tue, kann ich noch nicht genau sagen – ich muß erst drüber nachdenken.«

Sara schüttelte den Kopf. »Das kommt mir etwas unsicher vor. Ich brauche das Geld wirklich innerhalb von ein paar Tagen, und wenn du es nicht aus deinen eigenen Rücklagen nehmen willst, kann ich dich leider nicht ernst nehmen!«

Bubba wirkte amüsiert.

»Ich stelle fest, du hast bisher noch nichts zu meiner Bitte bezüglich einer kleinen sexuellen Entschädigung gesagt!«

»Und was sollte ich dazu sagen? Das war doch ein Scherz, oder?«

»Nein.«

Sara merkte, wie sie rot wurde, und sagte sich, daß Bubba es sicher auch sah.

»Aber du müßtest in einer Woche verdreifachen, was immer ich dir gebe, und das kann niemand garantieren!« beharrte sie.

»Niemand kann irgend etwas garantieren. Aber ich glaube, und da bin ich so gut wie sicher, daß ich mit deinem Geld viel erreichen kann. Jetzt zu deinen Terminen ...« Er nahm seinen Stift und langte nach einem Blatt Papier. »Wen mußt du bezahlen?«

»Vor allem den Lebensmittellieferanten und die Band.«

»Ich brauche ihre Namen und Telefonnummern, dann sorge ich dafür, daß wir sie später bezahlen können.«

»Darauf werden sie sich nicht einlassen.«

»Doch, das werden sie, nachdem sie mit mir gesprochen haben! Gib mir die Nummern!«

»Warte – ich hab' noch nicht ganz begriffen: Ich gebe dir tausend Dollar, und dafür übernimmst du die Verantwortung für die Rechnungen?«

»Was soll das Geschwafel über Verantwortung? Ich tue mein Bestes, mehr kann ein Mann nicht tun!«

Sara schluckte. »Und wenn du alles bezahlt hast, muß ich mit dir schlafen?«

»Ja.«

»Wie oft?«

»Einmal.«

»Ist das alles?«

»Wenn es vorbei ist, wirst du dir wünschen, wir hätten noch hundert Male vor uns!«

»Aber du hast schon mindestens die Hälfte der Mädchen in der Schule durch – Gott weiß, was für Krankheiten du dir eingefangen hast!«

Bubba grinste.

»Meine große Erfahrung hat mich auch sehr vorsichtig gemacht. Vertrau mir, Sara – ich werde sehr gut auf dich aufpassen!« Er schwieg einen Augenblick und fragte dann: »Kommen wir ins Geschäft?«

Sara verzog das Gesicht.

»Hat dir schon mal jemand gesagt, was für ein verkommener Sack du bist?«

Bubba warf den Kopf zurück und lachte herzlich.

7. KAPITEL

Wenn ein anderer mich so lange gedrängt hätte, etwas zu tun, das ich nicht tun wollte, dachte Nick Grutler, dann hätte ich ihm wahrscheinlich inzwischen das Nasenbein gebrochen.

Aber vor Michael empfand er große Achtung, und er hatte festgestellt, daß es sich meistens auszahlte, auf ihn zu hören.

Michael versuchte ihn davon zu überzeugen, ins Basketballteam einzutreten. Sie spielten zu zweit auf einem Feld draußen in der Nähe des Baseball-Feldes der Mädchen und waren fast fertig. Vom Sturm der vergangenen Nacht war eine Pfütze übrig geblieben, der sie ausweichen mußten, aber das störte keinen von ihnen und ließ sie auch nicht langsamer spielen.

Der Unterricht war vor einer Stunde zu Ende gewesen, und das offizielle Training der Schulmannschaft war abgesagt worden. Der neue Trainer bestand darauf, daß der Boden der Turnhalle gebohnert wurde, und die neue Reinigungsschwadron der Tabb High hatte das noch nie zuvor getan.

Wahrscheinlich würde sie es auch nie wieder tun dürfen, denn bei der Geschwindigkeit, mit der die Arbeit vorankam, würde der Boden nicht einmal bis zum Homecoming-Spiel fertig werden!

Michael hatte Nick gebeten, mitzukommen und ihm beim Üben seines Sprungwurfs zu helfen – und natürlich war es dabei nicht geblieben.

Sie versuchten sich gegenseitig auszustechen, aber der Wettkampf war nicht gerade ausgeglichen: Nick führte in einem Fünfzig-Punkte-Spiel mit vierundvierzig zu dreißig.

Michael hatte Schwierigkeiten, ihn aufzuhalten, weil Nick den Ball beidhändig mit derselben spielerischen Leichtigkeit annahm, drei Viertel seiner Schüsse innerhalb einer Entfernung von zwanzig Fuß um den Korb herum plazierte und, wie Michael behauptete, förmlich dorthin flog, auch wenn Nick meinte, daß er stark übertrieb.

»Aber wenn dieser neue Trainer wirklich so ein Idiot ist«, sagte Nick jetzt und warf Michael den Ball zu, damit dieser ihn ins Aus befördern konnte, »warum soll ich mich dann für ihn totschuften?«

»Du würdest es ja nicht für ihn tun«, gab Michael zurück und wischte sich den Schweiß von der Stirn. Nick bewunderte seine eiserne Entschlossenheit als Verteidiger, obwohl er sicher war, daß er ihn jederzeit ausspielen konnte, wenn er es wirklich wollte. »Du spielst nur für dich allein!«

»In einem Mannschaftssport?« Nick sah seinen Freund genauer an. »Bist du sicher, daß du nicht mal eine Pause einlegen willst?«

»Mir geht's gut«, sagte Michael und dribbelte langsam im Feld auf und ab. »Ich glaube, du weißt gar nicht, wie talentiert du bist! Du könntest garantiert im Durchschnitt dreißig Punkte und zwanzig Rebounds machen, wenn wir andern dir nicht zu sehr im Weg herumständen!« Er blieb schwer atmend stehen, eine Hand in die Hüfte gestemmt. »Bist du soweit?«

»Ich bin bereit«, erwiderte Nick.

Michael nickte und dribbelte weiter die Linie entlang. »Wenn du in der ersten Hälfte der Saison so eine Trefferquote hättest, würden die Talentsucher von allen Colleges in der Gegend herkommen, um dich spielen zu sehen. Hast du schon mal daran gedacht, aufs College zu gehen?«

»Ich hab' nicht mal daran gedacht, die High School zu Ende zu machen, bevor ich dich getroffen hab'«, erwiderte Nick trocken, und das war nicht gelogen. Michael hatte ihn zum Lernen gebracht, und zwar, indem er ihn drängte, jede Woche ein Buch von vorne bis hinten durchzulesen.

Das war für Nick am Anfang eine reine Plage gewesen,

denn er hatte jede Seite zwei- oder dreimal mit Hilfe eines Lexikons durchgehen müssen.

Aber er hatte dabei festgestellt, daß Michaels Theorie von einem großen Vokabular als Schlüssel zum Erfolg absolut richtig war. So konnte er jetzt sogar in Mathematik die Aufgaben besser lösen, seit er die Beispiele nachvollziehen konnte.

Außerdem hatte er festgestellt, daß er gern las – und daß er nicht dumm war.

Michael hatte ihm denn auch vor nicht mehr als einer Stunde noch gesagt, daß nur jemand mit einem hohen IQ sein Vokabular innerhalb von zwei Monaten verdoppeln konnte. Nick hatte beschlossen, daß er zu Hause als erstes die genaue Bedeutung von IQ nachsehen würde! »Würdest du nicht gern aufs College gehen?« fragte Michael jetzt.

»Ich weiß nicht, was ich da soll«, gab er zurück.

»Du würdest genau wie hier Kurse belegen, nur könntest du dich auf dem College auf jedes Fach spezialisieren, das dir gefällt, und darin einen Abschluß machen.« Michael blieb plötzlich stehen und legte einen Sprungwurf über fünfzehn Fuß hin. Nick sprang leichtfüßig hoch und schlug den Ball übermütig zurück in Michaels Richtung.

»Hübscher Block«, murmelte Michael und fing den Ball wieder auf.

»Kann man auch einen Abschluß in Geschichte machen?« erkundigte sich Nick.

»Klar! Du liest gern Texte über die Vergangenheit, stimmt's?«

»Ja – es ist interessant, was die Leute damals alles gemacht haben!«

Michael schien unentschlossen, was sie jetzt tun sollten.

»Warum legen wir nicht eine kleine Pause ein?« schlug Nick vor.

»Nur, wenn du müde bist!«

Nick gähnte und nickte. Eine Woche nach der Beerdigung von Alice McCoy hatte Michael ihn wegen eines Jobs in einer Fabrik angerufen, in der Vitamintabletten hergestellt wurden. Nick war sofort mit dem Fahrrad hingefahren und hatte den Job auf der Stelle bekommen.

Erst später hatte er herausgefunden, daß sie ihn genommen hatten, weil sie Michael einen Gefallen schuldeten, der offensichtlich einmal dem Sohn des Besitzers geholfen hatte.

Nick kannte die Einzelheiten nicht, er war einfach nur dankbar, daß er regelmäßig Geld verdiente, so daß sein Vater ihn nicht auf die Straße setzte.

Aber er arbeitete lange und mußte sehr oft sehr schwer heben.

Meistens arbeitete er von drei bis Mitternacht, und er konnte sich einfach nicht aufraffen, sich nun auch noch die Last täglichen Basketballtrainings aufzuladen. Das sagte er auch Michael, als sie an die Seitenlinie gingen und ihre Sweatshirts holten.

»Du solltest auch nicht Vollzeit arbeiten«, meinte Michael. »Schließlich bist du noch auf der High School! Nimmt dein Dad dir etwa das ganze Geld ab?«

»So gut wie.«

»Das ist nicht fair!«

»Wenn du meinen Vater kennen würdest und er deinen Gehaltsscheck wollte, glaub mir, du würdest ihm das Ding auch geben! Außerdem arbeitest du auch Vollzeit!«

»Das ist etwas anderes – meine Mutter braucht das Geld. Und eigentlich geht es auch nicht nur darum. Überleg dir mal den langfristigen Nutzen des Trainings: Du kommst in die Mannschaft, verblüffst alle mit dem, was du kannst, dir wird ein College-Stipendium angeboten, du machst einen Abschluß, findest einen Job, in dem du dich nicht jeden Tag bis an dein Lebensende totschuften mußt; und dann siehst du bestimmt auch ein, daß du dafür in den nächsten paar Monaten mal auf ein paar Stunden Schlaf verzichten kannst!«

Nick wischte sich mit seinem Sweatshirt den Schweiß von der Stirn und zog es sich dann über den Kopf.

»Hör mal für eine Minute damit auf, mich mental aufzubauen, und sag mir ehrlich: Bin ich wirklich so gut?«

»Du bist sogar noch besser!«

Nick schüttelte den Kopf. »Das glaube ich dir nicht.«

Statt einer Antwort schmetterte Michael den Ball genau in seine Richtung.

»Hey!« rief Nick und fing ihn nur Millimeter vor seiner Nase ab. »Bist du verrückt?«

Michael nickte. »Ich kenne in der ganzen Schule keinen außer dir, der diesen Ball noch gefangen hätte. Alle anderen hätten ihn höchstens noch wegschlagen können! Du hast Reflexe, du hast genau das richtige Ballgefühl, und du beherrschst den Sprungwurf sogar aus der Hocke. – Glaub mir, du bist wirklich *so* gut!«

Nick senkte den Kopf und dribbelte mit dem Ball um seine abgetragenen Turnschuhe herum. In den letzten drei Jahren hatte er sich nur dieses eine Paar Schuhe geleistet.

»Der ›Rock‹ und ein paar seiner Football-Kumpel sind auch in der Mannschaft«, wandte er ein. »Was glaubst du, wie die mich empfangen werden?«

»Oh, ja, sie werden dich sicher wie ein Stück Dreck behandeln, besonders, wenn du den Ball an ihren Köpfen abprallen läßt, nachdem du gepunktet hast! Aber ich kann mir nicht vorstellen, daß du dich durch sie abhalten läßt!«

»Es geht nicht nur um sie, Mike! Da ist noch etwas anderes!«

»Und was?«

»Jemand will mich reinlegen, Mike.«

»Wer ist es?«

Nick nahm den Ball und umschloß ihn ganz fest mit den Händen. Er spürte seine eigene Kraft, und auch die Wut, ganz tief in ihm, die dieser Kraft Nahrung zu geben schien. Bis auf einige kurze Momente kam es ihm so vor, als sei er sein ganzes Leben lang wütend gewesen ... oder allein und ungeliebt. Manchmal empfand er es als schwierig, diese Gefühle auseinanderzuhalten.

»Es gibt da so einen Typen, er ist auch hier auf der Schule – er heißt Randy, seinen Nachnamen kenne ich nicht.«

»Wie sieht er aus?«

»Er ist ziemlich häßlich, hat dunkle Haare, dichte, rötliche Koteletten, und er sieht schon älter aus. Weißt du, von wem ich rede?«

»Ja – ich habe ihn schon mal gesehen. Was macht er mit dir?«

»Er versucht mir Drogen zu verkaufen. Ich weiß, das hört sich nicht allzu tragisch an, aber er läßt nicht locker, obwohl ich ihm schon mindestens sechsmal gesagt habe, daß ich nicht interessiert bin! Ich glaube, er versucht, mir was unterzuschieben.«

»So schlimm?«

»Ja; heute nachmittag hab' ich in meinem Schließfach eine Tüte auf meinen Büchern gefunden, mit einem Zettel, auf dem stand: *Gratis, kleine Empfehlung des Hauses*. In der Tüte waren ein paar Gramm Koks.«

»Und was hast du damit gemacht?« erkundigte sich Michael.

»Ich hab' sie Bubba gegeben.«

»Aber warum?«

»Er war dabei, als ich sie gefunden hab', und er wollte sie haben.«

»Bubba nimmt aber keine Drogen!«

»Vielleicht wollte er das Zeug ja verkaufen, keine Ahnung!«

Michael überlegte einen Moment. »Daß dieser Typ älter aussieht, könnte wichtig sein. Vielleicht hilft uns der Computer ... Hey, was ist los?«

Sie kam vom Mädchenduschraum her, die langen dunklen Haare zu einem Pferdeschwanz gebunden wie an dem Tag, an dem sie sich zum erstenmal begegnet waren. Obwohl sie weit weg war, sah Nick einen Moment lang nur sie und nichts anderes mehr.

»Es ist Maria«, sagte er.

Michael konnte seine Faszination nicht teilen. Er hielt

Maria für eingebildet, weil sie Nick hatte fallenlassen, nur weil er nach Alices Tod von der Polizei verhaftet worden war.

Michael wußte aber auch nichts von ihrer panischen Angst, aufzufallen oder als das entlarvt zu werden, was sie war – eine illegale Einwanderin.

Aber vielleicht hätte es auch nichts an seiner Meinung über sie geändert. Manchmal erschien es selbst Nick als ein ziemlich dürftiger Grund. Trotzdem verging kaum eine Stunde, in der er nicht an sie dachte.

»Sie muß sich jetzt ganz toll vorkommen, wo sie in den Hofstaat gewählt worden ist und so ...«, sagte Michael.

»Maria ist nicht so«, gab Nick zurück.

Michael blickte ihn an, dann schaute er zu dem Mädchen hinüber. »Tut mir leid, das hätte ich nicht sagen sollen!«

Nick drehte den Ball zwischen seinen Händen. Gleich würde er ihn zerdrücken – er wußte, daß er ihn zum Platzen bringen konnte.

»Es macht mich fast wahnsinnig!«

»Und was willst du tun?«

»Mit ihr reden! Aber sie weigert sich, mit mir zu sprechen.«

»Hast du sie gefragt, warum?«

»Ich hab's versucht.«

»Dann versuch es noch mal! Warum nicht jetzt gleich?«

»Nein ... Nein, ich kann nicht!«

»Jetzt hast du einen guten Vorwand, zu ihr zu gehen: Du willst ihr zu ihrer Wahl in den Hofstaat gratulieren! Komm, gib mir den Ball! Ich warte auf dich!«

»Mike ...«

»Geh schon – bevor sie weg ist!«

Nick ging tatsächlich – er hatte nur einen kleinen Anstoß gebraucht.

Maria sah ihn kommen und blieb stehen, um auf ihn zu warten, und Nick nahm das als gutes Zeichen – doch es war keins.

»Hallo«, sagte er. »Wie geht's dir?«

Sie wirkte so ruhig, daß er dachte, sie werde sicher merken, wie er innerlich zitterte. Doch ein weiterer Blick genügte ihm, zu erkennen, daß ihre Ruhe ebenso gespielt war wie das Lächeln auf ihrem Gesicht. Sie hatte nur aus Höflichkeit gewartet, nicht weil sie es wollte.

»Gut«, erwiderte sie. »Und dir?«

»Ach, ich bin ganz verschwitzt.« Er deutete auf Michael und zum Spielfeld hinüber. »Wir trainieren ein bißchen zusammen.«

Sie nickte, genau wie an dem Tag, als sie sich kennengelernt hatten, nur etwas kühler, nicht annähernd so vertrauensvoll.

»Ich hab' euch gesehen. Bitte grüß Mike von mir, ja?«

Das klang wie eine Verabschiedung.

»Mache ich. Übrigens habe ich gehört, daß du in den Hofstaat gewählt worden bist. Das muß sehr aufregend sein!«

Ihre Stimmung hellte sich ein bißchen auf. »Ich kann es immer noch nicht glauben! Ich habe nicht damit gerechnet, daß auf der ganzen Schule überhaupt irgend jemand meinen Namen kennt!«

»Mich hat es nicht gewundert. Ich habe für dich gestimmt!«

»Wirklich?«

»Aber klar!«

»Und wen hast du außerdem gewählt?« Jetzt war sie ernsthaft neugierig.

»Jessica und Sara und dieses Mädchen, mit dem Bubba zusammen ist – Clair.«

»Aber das sind nur vier – du konntest fünf Mädchen wählen!«

»Ich habe aber nur diese vier Namen auf den Stimmzettel geschrieben.«

Jetzt, während sie dastand und Nicks Komplimente hörte, ließ Maria im Geist wahrscheinlich noch einmal die Zeremonie am Nachmittag an sich vorbeiziehen und wirkte vollkommen glücklich. Aber das sollte nicht so bleiben. Plötzlich senkte sie den Kopf und sagte: »Ich muß gehen!«

Das Wort brach einfach so aus ihm heraus. »Warum?«

»Weil ... Ach, Nick, weil ...« Sie preßte ihre Bücher fest an sich, den Kopf noch immer gesenkt. »Ich muß einfach ...«

»Ich verstehe ...« Und dann sagte er etwas, das ihm auf der Seele gelegen hatte, seit die Polizisten ihn zusammen mit Kats und Russ in die Zelle geführt hatten, nachdem Alice McCoy eine Kugel in den Kopf bekommen hatte. »Ist es, weil ich nach dem Schuß die Treppe heruntergerannt bin?«

Maria stutzte kaum merklich. »Nein«, erwiderte sie.

»Du glaubst, ich hätte sie umgebracht!«

Sie wandte sich ab. »Nein!«

»Du bist die einzige, die weiß, daß ich diese Treppe herunterkam.« Er hielt einen Moment inne, und in seiner Stimme schwang plötzlich ein schärferer Ton mit, als er fragte: »Du bist doch die einzige, oder, Maria?«

Sie hatte ihm noch immer den Rücken zugewandt und nickte langsam. »Ja, das bin ich. Aber das hat auch nichts damit zu tun. All das ist völlig unwichtig.« Sie warf ihm über die Schulter einen Blick aus ihren dunklen Augen zu, in dem er las, wie einsam sie war. »Ich muß jetzt gehen!«

Er zuckte mit den Schultern. »Dann geh!«

Als er zum Spielfeld zurückkam, fragte Michael ihn, wie es gegangen war. Nick wiederholte alles, was zwischen Maria und ihm gesagt worden war, und verschwieg nur das, was die Szene auf der Treppe betraf.

Es war nicht so, daß er Michael nicht vertraute. Er schämte sich nur dafür, den Freund nach der Beerdigung belogen zu haben, als sie das erstemal über alles gesprochen hatten.

Damals war er gerade aus dem Gefängnis entlassen gewesen und hatte Angst gehabt, etwas zu sagen, das ihn auch nur im entferntesten belasten konnte.

Er mußte um Achtung kämpfen, und zwar nicht nur

um Michaels, sondern um die der gesamten Schülerschaft. – Vielleicht würde Maria ihn dann auch anders sehen und sich nicht mehr durch ihn bedroht fühlen!

Auf dem Weg zu den Duschen sagte er: »Ich glaube, ich versuche es wirklich mit Basketball!«

8. KAPITEL

Trotz der vernichtenden Niederlage im Übungsspiel gegen Nick fühlte Michael sich danach allein schon durch die Bewegung besser – und der Gedanke an seine Verabredung mit Jessica an diesem Abend ließ auch keine schlechte Stimmung zu. Letzte Nacht hatte er kaum einschlafen können, weil er ständig daran gedacht hatte.

Nachdem er sich von Nick verabschiedet hatte, machte sich Michael auf den Weg zum Computerraum, denn er hatte schon lange mit Bubba reden wollen, und er fand, jetzt sei ein guter Zeitpunkt dafür.

Er hatte seinen alten Freund nach Alices Tod nicht mit Absicht gemieden, wie er es bei Jessica getan hatte, aber trotzdem hatte er seitdem nur sehr selten ein paar Worte mit ihm gewechselt. Michael nahm an, daß Bubba seinerseits auf Abstand geblieben war, aus welchem Grund auch immer – und er fand es an der Zeit, ein klärendes Gespräch mit ihm zu führen.

Auf dem Weg kam er an einer Telefonzelle vorbei, und ihm fiel das Formular wieder ein, das er Polly gegeben hatte. Sie war nicht in der Schule gewesen, deshalb beschloß er, sie kurz anzurufen.

Sie ging erst nach dem siebten oder achten Klingeln an den Apparat.

»Du hast mich gerade noch erwischt, Mike. Ich war schon auf dem Weg nach draußen!«

»Ich will dich auch nicht lange aufhalten – könnte ich heute Nachmittag kurz vorbeischauen und das Formular abholen, das ich dir gestern gegeben habe?«

»Welches Formular?«

»Den Zettel mit der Erlaubnis, den ich von deiner Tante unterschreiben lassen wollte. Hat sie ihn schon durchgelesen?«

Polly zögerte. »Ich weiß nicht … Ich glaube nicht!«

»Gibt es Probleme? Wenn du willst, erkläre ich ihr gern selbst, wofür er ist!«

»Nein, das brauchst du nicht.«

»Kannst du mir ungefähr sagen, wann ich es wieder abholen kommen kann?«

»Laß mich überlegen ... Kann ich dich nicht zurückrufen?«

»Klar. Dann reden wir später darüber.«

Als er auflegte, wußte Michael, daß er lange warten konnte, bis Polly McCoy mit ihm Kontakt aufnehmen würde.

Michael war nicht überrascht, Bubba vor einem Computerterminal zu finden. Der Freund winkte ihm, sich zu setzen, nahm dabei aber kaum den Blick vom Bildschirm.

Michael blieb ein paar Minuten geduldig sitzen, doch dann fragte er: »Soll ich lieber später wiederkommen?«

»Nein.«

»Was machst du denn da?«

Bubba blickte weiter angestrengt auf den Bildschirm, über den endlose Zahlenreihen liefen.

»Wußtest du, daß die Tabb High dafür bezahlt, die neuesten Wall-Street-Kurse auf ihrem Modem zu haben?«

»Nein.«

»Die Verwaltung auch nicht.« Bubba deutete auf den Schirm. »Sieh mal: Ford zum Beispiel war gestern bei fünfundneunzigdreiviertel und ist heute auf zweiundneunzigeinhalb gesunken.«

»Hast du eine Option darauf?«

»Nein – an Optionen hab' ich mich noch nie herangetraut. Das ist einfach zu riskant, seit der Pfandbriefmarkt zusammengebrochen ist!« Er ging noch ein paar andere Zahlen durch und kratzte sich dann nachdenklich am Kinn. »Aber wenn der Markt so aussieht, stehen die Chancen auch gut für einen schnellen Gewinn!«

»Hast du es denn besonders eilig?«

»Gierige Menschen haben es immer eilig.« Bubba schaltete den Bildschirm aus, ließ sich entspannt in seinem persönlichen Drehstuhl zurücksinken und wandte Michael ernstlich seine volle Aufmerksamkeit zu.

»Was gibt's denn?«

»Das übliche – nichts. Und bei dir?«

»Was soll ich sagen? Die Welt dreht sich um mich ...« Er stutzte und sah Michael eindringlich an. Er war alles andere als unsensibel.

»Du willst über etwas reden, stimmt's, Mike?«

»Sieht man mir das so deutlich an?«

»Nein – aber meine Antennen empfangen es trotzdem sehr deutlich. Außerdem kennen wir uns schon eine Ewigkeit! Also, was hast du auf dem Herzen?«

Er erinnert mich daran, daß wir alte Freunde sind. Er weiß, daß ich ihm nicht traue!

Michael verdächtigte Bubba zwar nicht, Alice McCoy umgebracht zu haben, aber ihm war klar, daß Bubba trotzdem ein Lügner sein konnte. Nick hatte in dem abgeschlossenen Schlafraum neben dem Zimmer, in dem sie Alice gefunden hatten, jemanden weinen gehört. Nick hatte es vielleicht irrtümlich für Schluchzen gehalten, was in Wirklichkeit lustvolles Stöhnen gewesen war!

»Ja, ich will schon lange mit dir über etwas ganz Bestimmtes sprechen.«

»Dann leg los!«

»Hast du in dem Schlafzimmer neben dem Raum, in dem Alice gestorben ist, mit Clair geschlafen?«

Bubba lachte leise. »Wow, eine hübsche kleine Frage!«

Michael lächelte. »Hast du, oder hast du nicht?«

»Was habe ich den Polizisten gesagt?«

»Daß du dir vor dem Haus mit Clair die Sterne angeschaut hast.«

»Demnach lautet die Antwort nein!«

Michael beugte sich ein Stück vor. »Ach, komm, Bubba, das kannst nur du gewesen sein! Alle anderen scheiden aus.«

»Und welche Schlüsse würdest du daraus in bezug auf das ziehen, was mit Alice passiert ist?«

»Wenn du wirklich mit Clair in diesem Raum warst, dann hätte ich ein Rätsel weniger zu lösen.«

»Stehst du immer noch mit der Polizei in Verbindung?«

»Für die Polizei war es ein Selbstmord«, erwiderte Michael. »Ich bin aber noch in Kontakt mit dem Beamten, der den Fall bearbeitet hat. Warum?«

»Ach, nur so ...«

»Ich würde diese Information bestimmt nicht an die Polizei weitergeben, wenn es das ist, was dir Kopfzerbrechen bereitet!«

»Ich war aber nicht in diesem Zimmer. Wenn ich dort gewesen wäre, würde ich es dir sagen. Warum glaubst du mir eigentlich nicht?«

Michael wußte aus langer Erfahrung, was für ein begnadeter Lügner Bubba war.

Aber er fand keinen Grund dafür, weshalb Bubba ihn jetzt belügen sollte. Ganz sicher nicht, um Clairs guten Ruf zu retten, zumindest nicht, nachdem er damit geprahlt hatte, wie viele Kondome er zusammen mit ihr verbraucht hatte.

Doch die Frage blieb: Wer hätte es sonst sein können?«

War Bubba vielleicht mit Clair und Alice in dem Raum gewesen?

Michael lehnte sich auf seinem Stuhl zurück.

»Ich hoffe, Clair hat die Lektion in Astronomie gefallen! Hast du ihr auch den kleinen Bären gezeigt?«

Bubba grinste. »Hey, das hört sich ja an wie eine persönliche Beleidigung! Aber diese eine verzeih' ich dir. Wie kommst du mit dem Teleskop voran? Hast du schon irgendwelche Kometen entdeckt?«

Bubba konnte so elegant wie niemand sonst das Thema wechseln. Michael beschloß, es dabei bewenden zu lassen und die Angelegenheit später wieder zur Sprache zu bringen.

»Ich bin noch auf der Suche«, erwiderte er. »Der Himmel ist verdammt groß!« Er hatte sich geschworen, mit niemandem über seine Entdeckung zu reden, bis sich seine Vermutung bestätigt hatte. Er deutete auf den Bildschirm. »Ich wollte dich außerdem um einen Gefallen bitten.«

»Worum geht's?«

»Nimm die Codes von Miss Fenway, und ruf die Akte über diesen Randy auf, der ständig hinter Nick herläuft, um ihm Drogen zu verkaufen!«

»Von Randy Meisser?«

»Ist das sein voller Name?«

»Ja – ich hab' schon nachgeschaut. Er hängt an der Nadel.«

»Bist du sicher?«

»Nicht hundertprozentig – aber er ist plötzlich aus dem Nichts aufgetaucht, hat weder Zeugnisse noch eine gültige Adresse; ich glaube, daß die Polizei ihn hierher geschickt hat. So was machen sie neuerdings öfter.«

»Und warum, glaubst du, ist er so hinter Nick her?«

»Weil Nick schwarz ist.«

»Was hast du mit dem Kokain aus Nicks Schließfach gemacht?«

»Es in eine Pepsi getan, die ich Randy zu trinken gegeben hab'. Er ist im Literaturkurs hin und her getorkelt und vom Lehrer zum Direktor geschickt worden.« Bubba gähnte. »Ich werde schon was Passendes über ihn verbreiten. Er ist sicher nicht mehr lange hier!«

Michael fielen Polly und das Formular wieder ein, und er sagte: »Kann ich dich um noch einen Gefallen bitten? Ich würde mir den Autopsiebericht über Alice gern mal genauer ansehen, aber wenn ich es auf dem offiziellen Weg versuche, gibt es nichts als Schwierigkeiten. Ich dachte, du könntest vielleicht irgendwie in die Polizeiakten vordringen und ...«

»Vergiß es«, unterbrach ihn Bubba sofort.

»Aber warum?«

»Das Morddezernat arbeitet mit sehr wichtigen Informationen, anders als der Schulbezirk. Sie haben

Experten, die nur für den Schutz dieser Akten zuständig sind – da komme ich nicht dran!«

Michael hatte schon befürchtet, daß es so sein würde.

»Der Arzt, der die Autopsie vorgenommen hat, ist nicht fest bei der Behörde angestellt, sondern arbeitet als bezahlter Gutachter. Er heißt Dr. Gin Kawati; ich hab' mich in der Lunchpause ein bißchen umgesehen und festgestellt, daß er ein Büro in der Stadt unterhält.« Er zog einen Zettel aus seiner Tasche und gab ihn Bubba. »Das ist die Adresse. Wie du siehst, gehört er zur ARC-Ärztevereinigung, und die ist ziemlich groß. Sie müßte eigentlich ein eigenes Computernetzwerk haben.«

Bubba drehte den Zettel nachdenklich in der Hand. »Selbst wenn ich es schaffe, in ihre Dateien einzudringen – wer sagt mir, daß der gute Doktor die Kopie eines Berichts, den er für die Polizeibehörde geschrieben hat, auch in seinen privaten Akten aufbewahrt?«

»Wenn wir nicht nachschauen, erfahren wir es nie! Kannst du es nicht wenigstens versuchen?«

»Es hängt alles davon ab, wie ihr System aufgebaut ist. Vielleicht müßte ich dazu auch nachts mal hinunter in die Stadt, um eins von ihren eigenen Terminals zu benutzen.«

»Du meinst, du müßtest in ihr Büro einbrechen?«

»Ja; aber vielleicht geht es auch von hier.« Bubba legte den Zettel zur Seite. »Ich schau' mal hinein.«

»Das finde ich sehr nett von dir!« Michael rutschte etwas unbehaglich auf seinem Stuhl herum. »Wahrscheinlich hältst du mich für verrückt, weil ich die Sache nicht endlich ruhen lasse, stimmt's?«

Bubba wandte sich ab und schaltete seinen Bildschirm wieder ein.

»Ich verstehe, wieviel sie dir bedeutet hat, Mike. Du brauchst mir nichts zu erklären!«

»Danke!«

Plötzlich flog die Tür auf, und Clair Hilrey stand vor ihnen.

Michael sprang auf und ging zu ihr, um ihr zu ihrer

Wahl in den Hofstaat zu gratulieren, doch die Worte blieben ihm im Halse stecken.

Ihre sonst so klaren blauen Augen wirkten blutunterlaufen, und sie war nicht weggegangen, um zu feiern und etwas zu trinken; sie hatte ganz offensichtlich geweint.

Trotzdem rang sie sich ein höfliches Lächeln ab, als sie ihn sah, und wischte sich mit der Hand verstohlen über die Wange.

»Hallo, Mike! Störe ich euch?«

Bubba war auch aufgesprungen und hatte dabei seinen Stuhl umgeworfen. Mit dieser Geschwindigkeit stand Bubba für Mädchen ungefähr so oft auf, wie er zur Sonntagsmesse ging.

Michael merkte, daß er überflüssig war.

»Ich wollte sowieso gerade gehen!« versicherte er.

»Ja, er wollte sowieso gehen«, wiederholte Bubba und warf Clair einen scharfen Blick zu. Sie senkte den Kopf.

Michael ging eilig zur Tür und sagte: »Ich lasse euch besser allein!« Offensichtlich bin ich hier nicht der einzige, dem viel im Kopf herumgeht, dachte er.

9. KAPITEL

Polly hatte Michael nicht belogen: Sie war tatsächlich auf dem Weg nach draußen gewesen, als er anrief. Sie mußte im Supermarkt Lebensmittel einkaufen und bei der Familienberatung Kondome besorgen – denn wenn Russ' Appetit auf diesem Gebiet genauso groß war wie beim Essen, schien es ihr besser, wenn sie vorbereitet war!

Den ganzen Tag über hatte er nichts anderes getan als fernzusehen und zu essen. Ihre Tante wußte nichts von seiner Anwesenheit im Haus, und da sie ihr Schlafzimmer nicht mehr verließ, sah Polly keine Veranlassung, es ihr zu sagen.

Nachdem sie mit Michael gesprochen hatte, konnte sie ihr Schlüsselbund nicht finden. Es war nicht dort, wo sie es immer hinlegte: auf der Arbeitsplatte neben der Mikrowelle.

Sie durchsuchte gerade die Schubladen, als Tony Foulton anrief, der Bauingenieur in dem Unternehmen, das sie von ihren Eltern geerbt hatte. Er machte sich Gedanken über die Plattform, die er für den Homecoming-Ball bauen sollte.

»Polly, ich hab' dir letzte Woche schon gesagt, daß ich in solchen Dingen kein Spezialist bin. Ich glaube, Sara täte besser daran, eine Firma damit zu beauftragen, die Erfahrung in so etwas hat!«

»Genau das habe ich ihr ja auch gesagt. Aber sie behauptet, das könnte die Schule sich nicht leisten. Wie geht es denn voran?«

»Die Plattform selbst ist kein Problem – die Tatsache, daß sie auf der Ladefläche eines Pick-ups installiert werden soll, macht mir Sorgen. Wie weit muß dieser Wagen fahren, sagtest du?«

»Nur hundert Yards. Bis zur Schule können wir ihn ziehen.«

Tony überlegte einen Moment. »Wäre es nicht möglich, einen richtigen Auflieger oder eine Zugmaschine zu mieten?«

»Wieviel würde das kosten?«

»Um diese Zeit sind sie wegen all der Festumzüge schwer zu bekommen, aber ich könnte mich ja in der Stadt mal erkundigen. Auf jeden Fall unter tausend Dollar!«

»Tausend Dollar sind eine ganze Menge Geld!«

»Ich glaube aber nicht, daß es so viel wird!«

»Aber – hast du nicht schon angefangen zu bauen?«

»Ja, wir sind sogar schon halb fertig. Aber es wäre kein großer Aufwand, es wieder abzubrechen.«

Polly wußte, wieviel ihre Tischler pro Stunde verdienten – das Ganze würde eine teure Suppe werden! Sara hatte wirklich Nerven, ihren Leuten so etwas zuzumuten!

»Aber warum? Die Plattform wird doch sicher nicht gleich in sich zusammenfallen, wenn jemand sich draufstellt, oder?«

»Nein, natürlich nicht. Aber wie ich schon sagte, ist der ganze Aufbau nicht sehr stabil!« Er hielt einen Moment inne. »Als Ingenieur würde ich mich einfach wohler fühlen, wenn wir den Wagen weglassen könnten!«

»Bist du morgen im Betrieb, Tony?«

»Ja; ich arbeite samstags normalerweise bis zwölf.«

»Gut, dann komme ich gegen zehn vorbei und schaue mir das Ganze mal an. Ach, ja, wie geht es übrigens Philip?«

Philip Bart war Vormann und arbeitete schon für die Firma, seit ihr Vater sie vor fünfzehn Jahren gegründet hatte. Die McCoy-Construction-Gesellschaft hatte vor einiger Zeit eine Ausschreibung für ein Zweihundert-Betten-Hotel in den Bergen am Big Bear Lake gewonnen. Bevor mit dem Bau begonnen werden konnte, hatte ein harter Granitblock im Boden mit Hilfe von Dynamit weggesprengt werden müssen.

Nach einer der Explosionen war Philip von einem herumfliegenden Stein am Kopf getroffen worden. Er hatte im Koma gelegen, und die erste Prognose der Ärzte war sehr schlecht gewesen. Aber vor ein paar Tagen hatte er zum Glück das Bewußtsein wiedererlangt.

»Viel besser«, sagte Tony mit Wärme. »Er kann sich im Bett schon aufsetzen und ißt auch wieder. Er hat mich gebeten, dir seinen Dank für den Scheck auszurichten, den du seiner Familie geschickt hast!«

»Das war das mindeste, was ich tun konnte! Ich bin froh, daß er wieder gesund wird! Grüß ihn herzlich von mir. Und Tony, beim nächstenmal sorg dafür, daß die Männer mehr Abstand halten, okay?«

Tony lachte. »Bis morgen, Polly!«

Russ kam in die Küche, gerade als sie den Hörer auflegte.

Er war unrasiert und wirkte sehr männlich. Als er am Abend zuvor im strömenden Regen angekommen war, hatte er einen Koffer draußen in seinem Laster gehabt.

Jetzt trug er eine kurze Trainingshose, Socken, Turnschuhe und sonst nichts.

»Wo willst du hin?« fragte sie.

»Ich muß trainieren«, erwiderte er.

»Aber ich dachte, die Saison für Geländelauf wäre vorbei!«

»Ich trainiere das ganze Jahr über.« Er setzte sich hin und kontrollierte seine Schuhbänder.

»Und wohin läufst du?«

»Wohin mich meine Füße tragen.«

»Du willst es mir nicht sagen, stimmt's?«

Er blickte auf. »Ich weiß selbst nicht, wohin ich laufe, Polly!«

»Aber es wird wahrscheinlich wieder regnen! Gestern hat es auch geregnet!«

Russ stand auf und streckte sich, zuerst nach oben, der Decke entgegen, dann in Richtung seiner Zehen, wobei seine kräftigen Rückenmuskeln an den Schulterblättern deutlich hervortraten.

»Der Regen und ich sind alte Freunde.« Er richtete sich auf und ging zur Tür. »Wir sehen uns später.«

»Warte!« hielt Polly ihn zurück. »Ich wollte mit dir noch über etwas reden!«

Er blieb stehen, die Hand schon auf der Klinke.

»Über was denn?«

»Jessica hat vor ein paar Minuten angerufen und mir erzählt, daß Sara dich in diesem Kühlraum eingesperrt hat. Ich habe nicht gewußt, daß sie dich so sehr haßt! Himmel, muß das schrecklich für dich gewesen sein! Als ich gestern abend gesehen habe, wie rot und wund deine Hände sind, wußte ich gleich, daß etwas nicht stimmte!«

»Ach, es war wahrscheinlich mein Fehler!« Er nickte ihr zu. »Bis später!«

Polly blickte ihm nach. Er war wirklich hart im Nehmen – vielleicht sogar zu hart! Er erlaubte jedem, auf ihm herumzutrampeln. Sie selbst hatte früher das gleiche getan.

Sie hatte Jessica nicht erzählt, daß Russ bei ihr untergekrochen war.

Erstens respektierte sie seine Privatsphäre, und zweitens wollte sie nicht damit angeben.

Polly fand ihren Schlüsselbund einfach nicht wieder und mußte die Ersatzschlüssel aus ihrem Schlafzimmer holen.

Als sie den Wagen aus der Garage setzte und ihn die Auffahrt hinunterrollen ließ, kurbelte sie das Fenster herunter und stellte fest, wie kühl die Luft war.

Im letzten Winter hatte sie für alle Fälle immer einen Pullover im Kofferraum gehabt.

Sie hielt an und stieg eilig aus, um nachzusehen, ob er noch da war.

Polly fand den Pullover – aber das war auch alles. Erst, als sie längst wieder im Auto saß und die Straße entlangfuhr, fiel ihr ein, daß die Axt, die sie Russ in der ersten Schulwoche weggenommen hatte und die sie ihm seitdem hatte wiedergeben wollen, nicht mehr in ihrem Kofferraum lag.

Sie konnte sich nicht erklären, was wohl damit geschehen sein mochte.

Um Mut zu sammeln, fuhr sie zuerst zum Supermarkt und kaufte alle möglichen Arten von gefrorenen Gerichten, Milch und noch einiges mehr. Erst dann fiel ihr ein, daß ihre Einkäufe so lange im Wagen liegen würden, wie sie in der Klinik warten mußte. Aber nachdem sie einmal beschlossen hatte, nicht nach Hause zu fahren, bevor sie nicht dort gewesen war, sagte sie sich, daß man eben Prioritäten setzen mußte: Ihre Gesundheit war wichtiger als ein paar lausige gefrorene Karotten! Wenn sie wie eine reife Frau mit jemandem schlafen wollte, dann mußte sie sich auch wie eine benehmen und die notwendigen Vorkehrungen treffen, um nicht schwanger zu werden.

Als sie die Stufen zur Klinik hinaufstieg, beglückwünschte sie sich selbst zu dem Entschluß, hierher zu kommen und nicht zu ihrem Hausarzt zu gehen. Dr. Kline kannte sie schon von klein auf. Er war alt und sehr konservativ und hätte ihr sicher eine Menge lästiger Fragen gestellt.

Außerdem machte es so mehr Spaß, denn vielleicht traf sie ja jemanden, den sie kannte.

Genau das passierte dann auch, aber zuerst hatte sie alle Mühe, der Schwester – Polly nahm an, daß es eine Schwester war, denn sie trug einen weißen Kittel – klarzumachen, was sie wollte.

Sie schienen einfach nicht dieselbe Sprache zu sprechen. Natürlich hatte sie in Frauenzeitschriften Artikel über Kondome und Diaphragmas gelesen, aber diese Artikel waren alle für Leute geschrieben worden, die schon wußten, was das alles war. Polly aber war nicht einmal sicher, welches Verhütungsmittel für Jungen gedacht war.

Die Schwester lächelte ihr beruhigend zu und bat sie,

Platz zu nehmen – der Arzt würde sie in wenigen Minuten aufrufen.

Das Wartezimmer war schon ziemlich voll – mindestens dreißig Patienten saßen darin, und nur drei von ihnen waren Jungen.

Aus den paar Minuten wurde eine halbe Stunde, und Polly begann gerade, unruhig zu werden, als sie plötzlich Clair Hilrey durch die innere grüne Schwingtür kommen sah. Sie wurde von einer Schwester gestützt und sah aus, als könne sie kaum laufen.

Die Krankenschwester führte sie zu einem Stuhl genau gegenüber von Polly, die Clair noch nie anders als sorgfältig frisiert und gut in Form gesehen hatte. Doch jetzt wirkte sie, als würde sie jeden Augenblick zusammenbrechen.

Bevor sie sie allein ließ, fragte die Schwester noch, ob sie zurechtkommen würde, und Clair nickte schwach.

Polly saß ein paar Minuten lang einfach da, beobachtete Clair und fragte sich, was diese wohl haben mochte.

Auf ihrer Stirn standen unzählige kleine Schweißperlen, und ihre Augäpfel zuckten unruhig hinter halb geschlossenen Lidern. Einmal beugte sie sich sogar vor und preßte den Kopf zwischen ihre Knie.

Polly war erleichtert, daß Clair sich nicht übergeben mußte.

»Ist alles in Ordnung?« erkundigte sie sich schließlich.

Clair atmete tief ein, stützte den Kopf in die Hand, doch sie blickte nicht auf, als sie sagte: »Ja, ich warte auf jemanden.«

»Aber du siehst krank aus! Ist dir schlecht?«

»Nein, im Moment nicht.«

»Dann ist es ja gut! Ich war heute nicht in der Schule, aber Jessica hat mir erzählt, daß ihr beide in den Hofstaat gewählt worden seid. Das ist wirklich toll!«

Clair richtete sich mühsam auf. »Was?«

Polly lächelte. »Jessica hat mir erzählt . . .«

»Jessica Hart?« fragte Clair.

»Ja; sie ist meine beste Freundin. Weißt du nicht mehr,

wer ich bin? Ich heiße Polly McCoy!«

Clair strich sich benommen mit der Hand über die Stirn.

»Polly, ach, ja, natürlich weiß ich, wer du bist.« Sie blickte zum Ausgang. »Wie geht's dir?«

»Sehr gut! Ich bin nur kurz hier reingesprungen, um Verhütungsmittel zu besorgen. Kennst du Russ Desmond? Er wohnt im Moment bei mir. Was für ein Verhütungsmittel benutzt du, Clair?«

»Gar keins.«

»Wirklich gar keins?«

»Ich ... ich brauche keins!« Sie stand auf und geriet dabei leicht ins Schwanken. Bubba war im Türspalt aufgetaucht. »Ich muß los, Polly! Paß auf dich auf!«

Bubba nahm Clair am Arm und half ihr zum Ausgang. Clair sagte irgend etwas, das wie ein Vorwurf klang, weil er zu spät kam, aber sie waren schon durch die Tür, bevor Polly seine Antwort hören konnte.

Polly verstand nicht, warum Jessica Clair nicht leiden konnte – sie schien eigentlich ganz nett zu sein!

10. KAPITEL

Auf dem Heimweg von der Schule hielt Michael an der Tankstelle an, wo Kats arbeitete. Durch sein Spiel gegen Nick und sein Gespräch mit Bubba war er heute spät dran. Die Sonne ging schon unter, und er hatte es eilig, unter die Dusche zu kommen und sich für seine Verabredung mit Jessica umzuziehen.

Aber nun, wo er einmal mit seinen Nachforschungen begonnen hatte, drängte es ihn, kurz anzuhalten und ein paar Worte mit Kats zu wechseln – nur für eine Minute.

Wenn man ihn gefragt hätte, wer seiner Meinung nach am ehesten Alices Mörder sein konnte, hätte er Kats genannt.

Er parkte an der Tanksäule mit Bedienung, was er sonst niemals tat, und stieg aus.

Kats kam aus der Werkstatt, wo er unter einem aufgebockten Camaro gelegen hatte. Er trug eine ölverschmierte Fliegerjacke, die eine Reinigung in einem ganzen Faß Benzin vertragen hätte, und zwischen seinen Lippen hing eine Zigarette.

Er mußte sich erst kürzlich mit jemandem geprügelt haben, denn Michael bemerkte, daß einer seiner Schneidezähne ausgeschlagen war – und er war vorher schon nicht gerade das gewesen, was man hübsch nennen konnte!

»Hey, Mikey, warum sieht man dich denn gar nicht mehr? Warst du verreist?«

»Nein, ich war schon hier. Was machst du so im Moment?«

Kats wischte sich über seinen öligen schwarzen Schnurrbart. »Arbeiten und Abendschule. Wahrscheinlich bekomme ich mein Zeugnis sogar gleichzeitig mit euch!«

»Davon habe ich ja gar nichts gewußt!«

Kats kicherte, als ob er irgend etwas genommen hätte

und auf dem Trip wäre. »Ja – und vielleicht legen sie unsere Abschlußfeiern sogar zusammen, stell dir mal vor!« Und dann fuhr er leise fort: »Letztes Jahr wolltet ihr nicht, daß ich teilnehme, weißt du noch?«

»Ich hatte nichts dagegen«, erwiderte Michael.

»Was?«

»Nichts!« Sie waren gerade allein, und Michael deutete auf seinen Wagen. »Könntest du ihn bitte mit bleifreiem Benzin vollmachen?«

Kats stutzte und sah ihn scharf an. »Seit wann bist du dir zu schade, um selbst zu tanken, Mikey?«

»Seit ich für vollen Service bezahle!«

Kats starrte auf die Tanksäule und grinste. »Mensch, tatsächlich – du stehst ja da, wo immer die Bonzen parken! Tut mir leid, das hatte ich nicht gesehen!« Er warf seine Zigarette weg und begann den Tankdeckel abzuschrauben. »Brauchst du keine Pfennige mehr zu zählen? Geht's dir so gut? Bei mir läuft im Moment auch alles gut! Sobald ich dieses Zeugnis habe, haue ich hier ab!«

»Willst du immer noch in die Army?« fragte Michael und lehnte sich an seinen Wagen. Er hatte die Zapfsäule mit Bedienung gewählt, weil er sich davon einen psychologischen Vorteil gegenüber Kats versprochen hatte, denn im Moment war er der Boss.

»Machst du Witze? Zu diesem zahmen Haufen?« Kats nahm die Zapfpistole aus der Halterung. »Ich gehe zu den *Marines* oder nirgendwohin!«

»Haben sie dich denn schon angenommen?«

Kats nickte. »Mach deine Schule fertig, und du bist dabei, haben sie gesagt.«

»War das vor deiner Verhaftung nach dem Tod von Alice McCoy oder danach?«

Michael hatte diese Frage mit Absicht so hart formuliert, um Kats eine Reaktion zu entlocken, aber der war entweder zu intelligent, um in die Falle zu tappen, oder zu dumm, um sie zu erkennen. Er steckte die Zapfpistole in die Tanköffnung und drückte den Griff herunter, so daß der Tank automatisch vollief.

»Weiß ich nicht mehr«, sagte er und zog einen Stofffetzen aus seiner Hosentasche. »Soll ich auch das Öl kontrollieren?«

Michael hätte an diesem Punkt aufhören und Kats einfach noch ein paar Fragen über den Abend der Party stellen können. Aber er beschloß, ihn noch ein bißchen mehr zu reizen, weil er meinte, aus ihm mehr herauszubekommen, wenn er wütend war.

Kats war einer von diesen Typen, die den Mund um so weiter aufrissen, desto mehr sie in die Enge getrieben wurden.

»Doch, natürlich weißt du das noch«, fuhr Michael deshalb fort. »Es war vor Alices Tod. Aber jetzt wette ich, daß die Marines dich in der Grundausbildung nicht mal von weitem an ein ungeladenes Gewehr heranlassen werden!«

Er wußte, daß das nicht stimmte, denn die Marines suchten gute Leute, hatten aber auch keine Probleme damit, wenn ein paar gute Killer darunter waren.

Kats wußte es offensichtlich nicht, denn er fing an, sich in Hitze zu reden.

»Ich hab' überhaupt nichts getan!« sagte er und riß die Kühlerhaube auf. Er wirkte sowohl gekränkt als auch wütend. »Ich hab' dieses Mädchen nicht umgebracht. Das würde ich nie tun, Mikey – du kennst mich doch, schon seit einer Ewigkeit! Hab' ich jemals ein Mädchen umgebracht?«

Michael folgte ihm zur Vorderseite des Wagens. »Es war deine Waffe, die sie in der Hand hielt. Und es waren auch deine Patronen. Auf beidem sind deine Fingerabdrücke gefunden worden. Kannst du mir das erklären? Warum tust du es nicht?«

»Ich hatte den Revolver im Auto, und ich weiß nicht, wie sie daran gekommen ist! Das hab' ich auch den Polizisten gesagt. Sie hatten kein Recht, in mein Zimmer zu gehen und mir alle meine Gewehre wegzunehmen!«

»Ein Mädchen stirbt, und du machst dir Gedanken um deine Waffensammlung?«

»Ich habe sie nicht umgebracht!«

»Und wer war es dann?«

»Das weiß ich nicht!«

»Aber was hast du auf der oberen Veranda gemacht, als der Schuß losging?«

Kats war in seinem Stolz verletzt und begann zu schmollen.

»Gar nichts!«

»Kats, du warst doch schon im zweiten Stockwerk – warum hast du so lange gebraucht, um zum Schlafzimmer zu kommen, nachdem der Schuß losgegangen war?«

»Wieso soll ich mit dir reden? Ich dachte, du wärst mein Freund, aber du bist schlimmer als die Polizei!« Er ließ die Motorhaube zufallen und wandte sich zum Gehen. »Hol dir dein Benzin gefälligst selbst, und dann mach, daß du wegkommst!«

Michael hielt ihn am Arm fest. Vielleicht war er doch ein bißchen zu hart mit Kats umgesprungen. Er hatte geglaubt, die Logik habe ihn hergeführt, aber vielleicht suchte er in Wirklichkeit nur blindwütig nach jemandem, dem er die Schuld an dem geben konnte, was geschehen war. Er stellte fest, daß sich an seinen Gefühlen seit dem Tag der Beerdigung nichts geändert hatte – nicht wirklich zumindest.

Kats riß sich los und ging einen Schritt zurück.

»Laß mich in Ruhe«, schrie er wütend.

Michael breitete in einer um Entschuldigung bittenden Geste die Arme aus. »Na gut, du weißt nichts – und ich auch nicht. Aber deshalb kannst du doch trotzdem meine Frage beantworten, oder?«

Kats schäumte und rang offensichtlich mit sich, ob er weiter mit ihm reden sollte. Doch schließlich sagte er: »Ich bin nicht direkt zu dem Schlafzimmer gelaufen, sondern zuerst noch in den Hinterhof.«

»Was? Du bist vom Dach gesprungen?«

»Nein, nicht vom Dach! So dumm bin ich nicht!«

»Aber warum haben wir dich dann nicht auf der Treppe getroffen?«

Kats schüttelte ungeduldig den Kopf. »Da war ich noch auf der Veranda. Ich dachte, ich hätte im Hof jemanden gesehen!«

»Aber da unten war niemand außer Polly!«

»Das wußte ich nicht. Ich bin bis zur Dachkante gegangen, um nachzuschauen, wer da war, und hab' Polly ins Haus rennen sehen.«

»Nach dem Schuß, ja«, meinte Michael.

»Genau, nach dem Schuß. Ich sah sie durch die hintere Tür im Haus verschwinden und dachte, irgend jemand wäre hinter ihr her. Also hab' ich weiter nach demjenigen gesucht, der geschossen hatte, aber ich hab' niemanden gesehen.«

»Und weiter?«

»Dann bin ich die Treppe runter und auf die hintere Veranda gegangen.«

»Und was hast du gesehen?«

»Das hab' ich dir doch schon gesagt – absolut nichts!«

»Was soll das alles heißen?«

Kats war immer noch beleidigt. »Du hast mich gefragt, warum ich für den Weg zum Schlafzimmer so lange gebraucht hab', und ich hab's dir gesagt. Dasselbe hab' ich auch der Polizei erzählt, und die haben mich glatt eine Woche im Gefängnis behalten. Ich weiß wirklich nicht, was mit euch allen los ist!«

Kats war wahrscheinlich noch dabei gewesen, von seinem Aussichtspunkt auf der oberen Veranda aus den hinteren Hof abzusuchen, als sie im Flur an der Außentür vorbeigekommen waren.

Aber die größte Unstimmigkeit in seiner Erklärung war offensichtlich, so sehr, daß sie Michael vielleicht gerade deshalb fast nicht aufgefallen wäre.

»Moment mal«, sagte er. »Wir waren unten und konnten trotzdem genau hören, woher der Schuß kam. Warum konntest du das nicht auch?«

»Hör auf, mich zu verhören, okay?«

»Aber du bist doch sonst so ein Experte, wenn es um Waffen geht! Mein Gott, du hast doch neben deinen

Gewehren geschlafen, seit du zwölf warst. Wie konntest du dich so irren?«

Kats stutzte, und er wirkte ehrlich verwirrt. »Ich weiß es wirklich nicht!«

Konnte jemand Alice von draußen erschossen haben?

Das ergab keinen Sinn. Die Patrone hätte die Sonnenblende am Fenster niemals durchschlagen können, und auch an der Wand wäre zumindest der Putz abgesprungen.

Außerdem hatte Alice den Revolver in der Hand gehabt. Nein – entweder log Kats, oder er mußte dringend sein Gehör testen lassen.

Außer Polly war niemand unten im Garten oder im Hof gewesen, und selbst wenn doch jemand da gewesen wäre, wenn zum Beispiel Clark dort irgendwo in den Büschen gehockt haben sollte, hätte er keine Möglichkeit gehabt, zu Alice vorzudringen.

Clark hätte diese Patrone nur dann in Alices Kopf schießen können, wenn er mit ihr zusammen in diesem Raum gewesen war. Und das war eine Version, die Michael überprüfenswert fand.

Er bezahlte das Benzin bei Kats und machte sich wieder auf den Weg.

Als Michael nach Hause kam, sagte seine Mutter ihm, Jessica habe angerufen. Sie ließ ihm ausrichten, daß er sie sofort anrufen sollte, wenn er ankam.

Er ahnte Böses. Wahrscheinlich war ihr etwas dazwischengekommen, oder vielleicht hatte sie auch einfach ihre Meinung geändert ... Er hatte bis zu diesem Augenblick gar nicht gewußt, wie sehr er sich darauf gefreut hatte, mit ihr allein zu sein!

»Schau nicht so finster drein!« meinte seine Mutter, als sie sein Gesicht sah. »Vielleicht sollst du ja nur eine halbe Stunde später kommen!«

»Hat sie sonst noch irgendwas gesagt?« erkundigte er sich.

»Nichts darüber, warum du sie anrufen sollst. Aber ich habe mich ein paar Minuten mit ihr unterhalten. Sie klang sehr nett.«

Seine Mutter lächelte. »Und ich hatte den Eindruck, daß sie dich mag!«

Er wurde rot. Sie wußte, wie sie ihn verlegen machen konnte, wenn es um ein Mädchen ging: Meist reichte es schon, wenn sie nur dessen Namen erwähnte.

In den sechziger Jahren hatte sie zur Hippie-Bewegung gehört und war noch immer sehr liberal. Wahrscheinlich war er der einzige Junge in der Tabb, dessen Mutter ihren Sohn für prüde hielt!

»Und wieso glaubst du das?« fragte er sehr interessiert.

»Weil sie deinen Namen auf eine ganz bestimmte Art ausspricht«, erklärte sie. »Sie nennt dich auch immer Michael, nie Mike. Und sie hat davon gesprochen, wie klug du bist. Natürlich habe ich ihr gesagt, daß du deine Intelligenz von mir geerbt hast.«

»Ehre, wem Ehre gebührt«, meinte Michael lächelnd. Seine Mutter und er waren sich äußerlich sehr ähnlich, hatten beide die gleichen schwarzen Haare und braunen Augen unter dunklen Brauen. Sie brauchten sich beide keine Sorgen um ihr Gewicht zu machen, und die Natur hatte ihnen beiden sehr reine Haut beschert, auch wenn Michael manchmal wünschte, sie wäre nicht ganz so hell – besonders, wenn er im Sommer am Strand in kurzer Zeit einen schlimmen Sonnenbrand bekam.

Doch in ihrer Art waren sie vollkommen verschieden: Michaels Mutter redete sehr lebhaft und unterstrich viele ihrer Worte durch Handbewegungen, während er selbst in den meisten Gesprächen die Hände verschränkt hielt und nur selten die Stimme hob.

Seine Mutter war eine starke Frau, obwohl er in den letzten Jahren festgestellt hatte, daß ihr Job als Sekretärin durch den vielen Ärger mit den Kunden und nicht zuletzt mit ihrem Chef seinen Tribut zu fordern begann. Sie wirkte immer müde, egal wieviel sie schlief.

Aber heute schien sie förmlich vor Freude zu leuchten. Sie trug ein hellgrünes Kleid und hatte sich die Haare gelockt, und außerdem waren ihre Wangen gerötet, was sie viel jünger aussehen ließ.

»Ist irgendwas?« fragte sie, als sie seinen Blick bemerkte.

»Hast du gerade Sport getrieben? Du wirkst so ... lebendig!«

Seine Mutter lachte. »Das fasse ich als Kompliment auf – aber der einzige Sport, den ich heute getrieben habe, bestand darin, die Einkäufe ins Haus zu tragen.« Sie deutete auf ihr Kleid. »Gefällt es dir? Daniel hat es mir geschenkt. Wir verbringen das Wochenende bei ihm, ich muß in ein paar Minuten gehen.« Dann fügte sie noch lächelnd hinzu: »So brauchst du nach deiner wichtigen Verabredung mit deiner Flamme wenigstens nicht in ein Motel zu gehen!«

Michael verschwand in Richtung seines Zimmers und des Telefons.

»Ich wäre ja schon froh, wenn sie wirklich mit mir ins Kino ginge!«

»*Mike*?«

Er blieb stehen, als er den plötzlichen Ernst im Blick seiner Mutter sah.

»Ist noch was?«

Sie nickte. »Ich würde gern noch mit dir über etwas reden.«

»Hat das eine Minute Zeit?«

Sie zögerte, doch dann sagte sie: »Natürlich! Ruf Jessie an, ich warte so lange!«

Er wußte Jessicas Nummer auswendig, seit sie sie ihm während der zweiten Woche in der Schule gegeben hatte, aber bevor er wählte, setzte er sich auf den Rand seines Bettes und atmete ein paarmal tief ein und aus. Dann tippte er die Zahlen ein.

Jessica war schnell am Apparat, und im selben Moment, als er ihre Stimme hörte, wußte er, daß die Verabredung platzen würde.

»Hallo! Kannst du einen Moment dranbleiben?« fragte sie.

»Klar!« Er lauschte auf seinen raschen Herzschlag, während sie auf einer zweiten Leitung sprach. Sein Herz hörte sich nicht unbedingt an, als würde es jeden Moment brechen, aber es tat doch weh – und plötzlich überfiel ihn wieder einmal die Erkenntnis, wie sehr er Alice vermißte! Ihre Umarmungen, wenn sie sich vorher heimlich angeschlichen hatte ...

Er schloß die Augen und ließ sich auf sein Bett zurücksinken, wütend auf sich selbst. Er benahm sich einfach kindisch!

Jessica kam wieder an den Apparat. »Ich habe vorhin schon einmal versucht, dich zu erreichen, und mit deiner Mutter gesprochen.«

»Ja, sie hat es mir erzählt!«

»Sie ist wirklich eine tolle Frau! Ich hoffe, sie hält mich nicht für vollkommen blödsinnig – ich kann nicht so gut mit Leuten telefonieren, die ich nicht kenne, ich bin dann immer ziemlich durcheinander.«

»Sie mag dich.«

»Wirklich? Gott sei Dank!« Sie atmete tief ein. »Du fragst dich sicher, warum ich angerufen hab', stimmt's? Heute paßt es doch nicht so gut, Michael – mir ist etwas dazwischengekommen. Ich muß dir leider absagen!«

»Ist schon in Ordnung!« Hey, die Sonne war gerade explodiert, aber es war schon in Ordnung?

Ich kann trotzdem als Wesen aus verbrannten Kohlenstoffmolekülen weiterleben, kein Problem!

Aber Jessie, ich möchte dich sehen – ich brauche dich!

»Morgen Abend habe ich noch nichts vor. Würde dir das auch passen?«

Er konnte seine Chefs nicht anrufen und erwarten, daß sie den Dienstplan schon wieder umwarfen!

»Nein, leider nicht. Ich muß arbeiten.«

»Könntest du nicht frei bekommen?«

»Ich wünschte, ich könnte ...«

»O nein!« Das klang ehrlich betrübt, und Michael

begann sich ein kleines bißchen besser zu fühlen. »Wenn ich das gewußt hätte ... Ach, verdammt! Es tut mir wirklich leid!«

»Mach dir deswegen keine Gedanken. Es kommt eben manchmal was dazwischen, das verstehe ich schon!« Jessica gab keine Erklärung darüber ab, was ihr dazwischengekommen war, und er hielt es für klüger, sie nicht danach zu fragen. »Ich war heute nachmittag auch auf der Versammlung unter der großen Eiche und habe mich gefreut, als dein Name aufgerufen wurde.«

»Ach, du warst da? Ich hab' nach dir Ausschau gehalten, dich aber nicht gesehen.«

Als Michael sie mit Bill Skater gesehen hatte, hatte er beschlossen, sich seine Gratulation für später aufzuheben. »Viel Glück für den nächsten Wahlgang. Du würdest eine wunderbare Königin sein!«

»Dank dir! Wie wäre es denn am nächsten Freitag?«

»Dann haben wir unser erstes Punktspiel, und der Trainer hat mich aufgestellt.«

»Und nächsten Samstag? Wir könnten doch nach der Zulassungsprüfung zusammen ausgehen und zum Beispiel unsere Antworten vergleichen! Bitte, Michael, ich brauche dann bestimmt jemanden wie dich, der mir hilft, mein Gehirn wieder zum Funktionieren zu bringen!«

Er mußte nächsten Samstag eigentlich auch arbeiten – aber bis dahin war es noch eine ganze Woche, und vielleicht konnte er mit dem Sohn seines Chefs tauschen.

»Das müßte gehen, aber ich muß es erst im Laden abklären.«

»Gut, dann ritze ich deinen Namen für nächsten Samstag tief in meinen Kalender ein«, erklärte Jessica. »Und wenn du nicht kommst, erscheine ich in deinem Laden, um dich zu holen!« Sie lachte. »Wie kommt es eigentlich, daß du immer so verständnisvoll bist?«

»Täusch dich nicht, ich habe auch meine Launen!« Als er den Satz ausgesprochen hatte, war ihm auch schon klar, daß sie zu den wenigen Menschen gehörte, die genau wußten, was er damit meinte.

Aber er hatte nicht die Absicht gehabt, auf die Szene in Alices Atelier zurückzukommen – nicht schon wieder! Schnell sagte er: »Ich will dich nicht aufhalten, Jessie! Wir sehen uns in der Schule!«

Jessica schwieg einen Moment, bevor sie erwiderte: »Paß auf dich auf, Michael!«

Ihre letzten Bemerkungen hatten ihn etwas getröstet – aber jetzt hatte er absolut nichts zu tun. Er blickte aus dem Fenster auf die tiefhängenden Wolken, die nach Westen zogen, zum Meer hin, und wählte die Nummer des Wetterdienstes. Dort versicherte man ihm, daß es während der Nacht über der Wüste Abschnitte mit klarem Himmel geben würde, also gute Neuigkeiten. Er hatte den Kometen seit Wochen nicht gesehen. Wenn es ihm gelang, ihn heute Nacht zu finden, konnte er vielleicht seinen Kurs genauer bestimmen.

Während er die nötigen Vorbereitungen dafür traf, die Nacht in der Wüste zu verbringen, vergaß er völlig, daß seine Mutter noch mit ihm reden wollte – zumindest, bis sie in sein Zimmer kam.

»Was machst du?« fragte sie ihn.

»Ich reinige meine Barlow-Linse.« Er hielt das ungewöhnlich lange Okular gegen das Licht, um nach Staubteilchen zu suchen. Das Reinigungsflies hatte er in der anderen Hand.

»Wenn man das hier auf irgendein Objektiv schraubt, verdoppelt man dessen Stärke.«

»Willst du heute abend in die Wüste? Heißt das, sie hat abgesagt?«

Als er begonnen hatte, Kometen zu suchen, hatte seine Mutter jeden Abend besorgt auf ihn gewartet. Dann hatte er sie einmal mit hinaus genommen, und während sie mit ihm im dunklen Sand unter den Sternen gesessen hatte, war ihr klar geworden, daß er dort außerhalb der Stadt sicherer war als in seinem eigenen Zimmer.

»Wir gehen dafür nächsten Samstag zusammen weg.« Er zuckte mit den Schultern. »Ich freue mich drauf.«

»Bist du nicht traurig?«

»Nein, alles in Ordnung. Worüber wolltest du mit mir reden?«

Sie blickte ihn unverwandt an, ohne auch nur einmal zu blinzeln.

»Ich bin schwanger.«

Er legte seine Linse aus der Hand und hörte sich selber fragen: »Und?«

»Daniel weiß es noch nicht. Ich will es ihm dieses Wochenende sagen.«

»Und?«

»Ich weiß nicht, wie er reagieren wird.« Sie blickte auf ein Bild über seinem Schreibtisch, auf dem eine rundliche Eisbärenmutter einem süßen Pinguinbaby die Flasche gab.

Clark hatte Alices künstlerischen Geschmack nicht völlig verdorben; es war eins ihrer letzten Bilder gewesen.

Michaels Mutter gehörte nicht zu den Menschen, die leicht weinten, aber als sie jetzt auf das Bild blickte, sah er, daß ihre Augen feucht waren.

»Und dieses Mal ist es egal, was er sagt.«

Michael lächelte. »Ich habe mir schon immer eine Schwester gewünscht.«

Sie lachte. »Es werden aber auch immer noch Brüder gemacht, weißt du?«

»Es wird aber ein Mädchen.« Er wußte es einfach.

»Wer war denn das?« fragte Bill Skater.

Jessica wirbelte herum. Sie hatte ihn nicht die Treppe heraufkommen hören.

»Niemand ... Ich meine, ein Freund.« Sie hatte ein entsetzlich schlechtes Gewissen, denn als Bill sie in der Lunchpause gefragt hatte, ob sie mit ihm ausgehen wollte, hatte sie ihre Verabredung mit Michael völlig vergessen.

Später hatte sie sich gesagt, daß sie ja statt dessen einfach am Samstag mit ihm ausgehen konnte, und so war allen geholfen.

Weil sie selber so frei über ihre Zeit verfügen konnte, hatte sie natürlich dabei die Tatsache vollkommen außer acht gelassen, daß Michael auch noch andere Verpflichtungen hatte.

Ihr schauderte, wenn sie sich vorstellte, was er von ihr denken mußte. Und wenn sie überhaupt einen Funken Anstand besessen hätte, dann hätte sie Bill in dem Augenblick angerufen, als ihr ihre ursprüngliche Verabredung wieder eingefallen war, und ihm abgesagt.

Aber das hast du nicht getan, weil du genauso hohl bist wie diese Krone, die du in zwei Wochen so gerne tragen würdest!

»Ich dachte, ich hätte dich einen Namen sagen gehört«, sagte Bill und kam in ihr Zimmer. Er trug einen Rollkragenpullover im selben Blau wie seine Augen, und er war wirklich sehr gut gebaut.

Jessica fühlte sich plötzlich wieder glücklich und herrlich aufgeregt. Sie konnte seinen Körper unter seiner Kleidung förmlich fühlen, spürte, wie er auf sie wartete. Und sie glaubte aufrichtig, daß sie an diesem Abend ihre Unschuld verlieren würde.

Deshalb habe ich meine Verabredung mit Michael vergessen.

»Was?« fragte sie verwirrt.

»Hast du mit Michael Olson gesprochen?«

»Kennst du ihn?«

Er nickte. »Ein ungewöhnlicher Typ. Hast du ihn eingeladen mitzukommen?«

»Was? Nein.« Eine seltsame Frage! Jessica nahm ihre Tasche, ohne ihre Brille hineinzulegen. Sie würde während des Films gut zuhören müssen und hoffte, sich so zusammenreimen zu können, was auf der Leinwand geschah.

Lächelnd hakte sie Bill unter.

»Ich bin soweit. Laß uns gehen!«

11. KAPITEL

Sie liegt im Sterben, dachte Polly, als sie auf dem Bettrand neben ihrer Tante saß und deren rauhe und faltige Hand in ihrer hielt. Während sie beobachtete, wie der eingesunkene Brustkorb sich mühsam hob und senkte, fragte sie sich, wann es wohl geschehen würde – in der nächsten Woche? Heute Abend? Oder vielleicht schon jetzt gleich?

Polly hoffte, es würde nicht jetzt gleich geschehen, denn sie wollte nicht dabei sein, wenn es passierte. Sie hatte zu viele Mitglieder ihrer Familie sterben sehen ...

»Ich gehe jetzt, damit du schlafen kannst«, sagte sie und wollte aufstehen, doch ein schwacher Händedruck ihrer Tante ließ sie innehalten.

»Bist du unglücklich, Polly?« flüsterte die alte Frau, fast ohne die Lippen zu bewegen. Seit dem Herzanfall schien es, als seien die Nerven in ihrem ohnehin schon faltigen und ein wenig starren Gesicht nun endgültig eingeschlafen, jedenfalls änderte sich sein Ausdruck nie.

Polly schien ihre Tante jetzt sehr alt und hinfällig, passiv, als warte sie nur noch auf den Tod, ja, als sehne sie ihn förmlich herbei.

Nur in ihren Augen, die vom selben Blau waren wie die von Alice, war noch Leben, und wann immer Polly den Raum betrat, fühlte sie den Blick dieser Augen auf sich gerichtet.

Polly, könntest du dies tun? Polly, ich brauche das ...

»Mir geht es gut«, versicherte Polly. »Findest du denn, daß ich schlecht aussehe?«

»Ja.«

Ihre Tante drehte den Kopf auf dem Kissen, so daß sie ihre Nichte direkt anschauen konnte.

Polly hatte einen Moment das Gefühl, ihr würde übel, und sie mußte den Blick senken. Ihre Tante war so abgemagert, daß sie manchmal das Gefühl hatte, mit einem

Totenschädel zu sprechen, aber das passierte ihr sehr oft auch, wenn sie mit anderen redete.

Nur eine dünne Schicht lebendes Gewebe trennte jugendliche Schönheit von bleichen Knochen, und das war nicht sehr viel. Irgendwann würden sie alle sterben müssen, vielleicht schon sehr bald!

»Was ist los, Polly?« fragte ihre Tante.

»Nichts.«

»Bist du einsam?«

»Warum sollte ich einsam sein? Ich habe doch dich zum Reden, und ich rede ständig mit dir!« Sie warf einen Blick auf ihre Uhr: Es war Viertel vor eins, mitten in der Nacht. Russ schlief seit einer Stunde oben in ihrem Bett; er war bis nach der Star-Trek-Folge aufgeblieben.

Polly fing langsam an, diese Serie zu hassen – sie hatte ihm erzählt, daß sie bei der Familienberatung gewesen war, aber er hatte nur irgend etwas gemurmelt und sie nicht gefragt, warum sie hingefahren war.

Ihre Tante versuchte zu lächeln, und es sah aus, als ob die dünne Haut über ihren Wangenknochen jeden Moment reißen würde.

»Du bist sehr gut zu mir gewesen, Polly. Du bist überhaupt zu allen gut. Ich weiß noch, wie du immer auf Alice aufgepaßt hast!« Ihr Blick ging zur Zimmerdecke und wirkte seltsam leer. »An ihrem ersten Tag im Kindergarten wollte sie nur von dir hingebracht werden, und ich bin im Wagen hinter euch hergefahren. Ihr hieltet euch an den Händen und hattet ganz bunte Kleider an – deines war gelb, und Alice trug ein ...« Sie verstummte und versuchte sich zu erinnern. Egal über was sie sprachen, die alte Frau kam immer wieder auf Ereignisse zurück, die lange her waren.

»Es war grün. Ich hatte sie beide in Beverly Hills gekauft, in einem Laden in Wilshire. Aber natürlich kannst du dich daran nicht mehr erinnern!«

»Doch«, sagte Polly. »Warum sollte ich mich nicht mehr erinnern?«

Ihre Tante hustete trocken, und ihre Stimme klang heiser, als sie fortfuhr: »Du warst noch nicht mal sieben Jahre alt!«

»So? Aber ich erinnere mich sogar an Dinge, die passiert sind, als ich gerade zwei war! Und außerdem war Alices Kleid nicht grün, sondern rot!« Polly fühlte sich plötzlich gereizt und irgendwie eingesperrt, als würde sie niemals aus diesem Raum herauskommen, wenn sie ihn nicht schnell verließ. Dann würde sie für immer hier gefangen sein und ihrer Tante helfen, zur Toilette zu gehen, und die Spucke von ihrem Kopfkissen wischen ...

»Du vermißt sie sicher schrecklich. Es muß sehr schlimm für dich sein!«

Polly beugte sich vor und küßte die alte Frau, wobei sie deren schalen Atem riechen konnte.

»Ich habe doch dich. Ich brauche niemand anderen!« Sie strich ein Haar von der Stirn ihrer Tante, und es blieb an ihren Fingern hängen wie eine Spinnwebe. »Und jetzt schlaf ein bißchen!«

Polly hatte sich gerade auf der Couch im Wohnzimmer niedergelassen, als sie das Brummen eines Motorrades hörte, das die Straße heraufkam. Sie lief hastig zur Vordertür.

Clark hatte seine Maschine unter einem Baum am Ende der Auffahrt abgestellt. Er winkte ihr zu, als er über den Rasen zum Haus kam, seine Lederhandschuhe in der Hand. Seine roten Haare hingen ihm wirr über die Schultern der schwarzen Lederjacke.

Polly warf einen besorgten Blick zurück ins Haus und lauschte, denn Russ schnarchte manchmal, und zwar ziemlich laut.

Dann lächelte sie. »Hallo, Clark! Was für eine schöne Überraschung!«

Er nickte und ging an ihr vorbei ins Haus, während er seine Lederhandschuhe in seiner Tasche verstaute.

Aber im selben Moment, als Polly die Tür schloß, wirbelte er herum, griff nach ihr und preßte seine Lippen fest auf ihren Mund.

Sie konnte seinen Atem spüren, frisch und kalt wie die Nachtluft. Dann begann er mit seinem Finger über ihren Rücken zu streichen, erst leicht, dann immer fester.

Polly schob ihn von sich fort, und seine Miene verfinsterte sich. Einen Augenblick lang glaubte sie, er werde einen Wutanfall bekommen.

»Was ist los, Polly?«

Sie wandte sich um und ging voraus ins Wohnzimmer.

»Du kommst immer so überraschend. – Ich hatte gar nicht mit dir gerechnet!«

»Ich hab' dir doch gestern gesagt, daß ich heute wiederkommen würde!«

»Ach, ja, das stimmt.« Sie bedeutete ihm mit einer Handbewegung, sich auf die Couch zu setzen. »Kann ich dir irgendwas anbieten?«

Er blieb in dem kleinen Raum zwischen der Küche und dem Wohnzimmer stehen, nicht weit von der Treppe.

»Ich will dich!«

Polly lachte nervös. »Und was willst du mit mir anstellen?«

Er kam auf sie zu. »Laß uns nach oben in dein Schlafzimmer gehen!«

»Nein ... Ich kann nicht!«

Er packte sie an den Armen. Clark war trotz seiner Magerkeit erstaunlich kräftig.

»Warum denn nicht? Vor ein paar Monaten hast du dich noch für mich ausgezogen, um mich zu reizen, und konntest gar nicht genug davon bekommen!« Er befeuchtete mit der Zunge die Lippen und verstärkte seinen Griff um Polly noch. »Heute Abend stirbst du doch geradezu vor Sehnsucht danach!«

»Vor ein paar Monaten habe ich dir Modell gestanden«, gab Polly zurück. Sie versuchte sich aus seinem Griff zu befreien, doch es gelang ihr nicht. »Du tust mir weh!«

Er grinste, als er sie losließ. »Tut mir furchtbar leid!« Damit wandte er sich um und ging ins Wohnzimmer.

Auf Pollys Handgelenk erschienen rote Flecken, und sie massierte es vorsichtig, während sie Clark folgte.

Sie fand es schrecklich, wenn er so war wie jetzt, doch sie konnte trotzdem nicht sagen, daß sie es lieber gehabt hätte, wenn er gegangen wäre. Ihre Tante hatte recht gehabt: Seit Russ schlief, hatte sie sich furchtbar einsam gefühlt!

Clark blieb an der gläsernen Schiebetür stehen und starrte hinaus.

»Was siehst du da draußen?« fragte Polly und stellte sich neben ihn.

»Die Dunkelheit – und die Vergangenheit. Siehst du sie denn nicht auch?«

»Ich verstehe nicht, was du meinst!«

»Alices Party ... All die schönen Menschen im Pool!«

Polly wünschte, er würde nicht immer wieder von dieser Nacht reden. Sie hatte über das nachgedacht, was er am Abend zuvor gesagt hatte, und auch über Michaels Worte, und war zu dem Schluß gekommen, daß sie beide unrecht haben mußten.

Die Tatsachen sprachen alle dafür, daß Alice sich selbst umgebracht haben mußte!

»Sie waren nicht alle schön«, murmelte sie.

»Jessie, Maria und Clair, die drei waren an dem Abend hier, und jetzt sind sie Prinzessinnen!«

»Maria sieht nicht so besonders gut aus«, meinte Polly.

»Aber sie ist Jessies Freundin, oder?«

»Woher weißt du denn das?«

»Du hast es mir doch erzählt!«

»Nein, das habe ich nicht!«

Er sah sie an, und sein undeutliches Spiegelbild in der Glastür schien das gleiche zu tun.

»Woher weiß ich es dann?«

»Keine Ahnung.«

»Erinnerst du dich wirklich nicht?« fragte er erstaunt.

»Das habe ich nicht gesagt!«

Er nickte, und sein Blick ging wieder hinaus in die Dunkelheit.

»Jessie hat Maria getroffen, und seitdem redet sie kaum noch mit dir. Sara ist Schülersprecherin geworden und ruft dich nur noch an, wenn sie Geld braucht. Stimmt das etwa nicht?«

»Nein; Jessie ist meine beste Freundin, und sie hat mich heute abend noch angerufen.«

»Aber warum? Um vor dir anzugeben! Sie ist nicht deine Freundin – keine von ihnen ist es!« Er hob die Hand und berührte das kalte Glas, so daß es fast aussah, als berühre er sein Spiegelbild. Polly kam es vor, als gebe es zwischen den beiden kaum einen Unterschied.

»Denk mal darüber nach, Polly: Wenn Jessie und Sara dich nicht zu dieser Party überredet hätten, wäre deine Schwester heute noch am Leben!«

Das war ein schrecklicher Gedanke, und sie weigerte sich, auch nur für einen Augenblick so zu denken. Doch bevor sie ihm das sagen konnte, stieß Russ oben im Schlafzimmer mit dem Ellenbogen oder dem Bein gegen die Wand. Als er das Geräusch hörte, wandte Clark sich um.

»Was war das?«

»Meine Tante.«

Clark stutzte und sog tief den Atem ein.

»Sie riecht nicht gerade gut«, sagte er und ging in den Flur. »Wo ist sie?«

»Sie liegt im Bett und schläft.« Polly folgte ihm eilig. »Bitte stör sie nicht, es geht ihr nicht gut!«

Er ignorierte sie, ging weiter zur Schlafzimmertür und lugte hinein. Polly gestikulierte wild und versuchte ihn am Arm zurückzuziehen, aber er blieb einfach stehen, ein breites Grinsen auf dem Gesicht.

Es schien ihm großes Vergnügen zu bereiten, ihre Tante zu beobachten, wie sie schlafend dalag und mühsam nach Luft rang.

»Was würdest du dir wünschen, wenn du so alt wärst?« fragte er.

»Nichts. Ich würde nur noch sterben wollen!«

»Warum?«

»Weil ich nicht so krank sein möchte!«

»Und so häßlich?«

»Ja; und jetzt mach die Tür wieder zu!«

»Sie denkt genau wie du. Und sie fühlt, wie du fühlen würdest, wenn du sie wärst!« Er deutete auf die alte Frau. »Sie will, daß du es tust!«

»Das ich was tue?« fragte Polly verständnislos.

»Daß du ein Kissen nimmst, es über ihr häßliches Gesicht legst und es eine Weile festhältst.«

»Bist du wahnsinnig geworden? Das wäre Mord!«

»Es wäre ein Liebesdienst!«

»Hör sofort auf, so zu reden! Sie ist alles, was ich habe!« Polly begann am ganzen Leib zu zittern, und ihre Augen wurden feucht. Sie würde niemals etwas tun, was ihrer Tante schaden konnte – eher würde sie sich selbst etwas antun!

»Ich mache die Tür wieder zu!«

Er ließ sie gewähren und begann, sich die Handschuhe überzustreifen, während er auf die Vordertür zuging.

Polly folgte ihm völlig verwirrt. Seine Besuche hatten häufig diese Wirkung auf sie.

»Ich gehe jetzt«, sagte er.

»Aber du bist doch gerade erst gekommen. Ich dachte, du wolltest ... Willst du mich denn nicht sehen?«

Er griff nach einer ihrer Haarsträhnen und zog leicht daran, dann ließ er sie wieder los. »Ich habe dich doch gesehen.«

»Ich dachte ...«

»Du meintest nackt? Das wäre sicher nett. Vielleicht beim nächsten Mal!«

»Aber warum denn nicht heute?«

»Du hast mich zurückgewiesen.« Er öffnete die Tür und sah Polly an. Sein Blick war kalt und hart. »Wenn du das noch mal machst, Polly, dann vergesse ich es dir nicht, solange ihr lebt, du und deine Tante!«

Er lief über den Rasen, sprang auf sein Motorrad und

fuhr davon. Völlig frustriert ging Polly die Treppe hinauf, zog sich ganz aus und kletterte zu Russ ins Bett. Sein Schnarchen hielt sie fast die ganze Nacht über wach.

Jessica hätte nie gedacht, daß Bill sich für ausländische Filme interessierte, doch er hatte einen französischen Film mit Untertiteln ausgesucht, und sie war von einer Verlegenheit in die andere gefallen, als sie hinterher bei Kuchen und Eis darüber gesprochen hatten.

Die Leinwand war für sie ein buntes Farbengemisch gewesen, die Musik laut und irreführend. Sie hatte gedacht, es sei ein Kriegsfilm gewesen, aber nach dem zu urteilen, was Bill sagte, schien es sich eher um eine Liebesgeschichte gehandelt zu haben. Wahrscheinlich glaubte er jetzt, sie könnte nicht lesen!

Aber all das lag jetzt hinter ihnen, und sie waren bei ihm zu Hause, saßen nebeneinander auf der Couch. Seine Eltern lagen schon ein Stockwerk höher im Bett und schliefen, das Licht war gedämpft, und sie schwiegen nun schon so lange, daß Jessica dachte: Wenn er jetzt nicht sofort seinen Arm um mich legt, schreie ich!

Er strich ihr über die Schulter – na, wenigstens ein Anfang! Sie spürte die Wärme seiner Berührung in ihrem ganzen Körper bis in die Zehen hinein und hatte das Gefühl, ganz angespannte Erwartung zu sein.

»Du hast da einen Faden«, sagte er, nahm das vorwitzige Ding mit zwei Fingern, schnippte es auf die Erde und ließ seine Hand wieder zurück auf seinen Schoß gleiten.

»Dieser Pullover zieht sie an wie ein Magnet«, meinte Jessica lächelnd. Sie hatte den ganzen Abend über gelächelt, und ihre Wangenmuskeln begannen langsam müde zu werden.

»Magneten ziehen aber nur Metall an, keinen Stoff«, meinte Bill.

Sie lachte. »Sehr komisch!«

Bill runzelte die Stirn. »Nein, es ist wirklich so!«

Jessica hörte abrupt auf zu lachen. »Stimmt, du hast recht. Mein Chemielehrer hat mal so etwas ähnliches gesagt.« Entweder konnte sie mit seiner Art von Humor nichts anfangen, oder er hatte noch gar nicht entdeckt, daß es so etwas überhaupt gab. Aber es ist nicht so wichtig, sagte sie sich – er ist trotzdem ein verdammt hübscher Junge!

»Ich habe nie Chemie belegt«, murmelte er.

»Da hast du auch nicht viel verpaßt! Ich lerne ständig dafür, hab' aber im letzten Test nur eine Drei gehabt.« In Wirklichkeit hatte sie eine Zwei bekommen. Vielleicht zum erstenmal in ihrem Leben machte sich Jessica keine Gedanken darüber, daß ihr Gesprächspartner sie vielleicht für dumm halten könnte.

»Du solltest Michael Olson fragen, ob er dir helfen kann – wußtest du schon, daß er euer Lehrbuch geschrieben hat?«

Das Gerücht, von dem Michael ihr schon gesagt hatte, daß es falsch war, wollte wissen, daß er das Laborhandbuch verfaßt hatte. Doch sie antwortete: »Wirklich? Das ist ja erstaunlich!«

»Er ist auch sonst ein erstaunlicher Typ!« erklärte Bill. »Als wir in der siebten Klasse all diese Intelligenztests ablegen mußten, haben sie extra für ihn einen Psychologen bezahlt, der ihn noch mal getestet hat – er hatte überall die volle Punktzahl!«

»Ich wußte gar nicht, daß du ihn so gut kennst!« Jessica hatte Bill in der Schule nie mit Michael reden sehen.

»Wir kennen uns schon ewig.« Jetzt sah er anstatt der Wand, die er nun schon eine Weile bewunderte, Jessica einmal direkt an. »Und woher kennst du ihn?«

»Wir ... wir haben dasselbe Schließfach.«

»Aber Michael hat seins doch im selben Raum wie ich!«

»Ja – er ist inzwischen umgezogen.« Ihr schlechtes Gewissen wegen der geplatzten Verabredung mit Michael war noch nicht abgeklungen, und natürlich wurde es auch dadurch nicht besser, daß sie über ihn redeten.

Jessica hoffte inständig, daß Bill möglichst bald dazu übergehen würde, sie zu küssen und dem Abend eine neue Wendung zu geben!

Wahrscheinlich ist er schüchtern; ich werde wohl den Anfang machen müssen, dachte sie.

Sie fuhr leicht mit dem Finger über den Ärmel seines blauen Pullovers, an der Stelle, wo sein Bizeps spürbar hervortrat.

»Trainierst du auch jetzt noch, wo die Football-Saison zu Ende ist?« erkundigte sie sich.

»Nein.«

»Du fühlst dich aber an, als ob du es tätest ... Ich meine, du fühlst dich stark an!«

Er schlug die Beine übereinander, bewegte sich unruhig und schlug sie andersherum wieder übereinander. Dann kratzte er sich an dem Arm, den Jessica hatte stimulieren wollen, und sie zog ihre Hand zurück.

In einem Film, den sie gesehen hatte, hatte es funktioniert.

»Die Saison ist ja auch erst seit ein paar Wochen zu Ende!« sagte er.

»Oh!«

Irgendwie hatte Bill es fertiggebracht, trotz eines schwachen Starts die ganze Saison hindurch Quarterback zu bleiben, aber die Tabb High war am Ende auf dem vorletzten Platz der Liga gelandet.

»Willst du denn dieses Jahr im Sport noch irgend etwas anderes machen?« fragte Jessica.

»Ja, laufen.«

»Das hört sich gut an. Und welche Strecken?«

»Ich hab' mich noch nicht endgültig entschieden.«

Jessica setzte sich mühsam so, daß sie nicht immer den Kopf zu drehen brauchte, um Bill anzusehen, und schlug die Beine übereinander, so daß ihr linkes Bein unter ihrem rechten war und ihr linkes Knie gegen sein rechtes gepreßt wurde.

»Ich fand den Abend mit dir wunderschön«, erklärte sie.

»Es ist schon spät – du bist sicher müde. Möchtest du vielleicht einen Kaffee oder eine Tasse Tee?«

»Nein, danke.«

Sie ließ ihren rechten Arm wie zufällig über die Lehne der Couch gleiten, bis er hinter Bills Nacken lag. Dabei dachte sie: Wenn ich ihm jetzt mit den Fingern durch die Haare fahre und er immer noch keine Reaktion zeigt, komme ich mir völlig idiotisch vor!

»Du hast sehr schöne Haare«, sagte sie.

»Wie wäre es mit einer Cola?« fragte Bill.

»Ich habe keinen Durst!«

Sie überlegte einen Augenblick, ob sie ihn bitten sollte, eine verkrampfte Stelle in ihrer Schulter zu massieren, entschied sich aber dagegen, weil sie ihn dann auch gleich hätte bitten können, den Reißverschluß seiner Hose zu öffnen.

»Deinen Reißverschluß finde ich auch sehr schön«, sagte sie.

Er blickte nach unten. »Meinen Reißverschluß?«

Das habe ich nicht gesagt – ich glaube es einfach nicht!

»Ich meine natürlich deinen Gürtel, er ist wirklich schön!«

»Er ist ein bißchen zu lang.«

»Ich dachte immer, je länger, desto besser!« Soviel zu Freudschen Versprechern, dachte Jessica trocken. Das ganze wurde langsam lächerlich. Sie beugte sich so weit zu ihm hinüber, daß ihre Haare über seinen linken Arm hingen, und lächelte ihn an. »Ich bin froh, daß du mich heute abend eingeladen hast! Das hatte ich mir immer gewünscht!«

»Ich wollte es schon lange tun. Ich hab' dich schon immer nett gefunden!«

Jessica kicherte. »Und dabei bin ich gar nicht so nett!«

»Bist du nicht?«

»Ich bin zumindest nicht der Mensch, für den mich alle halten«, erwiderte Jessica jetzt ganz ernst und berührte mit einem ihrer Finger seinen Arm knapp über dem Handgelenk, wo sie kleine Kreise zeichnete. »Und genauso glaube ich auch nicht, daß du so bist, wie alle denken.«

Er richtete sich abrupt auf. »Was willst du damit sagen?«

»Daß du nicht nur ein super Sportler bist, sondern eben auch noch ein richtiger Mensch! Ich glaube, wir beide sind schneller erwachsen geworden als die meisten in unserem Alter. Ich behaupte nicht, daß das nur Nachteile hat, im Gegenteil ...« Sie streichelte leicht sein Handgelenk. »Es kann auch ein Vorteil sein!«

Unglücklicherweise hatte ihre kleine Ansprache auf Bill nicht den gewünschten Effekt. Statt dessen begann er sich zunehmend unwohl zu fühlen.

»Was redest du da? Warum mußten wir schneller erwachsen werden? Meinst du das, was während der Party passiert ist?«

Seine Frage verwirrte sie. »Nein.«

»Ich weiß nicht, was du alles über diesen Abend gehört hast, aber nichts davon ist wahr!«

»Moment mal – was wovon ist nicht wahr?«

Bill stand plötzlich auf und suchte mit einer Hand in seiner Hosentasche herum. »Ich möchte nicht darüber reden. Ich fand den Abend auch schön, Jessie, und ich will ihn nicht verderben.« Er zog sein Schlüsselbund hervor. »Es wird für uns beide höchste Zeit, ins Bett zu kommen. Laß mich dich nach Hause bringen!«

Jessica brauchte nicht einmal ihren BH zuzuhaken, als sie aufstand. Sie beschloß, daß irgend etwas mit der Couch seiner Eltern nicht stimmen konnte.

Bill setzte sie vor dem Haus ihrer Eltern ab. Er brachte sie nicht zur Tür und gab ihr auch keinen Gutenachtkuß. Als er fort war, starrte sie in den Himmel, fühlte sich allein und ziemlich durcheinander – und entdeckte einen flammend roten Stern. Ohne besonderen Grund fragte sie sich, wie er wohl heißen mochte. Wenn Michael jetzt hier bei ihr gewesen wäre, hätte er es ihr sicher sagen können!

Für jemanden, dessen Blick nicht so geschärft war wie Michaels, hätte der Lichtschein im Sichtfeld seines Teleskops wahrscheinlich nichts Besonderes an sich gehabt. Wegen seiner großen Entfernung von der Sonne hatte der gefrorene Kern des Kometen keinen Schweif, der ihn von den anderen Sternen unterschieden hätte.

Es war seine sich im Gegensatz zu der der Fixsterne ständig verändernde Position, die Michael am Anfang auf ihn aufmerksam gemacht hatte.

Er würde möglicherweise mit der Zeit noch einen Hof aus Gasen entwickeln, der ihn besser erkennbar machen würde, aber Michael machte sich keine Hoffnungen darauf, daß er eines Tages den irdischen Nachthimmel erleuchten würde – denn nur sehr wenige Kometen kamen der Erde so nahe.

Michael hatte inzwischen seine Position und seinen Kurs genau bestimmt, und der Komet war in keiner der astronomischen Tabellen aufgeführt, zu denen er Zugang hatte. Wenn ihn in den letzten paar Monaten niemand anderer entdeckt hatte, würde es also sein Komet sein!

Orion – Orion ...

Er mußte sich nur noch einen Namen dafür ausdenken.

Und für meine Schwester!

Michael schraubte den Deckel auf das Objektiv des Teleskops und wanderte eine Weile auf dem Hügel in der Wüste herum, um wieder warme Hände und Füße zu bekommen.

Obwohl er in der Dunkelheit nicht viel von seiner Umgebung sehen konnte, spürte er die große Ruhe und Stille dieses Ortes.

Aber vielleicht hatte er auch selbst Ruhe und Zufriedenheit mit hierher gebracht.

Er konnte einfach nicht aufhören, an das Baby zu denken.

Als seine Mutter ihm gesagt hatte, daß sie schon im vierten Monat war, hatte ihn das überrascht. Der errechnete Termin war irgendwann gegen Ende Juni, ein paar Wochen nach Schuljahrsende.

Michael war ganz in seine Gedanken vertieft den Hügel hinuntergewandert und ging gerade wieder hinauf, um zusammenzupacken und nach Hause zu fahren, als im Osten eine leuchtende Sternschnuppe niederging.

Er war eigentlich nicht abergläubisch, doch er wünschte sich ganz automatisch etwas. Es war nicht der Wunsch nach Glück und Gesundheit für seine ungeborene Schwester, der ihm durch den Kopf schoß – das wäre das natürlichste gewesen, wenn er einen Moment nachgedacht hätte. Statt dessen stellte er fest, daß sogar an diesem friedlichen Ort und um diese Zeit ein Teil seiner Gedanken immer noch mit dem Abend vor zwei Monaten beschäftigt war.

Er hatte sich gewünscht, Alices Mörder zu finden.

Ein paar Minuten später, als er gerade das Gewicht abschraubte, das sein Teleskop in der Waage gehalten hatte, bemerkte er, wie hell der Planet Mars leuchtete.

Er war so mit seiner Kometenjagd beschäftigt gewesen, daß er ganz vergessen hatte, daß Mars in Opposition treten würde.

Er wechselte sein Okular gegen ein stärkeres aus und stellte es genau auf den Planeten ein.

Auch wenn er ihn schon unzählige Male angesehen hatte, erstaunte Michael seine tiefrote Färbung immer wieder aufs neue. Kein Wunder, daß unsere Vorfahren ihn für den Gott des Krieges gehalten haben, dachte er ... *Oder den Gott des Blutes!*

Seine einzige Begegnung mit Clark fiel ihm plötzlich wieder ein, er sah alles ganz klar vor sich. Clarks Haare waren von einem schmutzigen Rot gewesen, seine Augen hellgrün. Er hatte nicht viel gesprochen, und was er gesagt hatte, ergab nicht viel Sinn. Trotzdem begann Michaels Herz rascher zu schlagen, während er sich daran erinnerte:

»Wo kommst du her?«

»Warum?«

»Nur so! Gehst du hier irgendwo zur Schule?«

»Nein.«

»Und wo dann?«

»Am anderen Ende der Stadt ... Unser Team ist genauso schlecht wie eures, aber in unserem Stadion kann man den Kopf zurücklehnen und sieht nichts als Bäume, die den Himmel verstellen.«

Bäume im Himmel – was konnte das bedeuten? Michael wußte es nicht, noch nicht ...

12. KAPITEL

Die Sporthalle von Holden High war bedeutend älter als die der Tabb High. Sie war noch vor dem Zweiten Weltkrieg gebaut worden und hätte eine Renovierung dringend nötig gehabt.

Die Lampen flackerten, aus den hölzernen Bänken auf der Tribüne ragten die Splitter, und der Boden der Halle wies so viele Unebenheiten auf, daß die Bälle sprangen, wohin sie wollten.

Genau eine Woche nach ihrer unseligen Verabredung mit Bill saß Jessica sehr gequetscht in der Ecke, wo der Trinkbrunnen stand, ihre Kamera in der Hand, und versuchte, ein Bild von Nick zu machen, während er hochsprang, um einen Fehlwurf zu fangen. Sie fragte sich, ob nicht ein größeres Erdbeben vielleicht die beste Lösung für das heruntergekommene Gebäude gewesen wäre.

»In dem Licht hier sehen alle total gelb aus!« beschwerte sie sich bei Sara. »Sogar Nick!«

»Was macht das schon?« fragte Sara gelassen. »Die Bilder sind doch sowieso alle völlig verwackelt. Wo ist deine Brille?«

Nick warf Cordon, ›The Rock‹, den Ball zu, und der lief langsam damit weiter, bis ihn ihm ein Spieler der Holden High abjagte und ins Aus schoß. Die Heimmannschaft baute einen neuen Angriff auf.

Jessica ließ die Kamera sinken und warf einen Blick auf die Anzeigetafel: Tabb lag mit dreißig zu sechsunddreißig Punkten zurück, und bis zur Halbzeit waren noch eine Minute und sechsunddreißig Sekunden zu spielen.

»Ich kann sie jetzt nicht tragen«, gab Jessica hitzig zurück. »Die halbe Schule ist hier!«

»Sie schauen sich das Spiel an, nicht dich!«

Jessica blickte zu den Cheerleadern hinüber, die vor den Rängen auf und ab sprangen und herumwirbelten –

alle außer Clair, die am Mikrophon stand und die Anfeuerungsparolen hineinrief.

»Viele von ihnen starren Clair an«, murmelte Jessica mit finsterer Miene.

»Und ich habe gedacht, du würdest deinen Abend opfern, um Photos für das Jahrbuch zu schießen, dabei willst du nur nicht, daß Clair einen Vorsprung bekommt!«

»Es ist ja auch einfach nicht fair. Sie kann den ganzen Abend über der halben Schule ihre Schokoladenseiten im Minirock vorführen, und die Wahl ist in weniger als einer Woche – wow!«

Nick hatte wieder einmal einen spektakulären Rebound gemacht und den Ball einem von Tabbs Verteidigern zugeworfen.

Jessica hielt ihre Kamera bereit, um den nachfolgenden Angriff zu fotografieren, und sie bekam ihren Schnappschuß. Leider gelang dem Verteidiger kein solcher Volltreffer, und Holden High ging wieder in die Offensive.

»Dieser Typ hat heute abend alles verdorben, was er versucht hat«, meinte Jessica. »Ich verstehe nicht, warum der Trainer Michael nicht wieder einwechselt!« Während des ersten Viertels, als Michael gespielt hatte, hatte sie einen ganzen Film nur mit Bildern von ihm verknipst. Sie hatte sich vorgenommen, das ganze Jahrbuch damit zu füllen.

»Das ist Coach Sellers«, erwiderte Sara. »Er war doch auch schon Trainer in der Mesa High, weißt du nicht mehr? Angeblich hat er mal in einem Gefängnis als Boxtrainer gearbeitet, bis die Häftlinge ihn eines Tages beinahe totgeprügelt hätten!«

Jessica brauchte einen neuen Film, aber sie beschloß, damit bis zur Pause zu warten. In der letzten Minute der ersten Hälfte machte Holden High noch einen Zwei-Punkte-Wurf, so daß Tabb nun mit zehn Punkten im Rückstand war.

Jessica winkte Michael zu, als die Mannschaft in die Kabine ging, aber er hielt den Kopf gesenkt und winkte nicht zurück. Man sah ihm deutlich an, daß er sich geärgert hatte.

»Er erfährt es bestimmt, wenn er es nicht schon weiß«, meinte Sara trocken, als sie die Treppe hinuntergingen. Es war heiß und stickig in der Halle; die Zuschauer strömten von den Rängen herunter in Richtung des Eingangs und des Getränkestands.

»Er hat nicht gewunken, weil er mich nicht gesehen hat«, erwiderte Jessica.

»Aber Bubba wird es ihm bestimmt sagen!«

»Und woher soll Bubba wissen, daß ich mit Bill ausgegangen bin?«

Sara schüttelte den Kopf. »Bubba weiß alles!«

»Hat er denn deine Rechnungen bezahlt?«

In Saras Stimme schwang Wut mit, als sie antwortete: »Er hat einen Aufschub erreicht. Wir haben also genug zu essen und Musik, aber wenn alles vorbei ist, müssen wir trotzdem noch alles bezahlen. Er hat garantiert das Geld, das ich ihm gegeben habe, schon verloren!«

»Warum gibst du ihm nicht wenigstens eine Chance?«

Sara seufzte. »Glaub mir, Schwester, ich gebe ihm mehr, als du dir vorstellen kannst!«

»Wie bitte?«

»Ach, nicht so wichtig! Wann fangen morgen die Prüfungen an?«

Jessica stöhnte und fühlte, wie ihr flau wurde. »Um neun.«

»Also genau wie bei uns!«

Sara hatte die Prüfung schon vor zwei Monaten abgelegt, aber sie hatte Jessica noch nicht verraten, wie sie abgeschnitten hatte. Sie sagte, sie wolle zuerst Jessicas Punktzahl wissen. Aber die hatte den Eindruck, daß Sara sich sehr gut geschlagen hatte.

»Ist Bill auch hier?« fragte Sara jetzt.

»Ich hab' ihn noch nirgendwo gesehen.«

Bill war ihr in der Schule die ganze Woche über aus dem Weg gegangen; Jessica hätte sich nur halb so schlecht gefühlt, wenn er sie aus Scham darüber gemieden hätte, daß er die Situation ausgenutzt hatte – was nicht der Fall war. Sie fürchtete, ihn zu stark gedrängt zu haben!

»Und Russ?« fragte sie zurück.

»Nein – und frag mich bloß nicht, wo er ist, ich habe nämlich keine Ahnung!«

Jessica lachte leise. »Weiß Bubba es nicht vielleicht?«

Sara hielt mitten im Schritt inne. »Ich gehe sofort hin und frage ihn!«

Während Sara sich auf die Suche nach dem einzigen allwissenden Schüler der Tabb High begab, gesellte sich Jessica zu Polly und Maria. Die drei Mädchen waren zusammen gekommen, doch einer der Gründe, warum Jessica sich abgesetzt hatte, um zu fotografieren, war die Tatsache gewesen, daß Polly darauf bestanden hatte, daß sie sich in die Mitte der zweiten Reihe setzten – also genau drei Schritte von dem Platz entfernt, wo Clair Hilrey mit ihren Cheerleadern saß, wenn sie nicht gerade die Mannschaft anfeuerte.

Jessica behielt ihre Konkurrentin zwar ganz gern im Auge, aber nicht unbedingt aus solcher Nähe, daß sie riechen konnte, welche Shampoo-Marke Clair benutzte.

Aber im Moment war sie nicht zu sehen, und Jessica ließ sich zwischen Maria und Polly auf die Bank fallen.

»Wie findet ihr das Spiel?« fragte sie.

Polly erwiderte zufrieden: »Ich finde es toll. Es ist ganz anders als beim Football, man weiß immer, wo der Ball gerade ist!«

Jessica wandte sich zu Maria um, die sich mit ihrem Heft Luft zufächelte.

Sie hatte ihre Hausaufgaben mit zum Spiel genommen, und Jessica dachte, daß wohl deshalb Maria in Chemie so gute Noten hatte, während sie selbst nur mittelmäßig war.

Doch Maria hatte nicht gewußt, daß Nick an diesem Abend spielen würde, und sie sah im Moment nicht so aus, als hätte sie das Kapitel über Methyl-Ethyl-Ätherverbindungen schon durchgearbeitet.

»Wie findest du Nick?« erkundigte sich Jessica.

Maria wirkte gleichzeitig beeindruckt und sehr traurig, eine seltsame Kombination.

»Er ist sehr gut! Sie müßten ihn öfter werfen lassen!«

»Michael hat ihn fast bei jedem Angriff angespielt.« Jessica schaute in Richtung der Kabinen, dorthin, wo das Team verschwunden war, und plötzlich kam ihr eine Idee.

»Maria, hast du mir nicht erzählt, daß dein Vater ein großer Basketballfan ist?«

»Ja, das ist er.«

»Nächste Woche hat unser Team ein Heimspiel. Warum bringst du ihn dann nicht einfach mit?«

»Mein Vater würde niemals zu einem High-School-Spiel kommen!«

»Aber vielleicht wirst du ja zur Ballkönigin gewählt. Deine Eltern müssen beide unbedingt kommen!«

Maria war noch nicht überzeugt. »Es würde nichts ändern!«

»Natürlich würde es das! Wenn sie sehen, was für ein hervorragender Sportler er ist, vergessen sie, daß er schwarz ist. Bitte, denk mal drüber nach, okay?«

Maria nickte, offensichtlich nun doch nachdenklich geworden. »Gut, das werde ich tun!«

Maria entschuldigte sich ein paar Minuten später und ging hinaus, weil sie, wie sie sagte, frische Luft brauchte. Es war auch wirklich schrecklich stickig. Jessica amüsierte sich eine Weile damit, der Unterhaltung der Cheerleader zuzuhören – doch diese waren sich ihrer Anwesenheit bewußt, und so erfuhr sie nichts sonderlich Interessantes.

Clair war noch nicht wieder aufgetaucht.

Dann begann Polly zu reden.

»Ich bin froh, daß es Clair besser geht«, sagte sie angelegentlich.

Jessica, die dabei gewesen war, ihr Teleobjektiv auszupacken, weil sie es in der zweiten Spielhälfte benutzen wollte, stutzte.

»Was hatte sie denn?«

»Ich weiß nicht, aber letzten Freitag sah sie ziemlich krank aus!«

Polly war am vergangenen Freitag nicht in der Schule gewesen. »Wo hast du sie denn getroffen?« erkundigte sich Jessica behutsam.

Polly trank einen Schluck Cola und gähnte. Im Moment lebte sie von Zucker und rohen Karotten.

»In der Klinik bei der Familienberatung.«

Jessica ließ das Teleobjektiv sinken. Die Cheerleader, die Mädchen neben ihnen und die, die um sie herum saßen, waren plötzlich ganz still – und alle hörten ihnen zu.

Jessica wußte, daß sie es taten, und sie wußte auch, daß sie, wenn sie weiter in Polly drang, vielleicht Dinge erfahren würde, die Clair schaden und Clairs Chancen vermindern konnten, zur Homecoming-Queen gewählt zu werden.

Sie wollte etwas sagen, hielt sich aber zurück. Wenn Clair private Probleme hatte, ging das niemanden etwas an außer Clair selbst.

Doch gleichzeitig fiel ihr wieder ein, wie deprimiert Clair am letzten Freitag gewirkt hatte. Sie hatte ganz sicher ein schlimmes Problem gehabt. Und danach – was für ein Zufall – war sie in der Klinik gewesen und hatte krank ausgesehen.

Sie hat eine Abtreibung vornehmen lassen.

Dieser Gedanke überfiel Jessica plötzlich mit großer Klarheit, und sie zweifelte nicht eine Sekunde daran, daß sie Recht hatte. Jetzt hatte sie keinen Grund mehr, Polly weiter auszufragen, nicht einmal ihre Neugier. Und sie hatte keinerlei Entschuldigung für das, was sie als nächstes tat, nur eine Erkenntnis, die sie genauso plötzlich überfiel wie die erste:

Ich bin hübsch, aber Clair ist schön. Ich habe gegen sie keine Chance und habe auch in Wirklichkeit nie eine gehabt …

Jessica schloß die Augen.

»Aber was habt ihr beiden denn in der Klinik gemacht?« fragte sie scheinbar unbefangen.

»Ich habe Verhütungsmittel besorgt.«

Jessica riß verblüfft die Augen auf. »Weswegen das denn?«

Polly wirkte beleidigt. »Weil ich sie brauche.« Dann fügte sie hinzu: »Russ wohnt nämlich bei mir.«

Und Sara war zu Bubba gegangen, um ihn zu fragen, wo Russ war! Jessica betete im stillen, Bubba möge nicht alles wissen.

»Ah, ja ...« Sie mußte sich zwingen, weiterzumachen, obwohl sie die kleinen roten Teufelchen förmlich auf ihrer linken Schulter tanzen sehen konnte. »Aber was hat denn Clair dort gemacht? Du hast gesagt, sie hätte krank ausgesehen?«

»Ja«, erwiderte Polly. »Ich habe vor dem Sprechzimmer gewartet, weil ich Verhütungsmittel besorgen wollte, damit ich nicht schwanger werde, wenn ich mit Russ Desmond schlafe, und Clair kam heraus. Eine Schwester mußte sie stützen, und sie wirkte völlig benommen.«

Zwar beugten sich die Umsitzenden nicht vor, um alles mitzubekommen, aber wenn sie vorher schon aufgehört hatten zu reden, so hörten sie jetzt auf zu atmen.

»Als wenn sie gerade operiert worden wäre?« fragte Jessica.

»Ja, natürlich!« rief Polly, die endlich zu begreifen schien. »Hey, meinst du etwa, Clair hätte ...«

»Halt!« unterbrach Jessica sie eilig. »Nicht hier. Laß uns später darüber reden!«

Heuchlerin!

Polly hatte nichts dagegen einzuwenden. Jessica hörte, wie das Schweigen um sie herum langsam durch Geflüster ersetzt wurde, das sich auszubreiten schien, immer lauter und – wie Jessica sich vorstellte – mit immer mehr Einzelheiten ausgeschmückt wurde.

Dann sah sie Clair zurückkommen, lächelnd, glücklich, hübsch und ahnungslos.

Das Geflüster würde sich schon sehr bald in eine Woge verwandeln, die sie überrollte.

Arme Clair!

Jessica sprang eilig auf. Sie zitterte am ganzen Leib und hatte das Gefühl, ihr würde jeden Moment schlecht. Sie ergriff ihre Fotoausrüstung und rannte die Treppe hinunter, an Clair vorbei, bahnte sich ihren Weg durch die Menge, bis sie endlich draußen in der kühlen Abendluft stand, weg von dem Gedränge und dem Krach in der Halle.

Neben einem dunklen Flügel des Schulgebäudes traf sie Sara, die an der Außenwand lehnte.

Sara blickte müde auf und ließ ihren Kopf wieder gegen die Wand sinken, als sie Jessica erkannte.

»Die Welt ist schlecht«, murmelte sie.

»Stimmt«, sagte Jessica und lehnte sich neben der Freundin an die Wand.

»Bubba sagt, daß Russ bei Polly wohnt!«

»Der gute, alte Bubba!«

Sara schniefte. »Und was hast du für Probleme?«

Jessica wischte sich eine Träne aus dem Gesicht. Ihr Sieg würde jetzt bedeutungslos sein. »Ich werde Homecoming-Queen.«

Dann wurde ihr schlagartig klar, daß Clairs ungeborenes Kind von Bill gewesen sein mußte, und sie fühlte sich noch zehnmal schlechter.

Michael war gerade klargeworden, was sein Hauptproblem in Bezug auf Trainer Sellers war: Der Mann war vollkommen unfähig, aber dabei ein ganz netter Mensch. Er hatte sich soeben erkundigt, wie es ihnen ging, etwas, das Trainer Adams, der Eiserne, niemals getan hätte.

Die Pause war fast vorüber. Michael saß mit seinen Mannschaftskameraden auf dem Betonboden der Kabine und hob die Hand, weil er etwas sagen wollte.

Trainer Sellers nickte ihm zu.

»Ich glaube, wir müssen ernsthaft etwas ändern, wenn wir das Spiel noch gewinnen wollen«, sagte Michael. »Wie Sie schon meinten, müssen wir einen stärkeren Block bilden, um ihre Rebounds im Angriff zu verhindern. Aber das ist nur ein Teil unseres größten Problems.«

»Ah ja?« erwiderte der Trainer. Obwohl er erst um die fünfundvierzig Jahre alt war, war er alles andere als gesund. Auf seinem kahl werdenden Kopf prangten riesige Leberflecken, und aus irgendeinem Grund – vielleicht wegen seines leicht eiförmigen Schädels – fiel ihm ständig seine große Brille mit dem dunklen Rahmen von der Nase.

Außerdem zitterte er immer ein wenig, wenn seine Mannschaft den Ball hatte, und das flößte seinen Spielern verständlicherweise nicht gerade Vertrauen ein.

»Und was ist unser Hauptproblem?«

»Wir spielen nicht wie eine echte Mannschaft«, erklärte Michael. »Im Angriff gibt derjenige, der den Ball hat, nur dann ab, wenn er absolut keine Möglichkeit hat, selbst zu werfen.«

»Übertreibst du da nicht etwas, Olson?« fragte Sellers.

»Nein. Alle wollen nur Eindruck schinden.« Michael zeigte auf Gordon, ›The Rock‹, dessen Gesicht von der ersten Hälfte noch immer gerötet war und der schwer atmete. Er war auch aus nächster Nähe nicht in der Lage, den Korb zu treffen, und noch weniger konnte er springen, aber sein Körperbau und seine Kraft erlaubten es ihm, sich eine ausgezeichnete Position für Rebounds zu erkämpfen.

»Gordon ist ein gutes Beispiel: Im zweiten Viertel stand Nick mindestens sechsmal an der Grundlinie frei, als du den Ball hattest, aber du hast versucht, durch die Mitte zu gehen.«

»Ich habe aber immerhin ein paar Körbe gemacht«, verteidigte sich Gordon.

Sellers warf einen Blick in den Spielbericht und nickte.

»Er hat bis jetzt sieben Punkte gemacht. Das sind drei mehr als du, Olson!«

»Aber ich habe nicht die ganze erste Hälfte durchgespielt«, sagte Michael und blickte zu Nick hinüber, der still für sich in einer Ecke saß, den Kopf gesenkt.

Nick hatte schon ein Dutzend Rebounds ergattert, aber nur dreimal auf den Korb geworfen – jedesmal mit Erfolg.

»Willst du damit andeuten, wenn ich dich mehr spielen ließe, wären wir eine bessere Mannschaft?« fragte Trainer Sellers.

»Um Ihnen die Wahrheit zu sagen«, erwiderte Michael, »ich habe wirklich nicht verstanden, warum Sie mich so früh herausgenommen haben, aber das ist nicht der Punkt. Wir sind zu egoistisch. Wir könnten so viele Spielzüge machen – warum machen wir sie dann nicht? Und warum helfen wir nicht alle in der Verteidigung aus? Wir liegen mit zehn Punkten zurück!«

»Ich glaube nicht, daß ein Zehn-Punkte-Rückstand ein Grund zum Verzweifeln ist!« sagte Sellers.

»Genau«, stimmte ›The Rock‹ ihm zu. »Bloß nicht aufgeben, Mike – wir kommen schon wieder ins Spiel. Ich war gerade erst dabei, mich richtig aufzuwärmen!«

»So ist es richtig«, meinte Trainer Sellers lächelnd, und damit war die Diskussion beendet. Er ließ sie alle aufstehen und ihre Handflächen aufeinander legen, und dann folgte ein nicht eben geistvoller Ausruf im Chor. Danach stellten sie sich in einer Reihe auf, um in die Halle zurückzumarschieren – alle außer Michael, den der Trainer zurückhielt.

»Du bist ein netter Junge, Mike«, sagte er, als sie allein waren. In der Kabine roch es nach Schweiß. Der Trainer nahm seine Brille ab und fing an, sie mit einem Taschentuch zu putzen. »Ich gehe davon aus, daß du uns helfen willst.«

»Genau das«, gab Michael zurück.

Die Kürze dieser Antwort verblüffte den Trainer sichtlich.

»Vielleicht willst du es, aber ich glaube nicht, daß du so Erfolg haben wirst!«

»Sir?«

Sellers setzte seine Brille wieder auf. »Laß uns offen miteinander reden: Du hältst mich für einen lausigen Trainer, stimmt's?«

Die Frage kam für Michael überraschend. »Nein, ich glaube nur, daß Sie unerfahren sind. Das ist nicht ganz dasselbe«, fügte er hinzu.

In Trainer Sellers' Stimme schwang ungewohnte Härte mit, als er jetzt fragte: »Aber wenn du mich nicht für fähig hältst, diese Mannschaft zu trainieren, wie kannst du dann darin spielen?«

Michael überlegte einen Moment. Er hatte Sellers fälschlich für einen netten Trottel gehalten, und nun drohte der ihm damit, ihn aus dem Team zu werfen!

»Ich bin der beste Verteidiger, den Sie haben«, sagte er leise.

Sellers senkte den Kopf und lachte. »Wir halten viel von uns, stimmt's?«

Michael fühlte sich in seinem Stolz verletzt und fuhr auf: »Ja, Sir, ich finde schon, daß ich gut spiele. Gut, ich habe im ersten Viertel nur drei Punkte gemacht, aber sehen Sie sich doch an, an wie vielen anderen ich beteiligt war: Das waren sechs. Mit Ausnahme von Nick bin ich der einzige in dieser Mannschaft, der die Bedeutung des Wortes ›abgeben‹ zu kennen scheint oder weiß, was ›Dribbeln‹ bedeutet!«

»Wenn dir die Mannschaft wirklich so am Herzen liegt, wo warst du dann letzte Woche, als wir unser letztes Übungsspiel hatten?«

»Ich war doch bei Ihnen im Büro und habe Ihnen gesagt, daß ich nicht spielen kann. Sie haben gesagt, das sei in Ordnung!«

»Aber du hast mir nicht erzählt, warum du nicht kommen konntest!«

»Ich hatte etwas Wichtiges zu erledigen.«

»*Was*?«

»Eine private Angelegenheit.«

Sellers schüttelte den Kopf. »Ich fürchte, das reicht mir nicht. Du hast Mut, Mike, das gebe ich zu. Aber du bist kein Mannschaftstyp – du paßt dich nicht an. Du bist ein Einzelkämpfer, und Basketball ist für dich im Moment nicht das Wichtigste im Leben!«

Die Worte des Trainers trafen Michael an einem empfindlichen Punkt, denn es war ein Körnchen Wahrheit in dem, was Sellers sagte. Er hatte Basketball immer gespielt, weil es ihm Spaß machte, nicht aus Leidenschaft. Und inzwischen erschienen ihm die Spiele und das Training wie eine Last. Er hatte wirklich keinen Grund, weiterzumachen.

Nick wird auch ohne mich klarkommen!

Trotzdem hatte der Trainer kein Recht, ihn aus dem Team zu werfen, und wenn er wütend war, wußte Michael auch durchaus, wie er andere treffen konnte.

»Ich habe letztes Jahr alle Spiele in einer Mannschaft gespielt, die die Schulmeisterschaft gewonnen und es bis ins CIF-Halbfinale geschafft hat. Wie hat ihr Team im letzten Jahr abgeschnitten, Trainer?«

Die Mannschaft von Mesa High hatte die Saison als letzte beendet. Trainer Sellers bemühte sich, Michael böse anzustarren, verlor aber statt dessen seine Brille.

Während er auf dem Fußboden danach tastete, stotterte er: »Wenn du denkst, du würdest in der zweiten Hälfte spielen, Olson, da ... da ... dann kannst du lange warten!«

Michael lachte nur. »Danke, aber ich werde in der zweiten Hälfte nicht mehr hier sein!«

Der Trainer stolzierte hinaus.

Michael zog sich um und war gerade dabei, sich die Schuhe zuzubinden, als Bubba auftauchte.

»Bist du verletzt?« fragte er.

»Nein. Ich bin nur nicht mehr in der Mannschaft.«

Bubba schien sich nicht für die Einzelheiten zu interessieren. »Sellers ist ein Idiot!« Er setzte sich neben Michael auf die Bank. »Wie ist deine Laune?«

»Ich bin wütend.«

»Ernsthaft?«

»Nein. Was gibt es?«

»Ich habe eine gute Nachricht und eine schlechte.«

»Laß mich zuerst die gute hören, damit ich sie richtig genießen kann!«

»Ich habe heute dem Büro deines Coroners einen Besuch abgestattet und ihnen einfach erzählt, mein Vater wäre Arzt und wollte seine Kartei auf Computer umstellen. Das Mädchen dort hat mir geglaubt und mir ihr System erklärt. Sie hat mich sogar für eine Minute allein gelassen, um mir einen Kaffee zu holen. Ich habe mir ein paar Notizen gemacht.«

»Also kannst du Dr. Kawatis Akten einsehen?«

»Ja, und zwar über das Modem der Schule. Aber es wird eine Weile dauern, weil ich wahrscheinlich zuerst sämtliche Akten der Ärztevereinigung auf eine unserer Disketten übertragen muß.«

Michael freute sich, denn er hatte Polly noch einmal wegen des Formulars angesprochen, aber nichts erreicht.

»Könnten wir es morgen versuchen?«

»Nächste Woche wäre es mir lieber.«

Michael war so klug, Bubba nicht zu drängen. »Sehr gut – vielen Dank. Und was ist die schlechte Nachricht?«

»Sie wird dir nicht gefallen! Mädchen sind allesamt Flittchen!«

Michael stöhnte leise auf. »Jessie?«

Bubba nickte. »Sie ist letzten Freitag mit Bill ausgegangen, deshalb hat sie dir abgesagt.«

Michael bemühte sich, keine Schwäche zu zeigen, aber er war nicht sicher, ob es ihm gelang. Die Situation kam ihm bekannt vor, genau wie der Schmerz, der ihn durchfuhr, aber es war trotzdem anders als beim letzten Mal.

Wenn er mit seinen Gedanken an Jessica allein war, erschien sie ihm unendlich begehrenswert, voller Charme, immer wieder neu und ganz anders. Vielleicht war er deswegen nie darauf gefaßt, ihretwegen so zu leiden. Sie hatte so viele verschiedene Seiten!

Bubba verabschiedete sich, weil er in die Halle zurückgehen wollte.

Er habe von einem Gerücht gehört, das bekämpft werden mußte, wie er sagte. Was für ein Gerücht es war, erzählte er nicht.

Michael war nicht mit dem Mannschaftsbus gekommen, sondern in seinem eigenen Wagen nach Holden High gefahren, und darüber war er jetzt sehr froh. Immerhin ein Lichtblick an diesem düsteren Abend!

Er war gerade auf dem Weg zum Parkplatz, als er Jessica entdeckte. Sie stand allein in der Dunkelheit vor einem der Klassenflügel.

Er wollte nicht mit ihr reden, denn er hatte Angst vor dem, was er vielleicht sagen würde. Aber seltsamerweise war er nicht wirklich böse auf sie, sondern begehrte sie nur noch mehr!

Jetzt hatte sie ihn gesehen.

»Michael?«

Gefangen! »Hallo, Jessie!«

Sie kam langsam auf ihn zu und wirkte klein und zerbrechlich unter ihrer ganzen aufwendigen Fotoausrüstung.

Eine ihrer Kameras hätte er sehr gut gebrauchen können, um damit ein Bild von seinem Kometen zu machen – aber inzwischen hatte er den Antrag auf Registrierung schon an ein Observatorium abgeschickt.

»Warum spielst du denn nicht?« fragte sie.

»Ach, der Trainer und ich hatten eine kleine ... Meinungsverschiedenheit.«

»Du hast doch wohl nicht die Mannschaft verlassen, oder?«

»Nein, es war etwas anders.«

Traurig meinte sie: »Aber du spielst nicht mehr im Team? Das ist ja schrecklich!«

»Es gibt Schlimmeres!« Er blickte sich um und stellte fest, daß sie allein waren. Das Stimmengewirr in der Turnhalle klang, als sei es meilenweit entfernt.

»Was machst du eigentlich hier so mutterseelenallein?

Du weißt doch hoffentlich, daß die Gegend hier etwas gefährlich ist?«

Jessica blickte zur Turnhalle hinüber. In dem schlechten Licht war es schwer zu sehen, aber Michael schien es, als habe sie geweint. Er hoffte nur, daß es nicht wegen Bill Skater gewesen war!

»Ich komme schon klar!« Dann sah sie ihn aus ihren großen dunklen Augen an. »Es tut mir sehr leid wegen letztem Freitag!«

»Kein Problem.«

»Ich hatte kein Recht, dir das anzutun! Es war vollkommen gedankenlos von mir!« Ihre Stimme klang sehr zaghaft, als sie hinzufügte: »Können wir trotzdem morgen Abend gemeinsam weggehen?«

Michael lächelte. Vielleicht hatte der Abend mit Bill bei ihr ja einen schalen Nachgeschmack hinterlassen.

»Klar, gleich nach der Prüfung!« Später würde er noch arbeiten müssen.

Der Wind frischte plötzlich auf, und Jessica zog ihre Jacke enger um sich. Sie wies nach Norden, zu den dunklen Schatten am Horizont.

»Wenn es noch nicht zu spät und einigermaßen schön ist, könnten wir ja vielleicht in die Berge fahren. Was meinst du dazu? Michael?«

Holden High lag ungefähr fünf Meilen südlich der Berge, und an klaren Tagen, besonders wenn im Winter Schnee lag, war der Ausblick auf die Gipfel wirklich traumhaft.

Es gab andere Schulen in Südkalifornien, die noch näher bei den Bergen lagen, vielleicht zwei oder drei.

Von dort aus waren es nur noch eine oder zwei Meilen bis zu den ersten Ausläufern der Berge, die das Panorama beherrschten. Und dort würde es scheinen, als stünden ...

... die Bäume im Himmel.

13. KAPITEL

Als sie mit Michael durch die Gänge der Sanders High zum Prüfungsraum eilte, erspähte Jessica einen Trinkbrunnen und blieb stehen, um ein Tablettendöschen aus ihrer Tasche zu holen. Sie holte eine kleine gelbe Pille heraus, steckte sie sich in den Mund und beugte sich vor, um einen Schluck Wasser zu trinken. Sie spürte, wie die Tablette ihre Kehle hinunterrutschte.

»Was habe ich denn da gerade gesehen?« fragte Michael befremdet.

Jessica lachte nervös. »Es war nur ein kleiner Muntermacher; sie bestehen zum größten Teil aus Koffein. Mein Vater hat immer ein paar davon in dieser alten Dose bei sich, wenn er geschäftlich nach Europa fliegen muß.«

Michael musterte scharf ihr Gesicht. »Hast du heute nacht etwa nicht geschlafen?«

»Ich habe Schafe gezählt, Tausende von blökenden Schafen!« Sie hakte sich bei Michael ein, froh, daß sie im selben Raum sein würden.

Es war, als gebe er ihr Kraft, die sie auch dringend brauchte. Sie hatte die ganze Nacht kein Auge zugetan.

»Komm, wir sind schon spät dran!«

»Bist du sicher, daß wir hier richtig sind?« erkundigte sich Michael zweifelnd.

»Ich bin sogar absolut sicher!«

Als sie den Prüfungsraum betraten, saßen alle anderen schon auf ihren Plätzen, und die Aufsicht hatte bereits angefangen, die Vorschriften zu verlesen.

Jetzt kam die Frau eilig zur Tür, um sie zu begrüßen, und Michael zeigte ihr die Briefe, die ihnen ein paar Wochen zuvor zugeschickt worden waren. Nach einem Blick darauf schüttelte die Frau den Kopf.

»Ihr müßt zum Raum L-Sechzehn«, sagte sie. Geht hier den Gang hinunter und dann gleich in den ersten links. Nach ungefähr hundert Metern seht ihr auf der linken

Seite schon die Tür. Aber beeilt euch, sie werden sicher auch gerade anfangen!«

Als sie durch die Gänge zu ihrem Prüfungsraum liefen, meinte Jessica entsprechend kleinlaut: »Hoffentlich fragen sie nicht nach der Bedeutung des Wortes ›absolut‹!«

Michael lächelte ihr ermutigend zu. »Keine Angst, du schaffst das schon!«

Die Aufsichtsperson in diesem Raum las keine Vorschriften vor. Sie war damit offensichtlich schon fertig und gerade im Begriff, die Zeituhr einzustellen, als sie hereinstolperten.

Jessica wußte, daß sie allein daran schuld war, daß sie so spät kamen. Am Abend zuvor hatte sie Michael das Versprechen abgerungen, vor der Sanders High auf sie zu warten. Natürlich hatte sie sich auf dem Weg dorthin dann noch verfahren, aber zum Glück hatte Michael Wort gehalten und auf den Stufen der Vordertreppe gesessen, als sie endlich auf den Schulparkplatz fuhr.

Alle anderen waren zu diesem Zeitpunkt schon in ihren jeweiligen Prüfungsräumen gewesen. Jessica wunderte sich immer wieder darüber, wie ruhig Michael die ganze Sache anging!

Die Frau, die bei ihnen die Aufsicht führte, hatte ein Mondgesicht und war sehr sachlich. Sie tadelte sie für ihr Zuspätkommen und fragte dann nach ihren Briefen und sonstigen Papieren. Nachdem sie sich davon überzeugt hatte, daß damit alles in Ordnung war, führte sie sie zu einer Bank ganz hinten im Raum und händigte ihnen beiden je einen mehrseitigen Fragebogen und ein computerlesbares Antwortblatt aus.

»Schreibt eure Namen, eure Adresse und die Nummer eures Fragebogens auf das Antwortblatt!« sagte sie. »Benutzt nur Bleistifte und Schmierpapier.« Dann schaute sie Jessica an. »Diese Tasche solltest du vielleicht nicht gerade auf meinem Pult hier stehen lassen – du findest sicher noch einen anderen Platz dafür!«

Jessica stellte sie auf den Boden. Michael saß rechts

von ihr, und zwischen ihnen war niemand, aber sie saßen so weit auseinander, daß Jessica schon einen Giraffenhals gebraucht hätte, wenn sie von ihm hätte abschreiben wollen.

Ich habe die erste Frage noch nicht gesehen und doch jetzt schon Angst, durchzufallen! stellte sie fest.

Die Aufsicht ging zurück nach vorn.

»Ich konnte doch nicht wissen, daß sie diese verdammten Pulte von zu Hause mitgebracht hat«, flüsterte Jessica Michael zu.

Sofort fuhr die Frau herum.

»Es herrscht absolutes Redeverbot. Ich dachte, das hätte ich deutlich genug gesagt!«

»Entschuldigung«, murmelte Jessica, und Michael lachte leise.

Die Aufsicht drückte den Knopf der Zeituhr hinunter. Jessica nahm ihre Uhr ab und legte sie neben sich auf den Tisch. Es gab sechs Aufgabenfelder, und für jedes hatte sie eine halbe Stunde Zeit – genau wie zu Hause beim Üben: Kein Grund zur Panik.

Jessica schlug das Heft auf und erstarrte. Himmel! In ihren Übungsbüchern hatte es immer geheißen, daß das erste Drittel des jeweiligen Tests leicht sein würde, das zweite schon ein bißchen anspruchsvoller, während das letzte Drittel dann wirklich schwierig war. Deshalb konnte sie es einfach nicht glauben, als sie schon bei der ersten Frage steckenblieb.

Da stand:

1) WORT – SCHRIFTSTELLER
(A) Ehre – Diebe
(B) Mörtel – Maurer
(C) Kreide – Lehrer
(D) Rührstab – Bäcker
(E) Gesetze – Polizist

Es ging darum, das Wortpaar herauszusuchen, das eine Verbindung ausdrückte, die der im Beispiel am nächsten kam. Jessica sah schnell, daß das Wortpaar A ausschied, aber dann mußte sie überlegen. Schriftsteller benutzten für ihre Arbeit Wörter, Maurer benutzten Mörtel. Lehrer benutzten Kreide, Polizisten benutzten ... Nein, sie benutzten die Gesetz nicht im eigentlichen Sinn. Also strich Jessica das Wortpaar E.

Was jetzt? Mörtel und Rührstäbe waren für Maurer und Bäcker sehr wichtig, aber Lehrer konnten durchaus ohne Kreide unterrichten. Sie strich C.

Dann schwankte sie lange zwischen B und D, bevor sie sich schließlich für D entschied. Doch kaum hatte sie D angekreuzt, als sie das Kreuz auch schon wieder ausradierte und B den Vorzug gab.

Schließlich fiel ihr ein Rat aus ihrem Übungsbuch wieder ein: Wenn man sich zwischen zwei Dingen nicht entscheiden konnte, hatten die Autoren geschrieben, dann sollte man bei seiner ersten Entscheidung bleiben. Sie radierte B wieder aus und kreuzte D an.

Dann schaute sie auf ihre Uhr: Sie mußte in dreißig Minuten fünfundvierzig Fragen beantworten. Das bedeutete, daß sie für jede Frage weniger als eine Minute Zeit hatte, und es waren schon zwei Minuten um! Sie war zu langsam!

Ich schaffe es nicht. Ich werde nie in Stanford aufgenommen!

Seltsamerweise fühlte sie sich nach dieser bangen Feststellung irgendwie erleichtert. Sie hatte Angst gehabt, in Panik zu geraten, und jetzt, da es wirklich passiert war, machte sie sich keine Gedanken mehr darüber, sondern ging wieder an die Arbeit.

Die nächste Aufgabe war leicht, genau wie die dritte. Aber in der vierten kam gleich zu Anfang das Wort *parsimoniös* vor, das sie einfach ausließ. Bestimmt wußte nicht einmal Michael, was es bedeutete, sondern die Aufsicht hatte es erfunden und aus reiner Bosheit mit auf die Bögen gesetzt.

Mit der Zeit versank die Welt um Jessica herum, und sie vergaß sogar Michaels Anwesenheit. Aber sie hatte nicht den Eindruck, daß diese Versunkenheit auch gesteigerte Konzentration mit sich brachte – ganz im Gegenteil! Jetzt war sie zu ruhig und konnte überhaupt nicht wieder aufhören zu gähnen.

Als sie den Teil mit den Analogien beendet hatte und zu den Antonymen überging, mußte sie sich sehr zusammenreißen, um wach zu bleiben. Sie sehnte förmlich die Pause herbei, weil sie dann wieder eine Koffeintablette nehmen konnte.

Es tat gut, wieder an der frischen Luft zu sein. Drinnen war es so stickig gewesen, als hätte jemand ein Betäubungsmittel versprüht, fand Michael.

Er konnte verstehen, daß viele wie Jessica die Prüfung sehr ernst nahmen, denn die meisten namhaften Colleges verlangten hohe Punktzahlen. Aber für ihn war es eine Kleinigkeit gewesen, und es hätte ihn nicht gewundert, wenn er bisher ohne Fehler geblieben war.

»Die Mannschaft ist gestern abend ziemlich untergegangen, nachdem du weg warst«, meinte Bubba.

»Das geschieht dem Trainer nur recht – nach dem, was er mit dir gemacht hat«, sagte Jessica.

»Wie hat Nick sich geschlagen?« erkundigte sich Michael.

Sie standen zu dritt in der Nähe der geschlossenen Snackbar von Sanders High. Bubba legte die Prüfung in einem anderen Raum ab, und sie hatten nur eine Minute, um miteinander zu reden.

Noch immer lagen zwei Testabschnitte von dreißig Minuten vor ihnen.

»Wenn unsere Leute ihm den Ball zugeworfen haben, hat er jedesmal getroffen«, meinte Bubba. »Aber das haben sie leider viel zu selten getan, bis es zu spät war!«

»Nick wird sich schon durchsetzen«, meinte Michael überzeugt. »Aber es wundert mich, dich hier zu sehen, Bubba! Du sagst doch immer, du gehst nicht aufs College. Warum machst du denn dann die Prüfung?«

»Aus Spaß!«

Jessica stöhnte gequält auf, holte die Dose mit den gelben Pillen hervor und nahm einige davon mit etwas Wasser aus einem Trinkbrunnen ganz in der Nähe. »Mir fallen auf Anhieb eine ganze Menge anderer Dinge ein, die ich heute Morgen lieber tun würde«, sagte sie.

»Was nimmst du denn da? Anti-Kater-Pillen?«

»Bubba!« empörte sich Michael, aber Jessica wirkte nicht im mindesten beleidigt.

»Nur ein paar kleine Muntermacher«, erwiderte sie.

»Und seit wann sind Muntermacher verschreibungspflichtig?« fragte Bubba und deutete auf die Aufschrift vorn auf der Dose.

»Mein Vater bewahrt die Dinger nur darin auf«, gab Jessica zurück.

»Laß mich mal sehen«, verlangte Bubba, und Jessica gab ihm das Döschen. Er las sich die Aufschrift auf dem Etikett durch und murmelte: »Valium ...« Dann schraubte er die Dose auf, nahm eine der Pillen heraus und hielt sie gegen das Licht.

»Du hast die falschen erwischt, Schwester. Das hier ist wirklich Valium!«

Jessica nahm hastig das Döschen wieder an sich. »Das ist unmöglich! Ich habe meine Mutter gefragt, welche ich nehmen sollte, und sie hat gesagt, die auf dem ...« Sie hielt inne und unterdrückte ein Gähnen. Im selben Moment huschte ein Ausdruck heller Panik über ihr Gesicht, und sie schüttete alle übrigen Tabletten in ihre Handfläche.

»O nein!« flüsterte sie.

Bubba kicherte. »Wie viele von diesen Babys hast du denn insgesamt inzwischen genommen?«

»Drei.« Jessica schluckte und wandte sich zu Michael um, die Augen groß und rund vor Angst. »Was mache ich denn jetzt bloß?«

In diesem Augenblick wurde als Zeichen dafür, daß die Pause beendet war, eine kleine Handglocke geläutet.

»Du hast die letzten beiden doch erst vor einer Minute

genommen!« sagte Michael. »Lauf schnell zur Toilette und versuch, dich zu übergeben!«

»Ja, aber beeil dich lieber«, meinte Bubba, der sich offenbar gut amüsierte. »Die Dinger lösen sich nämlich in Flüssigkeiten genauso schnell auf wie Zucker!«

Michael faßte Jessica am Ellenbogen. »Es gibt eine Toilette hier gleich um die Ecke – mach schnell!«

»Ich kann nicht!« erwiderte Jessica kläglich. »Ich hab' mich noch nie mit Absicht übergeben!«

»Du hattest eben noch nie genug Grund dazu!« sagte Bubba grinsend.

»Sei still!« erwiderte Michael. »Es ist ganz leicht, Jessie: Steck einfach einen Finger weit in den Mund, dann kannst du nicht anders, als zu würgen!«

Es schellte zum zweiten Mal, und Jessica fing an zu zittern. »Ich hab' nicht mehr genug Zeit. Wir müssen zurück. Und außerdem: Was passiert, wenn meine Bluse dabei etwas abbekommt?«

»In Stanford haben sie was gegen schmutzige Blusen«, mischte sich Bubba wieder grinsend ein.

»Wie viele nimmt man denn von diesen Tabletten normalerweise ein?« wollte Michael wissen.

»Eine«, erwiderte Jessica, den Tränen nahe. »Und ich kann mich wirklich nicht übergeben, Michael. Nicht mal, wenn ich eine Magengrippe habe!«

»Du mußt es versuchen«, ermunterte er sie. »Du bist jetzt schon müde, und wenn du dieses Zeug nicht aus dir herausbekommst, schläfst du wahrscheinlich ein, bevor die Prüfung vorbei ist. Ich warte auf dich!«

Jessica nickte schwach und trottete in Richtung des Waschraums davon.

Michael wandte sich an Bubba.

»Warum mußt du sie unbedingt jetzt so aufziehen?« fragte er.

»Sie hat dich letzte Woche versetzt, um mit Bill auszugehen, und du machst dir Sorgen um ihre Punktzahl?« schnaubte Bubba. »Laß mich dir was sagen, Michael, und zwar als guter Freund: Vergiß diese Jessica Hart! Sie ist nicht so, wie du denkst; es ist ihr ganz egal, wenn sie jemanden verletzt!«

»Was soll das denn heißen?«

»Ach, nichts weiter. Ich muß wieder zu meinem Test zurück. Wenn sie bewußtlos wird, gib ihr einen Gutenachtkuß von mir, ja?«

Michael verstand Bubbas Abneigung nicht. Jessicas Verabredung mit Bill konnte jedenfalls nicht der einzige Grund dafür sein, denn Bubba vertrat sonst immer die Meinung, daß in der Liebe alles erlaubt war. Außerdem teilte er selbst auch nach allen Seiten aus und behauptete hinterher, die Betreffenden hätten einfach ein schlechtes Karma!

Michael beschloß, draußen vor dem Prüfungsraum zu warten. Er wollte die Aufsicht für den Fall im Blick behalten, daß sie die Uhr wieder anstellte, bevor Jessica zurück war.

Er erlebte eine kleine Überraschung, als die Dame plötzlich in den Flur kam, um mit ihm zu sprechen.

»Bist du der Michael Olson, der letzten Sommer den Praktikumsplatz im Jet-Propulsion-Labor gewonnen hat?« erkundigte sie sich.

»Ja, das bin ich!«

Sie lächelte und streckte ihm die Hand hin.

»Ich bin Mrs. Sullivan. Mein Sohn Gary arbeitet als Ingenieur in dem Labor. Er hat eine hohe Meinung von dir.«

Michael schüttelte ihr die Hand und antwortete: »Gary, ja, ich erinnere mich an ihn, er war sehr nett. Egal, wieviel Arbeit er hatte, er hat sich immer Zeit genommen, um meine Fragen zu beantworten. Würden Sie ihn bitte von mir grüßen?«

Bei Müttern kam er immer gut an – aber leider hatte er bei den Töchtern nicht das gleiche Glück! Die Dame versprach, ihrem Gary seine Grüße auszurichten.

Jessica erschien ein paar Sekunden vor dem Beginn des nächsten Prüfungsteils. Sie sagte nichts, sah ihn nur aus halb geschlossenen Augen an und schüttelte den Kopf. Er hätte sich diese Pillen ansehen sollen, bevor sie sie genommen hatte! Gleich am Anfang hatte er schon Zweifel daran gehabt, ob es wirklich Muntermacher waren!

Sie gingen hinein, setzten sich auf ihre Plätze und fingen an zu arbeiten.

Wenn 2X – 3 = 2 ist, wieviel ist dann X – 5?
(A)2 (B)2,5 (C)3 (D)4,5 (E)5,5

In diesem Teil hatten sie etwas mehr als eine Minute für jede Frage, aber Michael stellte fest, daß er die meisten innerhalb von zehn Sekunden lösen konnte.

Die Antwort auf die erste Frage war offensichtlich A. Um das zu wissen, brauchte er nicht einmal sein Konzeptpapier.

Als er mit diesem Aufgabenteil fertig war und zu Jessica hinüberblickte, stellte er jedoch fest, daß sie beide Seiten ihres Konzeptpapiers mit Zahlen und Rechnungen vollgeschrieben hatte. Außerdem sah er, daß sie nur etwa die Hälfte der Kreise auf ihrem Antwortblatt ausgefüllt hatte.

Ihre schönen braunen Haare hingen ihr über das Gesicht, während sie sich über den Fragebogen beugte.

Aber alle paar Sekunden hob sie ruckartig den Kopf.

Sie hält sich nur mit Mühe wach!

Die Aufsicht erinnerte sie daran, daß nur noch wenig Zeit blieb. Jessica holte ein Taschentuch aus ihrer Tasche und wischte sich verstohlen über die Augen.

»Jessie!« flüsterte Michael. »Versuch's doch wenigstens!«

»Ich kann nicht denken«, erwiderte sie kläglich.

»Ruhe!« mahnte die Aufsicht.

Im nächsten Prüfungsteil ging es um Leseverständnis. Michael mußte sich zwingen, sich zu konzentrieren, denn die Kurztexte, aus denen sie die nötigen Informationen beziehen sollten, um die Fragen zu beantworten, waren alles andere als interessant.

Außerdem blickte er alle paar Sekunden zu Jessica hinüber, weil er fürchtete, sie würde jederzeit ohnmächtig zu Boden sinken.

Mit diesen Ergebnissen wird sie nie in Stanford aufgenommen!

Es war ungünstig, daß sie mit der Prüfung bis jetzt gewartet hatte, denn die Zeit reichte nicht, um sie vor dem Einschreibetermin zu wiederholen. Jessica tat ihm wirklich leid!

Und wie kannst du ihr helfen?

Zu seiner eigenen Überraschung stellte Michael fest, daß ein Teil seiner Gedanken damit beschäftigt war, nach dem besten Weg zu suchen, ihr seine Antworten zukommen zu lassen.

Zuerst mußte er diese auf sein Konzeptpapier schreiben – aber das eigentliche Problem war, Jessica das Blatt zuzustecken, ohne daß die Aufsicht es bemerkte.

Es würde ihm dabei sicher helfen, daß die Dame ihn für einen netten und anständigen Menschen hielt. Trotzdem war ein Ablenkungsmanöver fällig, und zwar je einfacher, desto besser!

Der rettende Einfall dazu kam ihm nur einen Moment später, und er setzte ihn auch gleich in die Tat um: Er täuschte ein Niesen vor.

Das wiederholte er in den folgenden fünfzehn Minuten noch ungefähr ein dutzendmal, während er den letzten Prüfungsteil durcharbeitete.

Nachdem er mit seinem Bleistift das letzte Kreuzchen eingetragen hatte, begann er damit, seine Antworten auf einen Konzeptbogen zu übertragen, ohne sich damit aufzuhalten, alles noch einmal durchzulesen.

Aber er beschränkte sich dabei auf die Antworten der letzten beiden Kapitel und sagte sich, daß es so kein richtiger Betrug war.

Und wenn er nun erwischt wurde? Oder wenn sie seine wertvolle Hilfe vielleicht gar nicht wollte? Er hatte auch darauf eine Antwort – dann hätte er es wenigstens versucht!

Er faltete den Zettel sorgfältig zu einem winzigen Quadrat, schloß das Heftchen mit den Fragen, sammelte seine übrigen Unterlagen ein und stand auf. Es waren noch neun Minuten Zeit.

Die Aufsicht lächelte ihm zu, wohl, weil er als erster abgab, und er begann langsam nach vorne zu gehen.

Einen Schritt hinter Jessicas Pult nieste er sehr heftig und ließ dabei alles fallen außer dem winzigen Papierquadrat mit den Antworten.

»Entschuldigung«, sagte er zu niemand bestimmtem im Raum und bückte sich.

Jessica schien seine Nähe kaum zu bemerken. Er nahm das Papierquadrat und schob es unauffällig zwischen ihre Socke und den Turnschuh. Dann blickte er zu ihr auf – sie brauchte einen Moment, um zu begreifen, doch dann trafen sich ihre Blicke.

Trotz ihrer Schläfrigkeit besaß Jessica noch genügend Geistesgegenwart, um sein Angebot zu erkennen und darauf einzugehen. Sie senkte leicht, fast unmerklich den Kopf.

Als er seine Papiere abgab, stellte die Aufsicht stolz fest, daß Michael sein Konzeptpapier gar nicht benutzt hatte. Zum Glück bemerkte sie nicht, daß eine Seite fehlte!

»Es war aber trotzdem gut, daß ich es hatte«, erwiderte er. »Für alle Fälle ...«

Er wartete im Flur auf Jessica. Sie kam zehn Minuten später zusammen mit allen anderen heraus und zog ihn sofort beiseite.

Ihre großen braunen Augen wirkten schläfrig – so, stellte er sich vor, würden sie sicher auch aussehen, wenn er nach einer gemeinsam verbrachten Nacht neben ihr aufwachen würde –, und sie schien auch nicht ganz sicher auf den Beinen zu sein, aber sie strahlte über das ganze Gesicht.

»Ich würde dich jetzt küssen, wenn ich nicht Angst

hätte, daß mein Atem dich auf der Stelle einschläfert«, sagte sie. »Danke, Michael! Du bist wirklich mein Schutzengel!«

»Hattest du noch Zeit, die Antworten abzuschreiben?« Da hatte er einmal die Chance, einen Kuß zu ergattern und stellte eine so nüchterne Frage!

Sie nickte. »Ich mußte ziemlich viele von meinen Antworten ausradieren, aber ich hatte noch Zeit genug!« Sie gähnte. »Was hast du denn für ein Gefühl? Wie hast du abgeschnitten – beziehungsweise wir?«

Er mußte lachen. »Ganz gut!«

Jessica stimmte in sein Lachen ein.

Er wollte nicht, daß sie fuhr, aber sie sagte, sie könnten trotzdem noch in die Berge fahren, wie sie es geplant hatten, wenn sie es sich während der Fahrt in seinem Wagen bequem machen konnte.

Er protestierte zwar und schlug vor, sie nach Hause zu bringen, aber sie bestand darauf, daß sie nur eine Stunde Schlaf brauchte, um wieder auf die Beine zu kommen.

Auf dem Weg zum Parkplatz entschuldigte sich Jessica für einen Augenblick, um zur Toilette zu gehen, und er mußte selbst auch. Im Waschraum traf er Bubba, der sich vor dem Spiegel die Haare kämmte.

»Und – ist sie umgefallen, oder was ist passiert?« erkundigte sich Bubba.

»Sie hat sich gut gehalten, danke für dein Mitgefühl!«

Bubba kicherte. »Was sind denn auch schon ein paar Valium vor einem kleinen Test? Ich habe es mal mit einer mindestens zwei Meter großen Tänzerin aus Las Vegas getrieben, nachdem ich eine ganze Flasche Don Perignon in mich hineingeschüttet hatte. Ich kenne mich also aus mit Handicaps in schwierigen Situationen! Sie hätte mir das Rückgrat brechen können!« Er zog seine bunte Windjacke zurecht. »Und wie fandest du die Fragen?«

»Ein Kinderspiel!«

»Wirklich? Ich mußte bei einigen Sachen schon etwas

überlegen. Wahrscheinlich habe ich den schwierigsten Test erwischt, der dabei war!«

»Ich glaube es dir!« sagte Michael, und Bubba schien es zu gefallen, seinen Lieblingsausspruch einmal auf sich selbst bezogen zu hören.

»Nein, ganz im Ernst«, meinte er. »Ich glaube, daß die Tests im Schwierigkeitsgrad ziemlich unterschiedlich sind!«

Michael stutzte – und erstarrte!

»Wovon redest du eigentlich? Es gibt doch nur einen Test!«

»Nein«, erwiderte Bubba. »Hast du nicht gehört, was sie zu Beginn der Prüfung gesagt haben? Sie benutzen vier verschiedene Varianten, damit man nicht von seinem Nachbarn abschreiben kann!«

Ich bin im Waschraum – der ideale Ort, wenn einem schlecht wird!

Michael stürzte zur Tür und ließ Bubba vor dem Spiegel Selbstgespräche führen. Er hatte noch eine Hoffnung: Sie waren sehr spät gekommen, und vielleicht hatte sich die Aufsicht nicht die Mühe gemacht, zwei verschiedene Tests für sie herauszusuchen.

Die Dame war gerade dabei, die Bögen zu sortieren, als er den Klassenraum betrat.

»Etwas vergessen, Michael?« fragte sie freundlich und blickte auf.

Er mußte sich zwingen, ruhig zu atmen. »Nein, das nicht. Ich habe mir nur überlegt ... Meine Freundin und ich werden sicher auf der Heimfahrt über die Fragen sprechen, und es wäre schön, wenn wir wüßten, ob wir über denselben Test reden – sie verstehen sicher, was ich meine!«

Er schenkte ihr sein unschuldigstes Lächeln, das alle Mütter dieser Welt einfach unwiderstehlich fanden, und fügte hinzu: »Ich werde auch bestimmt keine meiner Antworten ändern!«

Sie lachte herzlich über die bloße Vorstellung, daß ein Musterschüler wie er etwas so Verwerfliches tun könnte.

»Natürlich kann ich das für dich nachsehen – aber ich bin sicher, daß ich euch nicht dieselben Tests gegeben habe! Wie heißt deine Freundin?«

»Jessica Hart.«

Die Dame blätterte den Stapel mit den Antwortbögen durch, fand seinen zuerst und legte ihn zur Seite. Dann nahm sie Jessicas Bogen heraus und schob ihn neben Michaels.

»Nein, du hattest den Bogen aus der Serie A, Jessica dagegen C«, sagte sie lächelnd. »Keine Sorge, ihr werdet eure Punktzahl ja bald erfahren!«

»Wann ungefähr?«

»Oh, durch das neue Computersystem des Schulbezirks könnte es sein, daß ihr die Ergebnisse schon in einem Monat in der Post findet!«

»Gibt es irgendeine Möglichkeit, sie früher zu erfahren?«

»Ja, du könntest im Prüfungsbüro anrufen. Dort müßten die Ergebnisse sogar schon am kommenden Freitag vorliegen!«

Michael bedankte sich dafür, daß sie sich soviel Zeit für ihn genommen hatte.

Draußen wanderte er über das Schulgelände wie jemand, der eine ganze Packung Valium geschluckt hatte, und der Satz ›*Ich hätte es wissen müssen*‹ hallte durch seinen Kopf wie eine Liedzeile auf einer beschädigten Schallplatte.

Als Jessica schließlich neben ihm auftauchte, stand er auf dem Schulhof und umklammerte den dünnen Stamm eines kahlen Baumes, der sich in seiner Hand wie ein riesiger Bleistift anfühlte.

Sie sah so glücklich aus, daß er mit sich kämpfte, ob er sie nicht wenigstens die nächsten Tage noch genießen lassen wollte.

Unglücklicherweise war er jedoch selbst zu niedergeschlagen, um sich zu einer gnädigen Lüge aufzuraffen.

»Wo bist du Dummkopf denn gewesen?« fragte sie lachend. »Ich hab' dich schon überall gesucht!« Dann fügte sie, noch immer lächelnd, hinzu: »Was ist passiert?«

»Wir haben ein Problem!«

Sie sah ihn erschrocken an. »O nein!«

Er nickte traurig. »O doch, und es ist ein großes Problem. Jessie, wir hatten nicht den gleichen Test!«

»Aber ... das ist doch nicht möglich! Was ... was bedeutet denn das?«

Er ersparte ihr nichts. »Das bedeutet, daß du in den letzten beiden Teilen keinen einzigen Punkt hast. Es tut mir sehr leid!«

Einen endlos scheinenden Moment lang sah sie ihn nur an. Doch dann erschien ein Ausdruck der Fassungslosigkeit auf ihrem Gesicht, und ihr Blick wurde trüb. Sie fing an zu schluchzen.

Noch eine Verabredung, die niemals zustande kommen sollte!

14. KAPITEL

Am Donnerstag vor dem Ball blieb Nick Grutler nach dem Training noch in der Halle, um Freiwürfe zu üben. Im Spiel gegen die Mannschaft von Holden High war er auf dem Weg zum Korb mindestens jedes zweite Mal gefoult worden.

Von der Freiwurflinie aus konnte er zwar den Korb leicht erreichen, aber sein Problem war, daß er bei den Würfen relativ still stehen mußte, und wenn er sich nicht bewegen konnte, hatte er sogar Schwierigkeiten, das Backboard zu treffen.

Nick probierte hundert Freiwürfe, von denen er die Hälfte verwandelte:

Das war nicht schlecht, aber auch nicht gut, und so beschloß er, demnächst die Freiwürfe einfach als normale Sprungwürfe auszuführen, egal, was die Zuschauer dazu sagten.

Noch ein Grund dafür, warum Nick nach dem Training in der Halle blieb, war die Tatsache, daß er nicht zusammen mit dem Rest der Mannschaft duschen wollte.

Wenn der Trainer in der Nähe war und sie Spielzüge trainierten, behandelten sie ihn einigermaßen fair. Aber wenn Sellers nicht dabei war und Gordon und die anderen beiden aus dem Footballteam schlechte Laune hatten – was meistens der Fall war – wurde er ständig aufgezogen.

Wenn nur Michael noch im Team wäre, dachte Nick. In der Woche zuvor, als Michael noch zum Training gekommen war, hatte niemand auch nur ein böses Wort zu ihm zu sagen gewagt.

Während er den Ball zurücklegte, fragte sich Nick einen Augenblick lang, ob sich das alles auch wirklich lohnte.

Es war jetzt vier Uhr; um fünf mußte er im Lager seine

achtstündige Schicht beginnen, und er war jetzt schon ziemlich müde.

Michael hatte ihm geraten, an die langfristigen Vorteile zu denken, aber das war nicht leicht, wenn man spät in der Nacht mit dem Fahrrad nach Hause fuhr und einem ständig die Augen zufielen. Und es fiel ihm auch schwer zu glauben, wie er auf diesem Weg an ein College-Stipendium kommen sollte!

Er hatte gehofft, daß es Maria beeindrucken würde, wenn er in der Mannschaft spielte. Aber soweit er wußte, sah sich Maria diese Spiele nicht einmal an! Und selbst wenn sie es doch tat und er in jedem Spiel hundert Punkte machen würde, würde sie wahrscheinlich trotzdem nicht mit ihm reden! Warum sollte er das Risiko eingehen? Sie hatte offensichtlich Angst, er würde sie umbringen!

Aber das ist nicht wichtig. Es ist sowieso alles völlig unwichtig!

Das waren Marias eigene Worte gewesen, und sie paßten auch auf seine augenblickliche Situation. Er hatte während des Spiels am Freitag abend etwas entdeckt, das ihn aufrecht hielt und ihm die Kraft gab, durchzuhalten: Es war vier Minuten nach Beginn des ersten Viertels gewesen. Michael hatte ihm den Ball zugespielt, und er hatte seinen ersten Angriff gestartet. Zwei gegnerische Spieler hatten ihn verfolgt, und er hätte besser den Ball abgegeben – aber er hatte aus einem Impuls heraus doch einen Wurf riskiert, ohne auch nur den Versuch zu machen, abzugeben. Getroffen hatte er nicht, aber es war ihm gelungen, den Rebound zu bekommen, und während er kurz darauf den Punkt doch noch gemacht und den begeisterten Aufschrei der Menge gehört hatte – der nur ihm galt –, hatte er gefühlt, wie ihn ein nie gekanntes Gefühl durchströmte, das stark und süchtig machte.

In diesem Moment hatte er erkannt, daß er dieses Spiel *liebte.*

Und dann hatte er in all dem Durcheinander ganz still

für sich entdeckt, daß er sich auf dem Platz zu Hause fühlte!

Nein, er würde nicht aufhören, und er würde auch nicht alles so lassen, wie es war!

Gordon, ›The Rock‹, saß auf der Bank und band sich die Schuhe zu, als Nick den Umkleideraum betrat. Nick mußte innerlich lachen, als er sah, wie Gordon sich plötzlich mit seinen Schuhen beeilte und wie er den Kopf einzog, um sich unsichtbar zu machen. Nick fiel ein, daß sie seit ihrem Kampf im Kraftraum nie miteinander allein gewesen waren.

»Hi, Rocky!« sagte er. »Hast du auf mich gewartet?«

Gordons Finger verhedderten sich in seinem Schuhband. Er schien ohne die Rückendeckung seiner Freunde nicht ganz so mutig zu sein!

»Nein«, murmelte er.

»Wie bitte?«

»Nein!«

»Das hatte ich auch schon beim erstenmal verstanden. Aber ich habe zweimal gefragt, weil, na ja, weil du mich auch immer dasselbe zweimal gefragt hast. Das kann schon lästig sein, stimmt's?«

»Ja.«

»Wie bitte?«

»Ich habe ja gesagt!« Der ›Rock‹ ließ seine Schuhbänder los, stand auf und machte sein Schließfach zu. Dann wollte er an Nick vorbeigehen, aber der versperrte ihm den Weg.

»Ich will mit dir reden!«

»Worüber denn?« Gordon hatte ein bißchen Angst, aber er war immer noch arrogant.

»Setz dich hin, dann sag ich's dir!«

Gordon überlegte einen Moment, doch dann setzte er sich.

Nick blieb stehen und lehnte sich mit dem Rücken gegen das Schließfach. Er zog einen Fuß ein Stückchen hoch, bis sein Knie auf gleicher Höhe mit Gordons Gesicht war.

»Ich habe nie damit gerechnet«, begann er, »daß wir einmal irgendwie zusammenarbeiten würden, darum war es mir auch egal, weswegen du mich nicht leiden konntest. Aber jetzt sind wir in derselben Mannschaft, und ich will nicht, daß wir ständig verlieren – genausowenig wie du, nehme ich an! Was meinst du dazu?«

›The Rock‹ zuckte mit den Schultern und grunzte irgend etwas.

»Was soll das heißen?«

»Fahr zur Hölle, Grutler!« Gordon machte Anstalten aufzustehen. Nick packte ihn am Kragen, und Gordons Augen wurden groß vor Angst. Sanft, aber bestimmt, schob Nick ihn zurück auf die Bank.

»Bis jetzt habe ich es höflich versucht«, sagte er, während er den anderen noch immer am Kragen seines T-Shirts festhielt. »Aber du bist unverschämt, und das bringt mich in Wut. Das letzte Mal, als du unverschämt warst, hab' ich dich fast umgebracht. Ich frage dich, läßt du mich ab jetzt in Ruhe, oder muß ich zu Ende bringen, was ich vor zwei Monaten versäumt habe?«

Jetzt hatte Gordon wirklich Angst, und er war arroganter denn je.

»Du würdest mich im Ernst umbringen, stimmt's?«

»Das könnte zumindest sein!«

Gordon schnaubte: »Und dann fragst du mich, warum ich deine Visage hasse? Abschaum wie dir ist doch völlig egal, ob andere leben oder sterben!«

Angesichts der Tatsache, daß Gordon ihn zweimal ohne jeden Grund angegriffen hatte, fand Nick diese Antwort reichlich schwierig zu verdauen. Er wußte nicht, was er darauf erwidern sollte.

Er ließ ihn los und trat einen Schritt zurück. »Meinst du das ernst?« fragte er schließlich.

Gordon rieb sich die Kehle und ließ Nick nicht mehr aus den Augen. »Du weißt doch genau, wovon ich rede!« meinte er bitter.

»Nein, das tue ich eben nicht!«

»Ach, hör doch auf, Grutler!«

»Ich schwöre dir, ich habe keine Ahnung! Sag es mir doch!«

»Du bist ein Dealer!«

Nick mußte trotz allem lachen. »Du glaubst, daß ich Drogen verkaufe? Dann bist du falsch informiert! Ich rauche nicht mal Marihuana! Wer hat dir erzählt, daß ich ein Dealer wäre?«

Gordon wirkte alles andere als überzeugt. »Ich kenne die Gegend, aus der du kommst, weil ich dort als Big Brother arbeite und Jugendliche betreue. Bevor du hier aufgetaucht bist, hab' ich dich öfter bei einem Haus an einer Ecke gesehen, in dem Drogen verkauft werden. Mir mußte niemand was über dich erzählen, und deine Lügen werden nichts daran ändern, daß ich dir am liebsten ins Gesicht spucken würde!«

Nick hörte auf zu lachen und war für ungefähr fünf Sekunden vollkommen verwirrt. Gordon als Betreuer für schwarze Jugendliche?

Und ein Haus an einer Ecke? Doch dann verstand er auf einmal alles!

Er deutete mit dem Finger auf Gordon. »Du bleibst hier. Ich ziehe mich um, und dann machen wir beide einen Ausflug in deinem Wagen!«

»Wohin?«

»In mein altes Viertel.«

»Aber warum denn?« fragte ›The Rock‹.

»Das wirst du schon sehen, wenn wir da sind!«

Nick zog sich schnell um.

Es war inzwischen halb fünf und fast dunkel. Er würde zu spät zur Arbeit kommen, aber wenn sie Stanley bei seiner Arbeit antrafen, war es das wert. Zumindest war es eine gute Chance, diese Verwechslung ein für allemal aufzuklären!

Gordons Wagen war ein blauer Geländewagen mit Vierradantrieb und einer großen Ladefläche. Nick sagte ihm, wie er fahren mußte. Auf dem Freeway hörten sie Radio, ohne viel zu reden, und Gordon fuhr wie ein Verrückter.

Schließlich holperten sie die schmalen, schmutzigen Straßen entlang, die Nick nur zu gut kannte. Die Sonne war längst untergegangen, und es war müßig, von den kaputten Straßenlaternen Licht zu erhoffen – Nick spürte die Dunkelheit sowohl rund um sich herum wie auch in seinem Inneren.

Aber er fühlte auch eine eigenartige Distanz, denn obwohl er in dieser heruntergekommenen Umgebung aufgewachsen war, hatte er nicht den Eindruck, hierher zu gehören, und er kannte auch niemanden, dem es anders ging.

»Park hier!« sagte er und machte das Radio aus. »Unter dem Baum da!«

Gordon stellte den Wagen ab.

Nick warf einen Blick die Straße hinauf zu dem Haus an der Ecke.

»Ist es da, wo du mich gesehen hast?«

Gordon wandte den Kopf und nickte dann. »Ja, und es hat keinen Sinn, es zu leugnen, Grutler!«

Nick zog sein Portemonnaie aus der Tasche und holte einen Zwanzigdollarschein heraus, den er dann Gordon gab.

»Geh zu dem Haus und klopf an die Tür!« sagte er.

Gordon nahm den Schein nur zögernd an. »Wofür brauche ich das Geld?«

»Damit du nicht ein Messer zwischen die Rippen bekommst.« Nick lächelte, als er die Panik in Gordons Gesicht bemerkte. »Keine Angst, die werden vor dir genausoviel Angst haben wie du vor ihnen! Sie werden glauben, du wärst von der Polizei, und dir nichts verkaufen wollen. Dann fragst du nach Stanley und sagst, du bist ein alter Freund. Aber sag Stanley, nicht Stan, und halt den Schein so, daß sie ihn sehen können!«

»Und was soll ich diesem Stanley sagen?«

»Was du willst, solange du nicht meinen Namen erwähnst. Du hast doch keine Angst, oder?«

›The Rock‹ zog eine Grimasse und steckte den Autoschlüssel in die Tasche. »Warte hier auf mich!« sagte er und langte nach dem Türgriff, aber er hatte Schwierigkeiten, auszusteigen, weil er am ganzen Körper zitterte.

Nick verstellte den Rückspiegel so, daß er Gordons zögernde Schritte auf das Haus zu beobachten konnte – und dabei hatte er plötzlich ein schlechtes Gewissen.

Er versuchte sich dadurch zu beruhigen, daß er sich sagte, Stanley werde schon nicht absichtlich Ärger machen, wenn er keinen Nutzen davon hatte; auf der anderen Seite konnte es aber sein, daß er gerade Langeweile hatte und nur nach jemandem Ausschau hielt, mit dem er sich anlegen konnte!

Hoffentlich weiß dieser Trottel, wann es am besten ist, den Rückwärtsgang einzulegen!

Das einfache weiße Haus unterschied sich in zwei Dingen von den anderen im Viertel: Es gab keine Bäume oder Büsche im Vorgarten, nicht einmal Rasen – und die Vordertür war zweigeteilt, daß man den oberen Teil öffnen und jeden Besucher anschauen konnte, daß aber niemand einfach so hineingehen konnte.

Es war so offensichtlich ein Drogentreff, daß Nick nicht verstehen konnte, warum die Polizei es nicht längst auseinandergenommen hatte.

Er wünschte plötzlich, Gordon hätte ihm den Autoschlüssel gegeben oder, noch besser, den Motor laufen lassen, denn es konnte sein, daß sie ziemlich eilig den Rückweg antreten mußten.

Er sah, wie Gordon die Veranda vor dem Haus betrat, und auch auf fast fünfzig Meter Entfernung konnte er den Schein in der zusammengepreßten Hand des anderen zittern sehen.

Bestimmt würde Gordon etwas Dummes sagen, das war nicht schwer vorauszusehen. Nick beugte sich zum Armaturenbrett hinunter und zog die Drähte darunter hervor.

Er wußte seit seinem zwölften Lebensjahr, wie man einen Wagen kurzschloß.

Als der Motor lief und Nick wieder in den Rückspiegel schaute, sah er, daß Gordon an der Tür stand und mit jemandem redete. Er konnte nicht erkennen, wer dort drinnen stand, aber es schien ein schwarzer Junge mit kahlgeschorenem Kopf zu sein.

Verdammt!

Gordon stritt mit dem Jungen und verließ sich offensichtlich sehr darauf, im Ernstfall der Stärkere zu sein. Dann verschwand der Jugendliche, und Gordon drehte sich grinsend zum Wagen um.

Es war dieses Grinsen, so arrogant wie immer, das in Nicks Kopf das rote Warnlämpchen aufleuchten ließ. Er verwünschte sich insgeheim, weil er nicht vorausgesehen hatte, daß dieser Dummkopf innerhalb einer Minute das ganze Viertel in Aufruhr versetzen würde, sprang auf den Fahrersitz und legte den Gang ein.

Er hatte gerade gewendet und fuhr auf das Haus zu, als er sah, wie ein langer schwarzer Arm aus der Tür gestreckt wurde und eine Hand den ›The Rock‹ an der Kehle packte.

Gordon versuchte zu schreien, aber er bekam nur ein ersticktes Wimmern heraus. Nick fiel wieder ein, wie stark Stanley war. Der lange schwarze Arm schüttelte Gordon, hob ihn vom Boden hoch und zog ihn auf die Tür zu.

Nick drückte das Gaspedal durch. Vor dem Haus trat er auf die Bremse und sprang auf die Straße. Er brauchte irgend etwas, um Stanleys Aufmerksamkeit für einen Moment abzulenken.

Er konnte seinen alten Feind nicht sehr gut erkennen, aber das brauchte er auch nicht: Gordon wurde in die Türöffnung gezogen wie in das geöffnete Maul eines Hais!

Schließlich entdeckte Nick im Rinnstein eine Colaflasche. Der Hals war abgebrochen, und als er sie aus dem Staub nahm, fragte er sich für einen kurzen Moment, ob derjenige, der sie als letzter in der Hand gehalten hatte, sich wohl damit gegen jemanden mit einem Messer verteidigt hatte.

Rechts von der Vordertür war ein schmales Fenster.

Nick holte aus und warf die Flasche in einem angeschnittenen Bogen hinein. Glas traf auf Glas, es klirrte, der schwarze Arm wurde zurückgezogen, und Gordon landete polternd rücklings auf dem Boden der Veranda.

»Los, in den Wagen!« schrie Nick und sprang wieder auf den Beifahrersitz. Gordon hatte sich weder auf dem Football-Feld noch beim Basketball jemals so schnell bewegt. Obwohl er sich aus ungünstiger Position aufrappeln mußte, sprang er in dem Moment auf die Ladefläche, als der riesige Schwarze die Veranda betrat.

Nick legte den ersten Gang ein, und die Reifen hinterließen beim Anfahren einen Geruch nach verbranntem Gummi.

Ein einziger Blick auf Stanley hatte ihm genügt, um die Erinnerung daran zurückzubringen, warum er vor Erleichterung auf die Knie gefallen war und Gott gedankt hatte, als sein Vater mit ihm auf die andere Seite der Stadt gezogen war.

Wenn ich wütend nur halb so einschüchternd wirke wie dieser Bastard, ist es kein Wunder, daß die Leute Angst vor mir haben!

Gordon fing an, gegen das Rückfenster zu hämmern, weil er wollte, daß Nick anhielt und ihn einsteigen ließ, aber Nick ließ ihn den ganzen Heimweg über im heftigen Fahrtwind stehen. Es tat ihm gut, zu sehen, wie ›The Rock‹ zuerst aus Angst und dann vor Kälte zitterte, und außerdem hatte er großen Spaß daran, den Geländewagen zu fahren.

Der Schulparkplatz lag verlassen da, als Nick schließlich den Wagen zum Stehen brachte und den Motor ausstellte. Halb erwartete er, daß Gordon von der Ladefläche springen und anfangen würde, zu fluchen, aber statt dessen stieg er hinunter und hielt Nick die Tür auf.

»Du fährst wie ein Verrückter«, sagte er. »Wie hast du den Wagen eigentlich ohne Schlüssel zum Laufen gebracht?«

»Kleines Geschäftsgeheimnis in Dealerkreisen!« erwiderte Nick und stieg aus.

»Ach, das ...« Gordon wandte sich ab. »Du mußt zugeben, daß er dir sehr ähnlich sieht!«

»Das einzige, was Stanley und ich gemeinsam haben ist, daß wir beide groß und schwarz sind.«

»Aber woher hast du dann gewußt, daß ich ihn meinte?«

»Die Polizei hat mich auch schon öfter mit ihm verwechselt – weiße Polizisten. Und jetzt erzählst du mir wahrscheinlich, daß wir für euch alle gleich aussehen!«

»Nein, das hätte ich sicher nicht gesagt!« Endlich begann Gordon erste, wenn auch schwache, Anzeichen von Scham zu zeigen. Er schob seine klobigen Hände in die Hosentaschen und trat unbehaglich von einem Fuß auf den anderen. »Ich schätze, ich muß mich bei dir entschuldigen!«

»Ja, vor allem, wenn du meine zwanzig Dollars verloren hast!«

Gordon blickte auf und zog das Geld aus der Tasche. »Ich hab' es festgehalten. Soviel Angst hat er mir nun auch wieder nicht eingejagt!«

Nick lachte leise, als er das Geld nahm. »Dann mußt du wohl eine Blasenentzündung haben oder irgend so was!«

Gordon wollte etwas sagen, doch dann zog er hastig seine Hände aus den durchweichten Taschen: Er hatte sich vor Angst in die Hose gemacht!

»Es war schon ein ziemlich harter Typ – er hätte mir leicht die Kehle durchschneiden können. Warum hast du mich zu dieser Tür geschickt?«

»Du solltest ihn nur sehen. Ich hatte nicht damit gerechnet, daß du ihn soweit bringst, sein Klappmesser zu zücken! Was hast du denn zu ihm gesagt?«

»Daß ich ein Freund von dir bin!«

Nick stöhnte laut auf. »Ich hatte dir doch geraten, meinen Namen lieber nicht zu erwähnen! Du hast Glück, daß du noch am Leben bist!«

»Warum? Was hast du ihm denn getan?«

Nick seufzte. Es war wirklich unverantwortlich gewesen, Gordon zu diesem Haus zu schicken. Stanley bedeutete immer Schwierigkeiten, und es fiel ihm immer schwer, daran zu denken, wie ernst diese Schwierigkeiten sein konnten, daran, wie Tommy gestorben war.

Es erschien ihm sehr eigenartig: Sie waren so lange so eng befreundet gewesen, und jetzt dachte er fast nie an Tommy. Das letzte Mal hatte er es getan …

Als Alice starb!

Nein, bevor Alice gestorben war, nur ein paar Minuten vorher, als er diesen letzten Raum auf der linken Seite betreten hatte.

Was war nur in diesem Raum gewesen, das ihn an Tommy erinnert hatte? Das einzige, was Alice und Tommy gemeinsam hatten, war, daß sie beide eines gewaltsamen Todes gestorben waren.

»Das ist eine lange Geschichte«, erwiderte Nick schließlich auf Gordons Frage. »Darf ich dich was fragen?«

›The Rock‹ zuckte mit den Schultern. »Klar!«

»Am Abend der Party – du hast der Polizei erzählt, du seist wiedergekommen, um dich bei Mike dafür zu bedanken, daß er deine Augen gerettet hat. Ist das wahr?«

»Nein. Ich war zurückgekommen, um dir die Seele aus dem Leib zu schlagen!«

»Und warum hast du es nicht getan?« Einen Grund dafür kannte Nick schon: Gordon war zu feige gewesen, als er festgestellt hatte, daß seine Freunde alle schon gegangen waren.

»Meine Augen hatten wieder angefangen zu brennen, und ich war nicht ganz sicher, ob es stimmte, was die Ärzte im Krankenhaus gesagt hatten. Ich dachte, ich würde vielleicht doch blind, und bin unter die Dusche gegangen, um meine Augen noch ein bißchen länger auszuspülen.«

»Dann warst du also wirklich unter der Dusche, als Alice umgebracht wurde?«

»Ja; aber ich habe gehört, daß sie Selbstmord begangen hat!«

Nick hatte nie verstanden, warum Michael so überzeugt davon war, daß Alice ermordet worden war. Die Tatsachen sprachen für sich, und niemand war näher am Geschehen gewesen als Nick selbst. Aber jetzt ... je länger er an Tommy dachte ...

Es gibt eine Verbindung zwischen den beiden Todesfällen!

Er mußte mit Michael über dieses Gefühl des ›Deja vu‹ sprechen, das er in dem dunklen Schlafzimmer empfunden hatte. Und es war wohl besser, wenn er ihm auch endlich erzählte, daß er nach dem Schuß nicht etwa geradewegs dorthin gelaufen war, wie er der Polizei erzählt hatte, sondern erst einmal die Treppen hinuntergestürzt war. Nick überfiel plötzlich die Ahnung, daß diese Dinge vielleicht wichtig sein könnten.

»Ich hab' auch gehört, daß es ein Selbstmord war«, sagte er schließlich. »Aber ich bin vom Thema abgekommen. Du wolltest dich bei mir entschuldigen?«

›The Rock‹ trat wieder unruhig von einem Fuß auf den anderen. »Es tut mir leid. Was soll ich sonst sagen? Ich dachte, du seist hergekommen, um Unruhe zu stiften. Du verstehst doch, warum ich dich nicht in Ruhe gelassen habe, oder?«

»Aber du hast mich ohne jeden Beweis dafür angegriffen, daß ich Drogen verkaufe, stimmt's?«

»Ich hab' dir doch gesagt, daß ich dich an diesem Haus gesehen habe!« meinte Gordon. Dann fügte er verlegen hinzu: »Und außerdem habe ich ja auch versucht, Beweise zu finden!«

»Du hast mir also diesen Spitzel Randy Meisser auf den Hals gehetzt?«

»Du weißt über ihn Bescheid?«

Nick bestätigte es und warf einen Blick auf seine Uhr. »Ich muß machen, daß ich zur Arbeit komme! Wenn du mich hinbringst, könnte ich mir überlegen, deine Entschuldigung anzunehmen. Ich müßte mein Fahrrad auf die Ladefläche legen.«

»Einverstanden!« Gordon streckte ihm die Hand hin. »Ist dann alles klar zwischen uns?«

Nick zögerte. »Gehörst du wirklich zu den *Big Brothers*?«

»Ja.«

»Gordon ist doch sicher dein Nachname, und ›The Rock‹ hört sich nicht nach einem Vornamen an. – Wie heißt du eigentlich richtig?«

»Theodore.«

Nick schüttelte lachend den Kopf. »Die armen Kinder!«

15. KAPITEL

Sara ließ gerade ihren Wagen an, als sie sah, wie Russ Pollys lange Auffahrt hinunter joggte und auf dem verlassenen Bürgersteig weiterlief. Sie ließ den Motor eine Weile im Leerlauf arbeiten, während sie zusah, wie Russ sich immer weiter von ihr entfernte.

Er lebt mit Polly zusammen – eigentlich sollte ich ihn überfahren!

Ihr war kalt, und sie war müde, denn sie hatte schon über eine Stunde lang im Dunkeln in ihrem Wagen gesessen und auf Russ gewartet. Sie hatte an die Art gedacht, wie Bubba sie jedesmal abspeiste, wenn sie ihn nach dem Verbleib des Geldes fragte, das sie ihm gegeben hatte, und sich Gedanken gemacht, ob das geliehene Zelt wohl zusammenbrechen und die ganze Schule unter sich begraben würde. Mit Sehnsucht hatte sie an die Zeiten zurückgedacht, als sie sich nur um sich selbst hatte kümmern müssen. Damals war sie ein anderer Mensch gewesen, glücklicher!

Nein, ich war nicht glücklich; ich war krank vor Langeweile!

Doch das war sehr viel besser zu ertragen gewesen, als sich – wie jetzt – absolut elend zu fühlen, dachte sie. Schließlich machte sie das Licht an und ließ den Wagen anrollen, um Russ zu folgen.

Die Schulmeisterschaften sind in zwei Tagen, am Samstag Morgen. Er wird sicher nicht weit laufen! ging ihr durch den Kopf.

Und er schien auch nicht sonderlich schnell zu laufen. Sie folgte ihm ungefähr zwei Meilen weit, aus dem Wohnviertel hinaus zu einem Weg, der um den Park gegenüber der Schule herumführte.

Russ trabte die ganze Zeit über im gleichen langsamen Tempo weiter und zeigte auch keine Anzeichen dafür, daß er Sara bemerkt hatte. Doch als er plötzlich umdrehte und sich auf den Rückweg zu Pollys Haus machte, verlor sie für einen Moment die Nerven und trat das Gaspedal tief herunter. Prompt schoß sie an ihm vorbei.

Wahrscheinlich wäre sie einfach weitergefahren, wenn er ihr nicht zugewunken hätte.

Sie stieg auf die Bremse, fuhr an den Straßenrand und stieg aus.

Sie konnte seinen Atem sehen, als er auf sie zukam.

»Bist du mir gefolgt?« fragte er.

»Nein.« Mehr als alles andere auf der Welt wünschte sie, sich in seiner Nähe nicht immer so verletzlich zu fühlen, ihn nicht so zu brauchen! »Doch«, gab sie zu. »Sagst du heute nicht ›Hallo, liebe Sara?‹«

Er wischte sich mit dem Ärmel den Schweiß vom Gesicht. »Hallo, Sara!«

»Hallo, Russ! Wie geht's dir?«

»Gut. Und wie geht's dir?«

»Ich komme mir ziemlich idiotisch vor. Wie hast du gemerkt, daß ich dir gefolgt bin?«

»Ich falle normalerweise nicht ins Koma, nur weil ich laufe!« Er blieb neben ihr stehen und deutete auf den dunklen Park und die stillen, sanft geschwungenen, grasbewachsenen Hügel.

»Es ist schon spät«, sagte er.

»Mir fiel wieder ein, daß du mir mal erzählt hattest, daß du am liebsten spät abends läufst!«

»Ja, dann begegnet man nicht so vielen Leuten, und es ist kühler!«

»Aber nicht so kalt wie in einem Kühlraum!« erwiderte Sara. Er versuchte, ihre Bemerkung mit einer Handbewegung abzutun, aber sie sprach schnell weiter. »Es tut mir leid, daß ich dich eingeschlossen habe! Das wollte ich nicht ... Ich meine, ich wollte es schon, aber ich wußte nicht, daß es so schwierig sein würde, wieder herauszukommen!« Sie griff nach der Wagentür. »Das wollte ich dir nur sagen!«

»Halt, wo willst du denn hin?« fragte er verblüfft.

»Du begegnest doch nicht gern Leuten, wenn du läufst!« Sie zog die Wagentür auf. »Das hast du gerade selbst gesagt!«

»Aber damit warst du doch nicht gemeint! Hey, bitte geh noch nicht!« Er schlug die Tür wieder zu und streifte dabei mit seiner Hand an ihren Fingern entlang. »Komm, Sara, laß uns nicht schon wieder miteinander streiten!«

Sie konnte ihm einfach nicht in die Augen schauen, nicht, wenn er mit einer ihrer besten Freundinnen zusammenlebte und diese Freundin losschickte, um in öffentlichen Kliniken Verhütungsmittel zu kaufen!

»Ich will dich nicht stören!« sagte sie.

Er legte eine Hand auf ihren Arm. »Du störst mich doch gar nicht!«

»Wirklich nicht?«

»Nein!«

Sara wirbelte herum und schüttelte seine Hand ab. »Wie schön! Aber mich stört, was du tust! Du verlierst deinen Job, kommst nicht mehr zur Schule ... Du hast dieses wichtige Rennen vor dir, das du unbedingt gewinnen mußt, wenn du weiterkommen willst. Und du ...«

»Ich schlafe nur in ihrem Haus, das ist alles!« unterbrach er sie.

»Habe ich irgendwas dazu gesagt? Habe ich auch nur ein Wort darüber verloren, daß du mit Polly schläfst und die halbe Schule sich darüber den Mund zerreißt, während niemand über Clairs Abtreibung spricht?«

»Clair hat abgetrieben?«

»Ja, und es würde mich gar nicht wundern, wenn das Kind von dir gewesen wäre!«

Russ kratzte sich verwirrt am Kopf. »Siehst du, du schreist mich schon wieder an, dabei versuche ich doch nur, nett zu dir zu sein!«

»Ich schreie dich nicht an!« schrie Sara, doch dann stutzte sie. »Warum versuchst du denn, nett zu mir zu sein?«

»Keine Ahnung. – Vielleicht mag ich dich?«

»Du magst mich nicht!«

Jetzt begann Russ, ärgerlich zu werden. »Gut, dann mag ich dich eben nicht!«

»Ich weiß, daß du mich nicht magst. Warum behauptest du die ganze Zeit über das Gegenteil?«

Russ seufzte und ließ sich auf der Bordsteinkante nieder. »Vergiß es!«

Sara setzte sich neben ihn und starrte ihn eine volle Minute lang an. Er sah ungefähr genauso elend aus, wie sie sich fühlte, aber das erfüllte sie nicht mit Befriedigung. Vom dunklen Park her begannen feuchte Nebelschwaden zu ihnen herüberzuwehen.

»Du holst dir bestimmt eine Erkältung«, warnte sie.

»Das ist mir egal!«

»Mir aber nicht!«

»Warum nicht?«

»Weil du mir nicht egal bist«, erklärte Sara zögernd.

»Ich bin dir ganz egal!«

Jetzt war die Reihe an Sara, wütend zu werden. »Willst du damit sagen, daß ich lüge?«

»Nein!«

»Und was soll das alles dann?«

Russ stützte seufzend seinen Kopf in die Hände. »Ich glaube, ich bekomme Kopfschmerzen.«

»Na, klasse! Herzlichen Dank! Entschuldigung, daß ich geboren bin und dir den Abend verderbe!« Sie machte Anstalten, aufzustehen, aber er hielt sie zurück.

»Würdest du bitte damit aufhören?«

Sie stieß seine Hand weg, blieb aber neben ihm auf der Bordsteinkante sitzen und hatte das Gefühl, als würde sie festfrieren.

»Ich tue doch gar nichts! Ich sage dir, daß ich dich mag, und du glaubst mir einfach nicht!«

»Siehst du, ich hab' dir auch gesagt, daß ich dich mag, und du hast es mir nicht geglaubt!«

Sara überlegte einen Moment. »Stimmt!« sagte sie dann lächelnd. »Magst du mich wirklich?«

»Nein!«

Sie versetzte ihm einen Stoß. »Doch, natürlich tust du

das! Du bist verrückt nach mir, aber du traust dich nicht, es zuzugeben!«

Russ lachte laut auf. »Ganz so weit würde ich nun auch wieder nicht gehen. Hör sofort auf, mich zu stoßen!« Er ergriff ihre Hände und preßte sie zusammen, und Sara fiel wieder einmal auf, wie stark er war.

Dann trafen sich ihre Blicke, und ihr wurde klar, daß sie ihm noch nie richtig in die Augen gesehen hatte. Sie waren dunkel, ihr Blick eindringlich, und Sara fühlte sich dadurch sogar ein wenig eingeschüchtert.

Russ hielt sie immer noch fest, und plötzlich beugte er sich zu ihr hinunter und küßte sie auf die Lippen. Sie erwiderte seinen Kuß.

Oh, Himmel!

Sie war noch nie von irgend jemandem geküßt worden!

Eine Minute später – oder auch mehr, denn ihr Zeitgefühl war von dem Augenblick an völlig ausgeschaltet, als ihre Lippen sich trafen – zog Russ sich zurück.

»Was ist los?« fragte sie und riß erschrocken die Augen auf. Sie konnte sich nicht erinnern, sie zugemacht zu haben, und genausowenig hätte sie sagen können, wann er ihre Hände losgelassen und die Arme um sie gelegt hatte!

»Nichts«, beantwortete er jetzt ihre Frage. »Ich kann dich nur nicht die ganze Nacht lang küssen! Du hast das noch nicht allzu oft gemacht, stimmt's?«

»Nein. Warum fragst du?« Ahnungsvoll fügte sie hinzu: »Findest du, daß ich so schlecht küsse?«

»Genau!«

Sie versetzte ihm wieder ein paar Püffe, aber als er sie zurückhielt, hörte sie rasch damit auf. Leider hielt er diesmal weder ihre Hände fest, noch küßte er sie. Er sah sie nur an, und sie spürte, wie sie rot wurde.

»Woran denkst du?« fragte sie schließlich.

»An etwas, das du mal gesagt hast«, erwiderte er.

»Und was?«

»Daß ich Alkoholiker bin!«

»Ich wollte dir nicht ...«

»Nein, du hast ganz recht! Er zog seinen Arm zurück, stützte sich mit den Ellbogen auf die Oberschenkel und ließ den Kopf hängen. Trotz der Dunkelheit konnte sie sehen, wie sich auf seinen nackten Beinen eine Gänsehaut bildete.

Ich sollte ihn gehen lassen oder ihn zumindest im Wagen bis zu Pollys Haus mitnehmen! dachte Sara.

»Ich muß aufhören, Bier zu trinken«, sagte er.

Sie nickte. »Ich wünschte, du würdest es wirklich tun! Dann wärst du sicher noch viel schneller. Das Rennen ist am Samstag, stimmt's?«

»Ja.«

Er hatte sie geküßt, also hätte es ihr nicht schwerfallen dürfen, ihm eine bestimmte Frage zu stellen, wie sie fand, aber es war trotzdem nicht leicht.

»Willst du, daß ich komme?«

Er blickte auf. »Hast du denn Lust zu kommen?«

Sara fragte vorsichtig: »Werde ich denn die einzige sein?«

Russ schüttelte ernst den Kopf. »Ich wohne wirklich nur bei Polly, weil ich nicht wußte, wohin!«

»Sie erzählt aber etwas ganz anderes!«

»Dann ist sie verrückt!«

Darüber wollte Sara nicht mit ihm streiten. Doch sie erwiderte: »Gut, aber Polly ist auch meine Freundin! Und sie hat gerade ihre Schwester verloren.« Die Erwähnung von Alice ließ sie verstummen. Sie hatte nichts als Probleme, und irgendwie schienen sie alle mit diesem Abend in Verbindung zu stehen!

Als Alice noch lebte, war es so leicht, stark zu sein!

Plötzlich war Sara den Tränen nahe. Es war wirklich so, wie manche Leute sagten: Wenn jemand, der einem nahegestanden hatte, starb, starb auch ein Stück von einem selbst! Vor zwei Monaten hätte sie Bubba ganz einfach zum Teufel gejagt, und vor allem hätte sie das Geld erst gar nicht verloren! Sie wischte sich über die Augen und rang um Fassung.

»Stimmt was nicht?« fragte Russ.

»Nein, nein, alles in Ordnung! Ja, ich würde gern kommen. Ich werde da sein!« Sie versetzte ihm einen Rippenstoß. »Sieh zu, daß du gewinnst!«

16. KAPITEL

Am folgenden Nachmittag, es war ein Freitag, ging Jessica in der Lunchpause nach Hause. Sie hatte morgens das Prüfungsbüro angerufen, um sich nach ihren Ergebnissen zu erkundigen.

Als man ihr gesagt hatte, daß es eine Weile dauern würde, hatte sie darum gebeten, sie zurückzurufen und die Ergebnisse auf ihrem Anrufbeantworter zu hinterlassen.

Jetzt war sie ungeduldig, das Band abzuhören; aber das wichtigste Ereignis des Tages, die Stimmabgabe für die Wahl zur Homecoming-Queen, war schon vorüber – sie hatte in der vierten Stunde stattgefunden.

Jessica hatte eigentlich für Maria stimmen wollen, aber in letzter Minute dann doch noch das Kreuz in das Feld neben ihrem Namen gesetzt.

Clair war die ganze Woche über nicht in der Schule gewesen, und das Gerücht, das über sie umlief, war ziemlich gemein. Aber Jessica wollte trotzdem nicht riskieren, am Ende wegen einer Stimme Unterschied zu verlieren!

Zu Hause warteten dann sowohl ihre Prüfungsergebnisse als auch Clair auf sie. Allerdings bemerkte sie ihre Konkurrentin erst, nachdem sie nach oben gerannt war und die schlechten Nachrichten über ihre Ergebnisse erfahren hatte.

»Jessica Hart?« hörte sie eine nüchterne Frauenstimme sagen. »Hier ist Jill Stewart vom Prüfungsbüro. Du hast folgendermaßen abgeschnitten: Dreihundertsiebzig im sprachlichen Teil und dreihundertzwanzig im mathematischen Teil! Wenn du noch weitere Fragen hast, kannst du mich gern anrufen!«

Tausendsechshundert war die höchste erreichbare Punktzahl gewesen, und bei weniger als vierhundert Punkten je Prüfungsteil empfahlen die Tutoren normalerweise ein staatliches College mit genau vorgeschriebenem Studienprogramm und strenger Kontrolle.

Jessica trottete wieder hinunter, ging nach draußen und ließ sich auf die Stufen der Vordertreppe fallen. Sie dachte an all die Jahrbücher aus Stanford, die sie während ihrer Kindheit durchgeblättert hatte – ihr Vater würde sie umbringen!

»Schlechte Neuigkeiten?« fragte jemand. Jessica blickte auf und sprang hastig auf die Füße: In alten, ausgeblichenen Jeans, einer einfachen roten Bluse und ohne das geringste Make-up kam Clair den Bürgersteig entlang auf sie zu.

»Clair! Du hast mich richtig erschreckt! Woher wußtest du, daß ich hier bin?«

»Bubba hat es mir gesagt.« Clair blieb etwa zehn Meter vor Jessica stehen, musterte kurz das Haus und sah dann Jessica an. Ihr Blick war kalt.

»Er hat mir überhaupt ein paar interessante Dinge erzählt, vor allem über deine falsche Zunge!«

Jessica schluckte schwer. »Wie bitte?«

»Streite es bloß nicht ab – du hast dieses Gerücht über eine Abtreibung in die Welt gesetzt, stimmt's?«

»Nein, das ist nicht wahr! Ich weiß nur, was Polly mir erzählt hat!«

»Ach, Polly! Du hast sie zum Reden gebracht, weil du Angst vor mir hast! Du hast befürchtet, ich könnte dich bei der Wahl schlagen und dir Bill wegnehmen.« Clair machte einen großen Schritt auf Jessica zu. »Aber ich hab' dir schon einmal gesagt, Liebste: Ich kann nicht verlieren! Was Bill betrifft, du kannst ihn gern haben, wenn du meinst, daß das so ein Vergnügen ist!«

Jessica schüttelte schwach den Kopf, und genauso schwach fiel auch ihre Verteidigung aus.

»Ich weiß nicht, wovon du redest!«

Clair kam noch ein bißchen näher und streckte ihr einen ihrer langen Fingernägel entgegen. »Ganz am Anfang, als ich dich mit Mike gesehen habe, dachte ich, du hättest Klasse, und wir könnten Freundinnen werden.

Jetzt bin ich froh, daß ich Abstand gehalten habe, und ich hoffe, Mike wird das gleiche tun!« Sie ließ den Finger mit dem langen Nagel vorschnellen, und er hinterließ einen Kratzer auf Jessicas Nasenrücken. »Du bekommst schon noch, was du verdienst, du Flittchen!«

Damit drehte Clair sich um. Jessica ging ins Haus und fiel auf die Couch. Sie konnte sich nicht erinnern, sich je so elend gefühlt zu haben!

»Alice, wo bist du?« flüsterte sie klagend und schaute mit leerem Blick zur Decke.

Ihre zierliche Freundin hatte immer zu ihr aufgeblickt, und vielleicht hatte sie sich deshalb bemüht, das Richtige zu tun.

Jetzt, wo Alice nicht mehr da war, schien es, als sei es ihr völlig gleichgültig, ob sie jemanden verletzte.

O nein, das ist es nicht! Aber ich tue es trotzdem!

An diesem Morgen hatte Bill sie gefragt, ob sie mit ihm zum Homecoming-Ball gehen wollte, und sie hatte ja gesagt. Obwohl noch immer darüber geredet wurde, daß Clair von ihm schwanger gewesen war, schien es ihn nicht weiter zu berühren.

Er hatte es nicht einmal für notwendig erachtet, sich gegen das Gerede zur Wehr zu setzen, und das verwirrte sie. Denn sie hatte vor kurzem von Polly erfahren, daß es Bubba gewesen war, der Clair von der Klinik abgeholt hatte, nicht Bill.

Es hatte eine Zeit gegeben, da wäre Bills Einladung für sie die Erfüllung aller Träume gewesen.

Und sie hatte diese Einladung angenommen, weil ihre körperlichen Sehnsüchte sich einfach nicht unterdrücken ließen. Aber sie war nicht mehr in Bill verliebt, der, wie sie sich endlich eingestand, absolut keine Persönlichkeit besaß. Nein, sie interessierte ich vielmehr für jemand anderen:

Michael Olson.

Als er ihr von den verschiedenen Tests erzählt und damit all ihre Pläne für ihr Leben auf einen Schlag zunichte gemacht hatte, wäre sie am liebsten gestorben.

Statt dessen hatte sie sich auf dem Schulhof von Sanders High unter einen Baum in den Schatten gesetzt. Und weil er sie in ihrem Zustand nicht allein lassen wollte, hatte Michael ihr dort Gesellschaft geleistet.

Nachdem sie begriffen hatte, daß sie nach dem Schulabschluß in der High School nichts Besonders anfangen würde, hatte das Valium erst seine volle Wirkung entfaltet.

Während sie im Gras gelegen hatte, Michael ganz still an ihrer Seite, war sie eine halbe Ewigkeit lang immer wieder eingeschlafen.

Jedesmal, wenn sie aus ihrem Schlummer wieder auftauchte, hatte sie die Augen geöffnet und festgestellt, daß Michael noch immer da war und auf sie wartete. Manchmal war er dabei gewesen, etwas in ein Heft zu schreiben, aber oft hatte er auch einfach dagesessen und in den Himmel gestarrt.

Und jedesmal hatte er anders ausgesehen, ganz so, als sähe sie ihn stets mit anderen Augen.

Jedesmal aber war er ihr gutaussehender vorgekommen, vollkommener.

Und jedesmal war sie in der Hoffnung aufgewacht, seine Finger in ihrem Haar zu spüren oder seinen Blick auf ihr Gesicht gerichtet zu finden.

Aber er war einfach er selbst, nett, wie er ist. Etwas anderes darf ich nicht von ihm erwarten!

Sie nutzte ihn im Grunde schamlos aus. Inzwischen mußte er eigentlich erfahren haben, weswegen sie ihn versetzt hatte, denn Bubba wußte alles, und Bubba hatte es ihm sicher erzählt! Trotzdem war er die ganze Woche über freundlich zu ihr gewesen, hatte sich mehrmals dafür entschuldigt, daß er ihr die falschen Antworten zugeschoben hatte, und ihr für die Wahl zur Homecoming-Queen viel Glück gewünscht.

Offensichtlich wußte er noch nichts über das Gerücht, das sie mit in die Welt gesetzt hatte! Er behandelte sie genauso, wie Alice es immer getan hatte, so, als sei sie etwas Besonderes.

Nicht zum erstenmal fragte sich Jessica, was er wohl wirklich von ihr denken mochte. Sie hätte fast alles dafür gegeben, das zu erfahren!

Die Berge schienen den halben Himmel einzunehmen. Wäre die Schule ihnen noch näher gewesen, hätte sie schräg zum Boden errichtet werden müssen.

Temple High schien Michael am aussichtsreichsten für sein Vorhaben, und deshalb hatte er sich diese Schule bis zuletzt aufgehoben. Er parkte vor dem Verwaltungsgebäude und stieg die Stufen zum Eingang hinauf.

Die Sekretärin am Empfang war eine junge Hawaiianerin mit geflochtenen schwarzen Haaren und einem hübschen Gesicht, das Michael an südpazifische Inseln und klares, warmes Wasser erinnerte.

Die vergangene Nacht war kalt gewesen, und die nächste, die Nacht, in der der Homecoming-Ball im Freien stattfinden sollte, würde noch kälter werden, so lautete zumindest die Vorhersage.

Er hatte sich noch nicht entschieden, ob er hingehen sollte oder nicht. Die ganze Woche über hatte er Mut gesammelt, um Jessica zu fragen, ob sie mit ihm hingehen wollte, aber nach dem Fiasko in der Prüfung hielt er den Zeitpunkt für ziemlich ungünstig.

Auf der anderen Seite hatte sie nicht zu erkennen gegeben, daß sie für den Abend schon mit jemand anderem verabredet war. Bubba hatte noch keine Informationen darüber, daß Bill sie gefragt hätte, und das bedeutete, daß sie wahrscheinlich einen Begleiter brauchte.

Vielleicht würde er sie einfach anrufen, das Gespräch auf den Ball lenken und abwarten, was geschah ...

»Kann ich Ihnen helfen?« fragte die junge Frau und rollte ihren Bürostuhl von der Schreibmaschine zurück.

»Ja; ich würde gern eine Ausgabe Ihres Jahrbuchs kaufen!« Bei seinen Besuchen in zwei anderen Schulen hatte er die Erfahrung gemacht, daß die Leute sofort mißtrauisch wurden, wenn er direkt nach einer Liste aller Schüler mit dem Namen Clark fragte. Das seien Informationen, die vertraulich behandelt werden müßten, erklärten sie dann und fragten sofort, wer er sei, wo er herkomme und all diese Sachen.

Dabei benötigte er nur ein Bild mit einem Namen darunter!

»Die Bestellfrist ist aber eigentlich letzten Monat abgelaufen«, sagte die Sekretärin.

»Eine Ausgabe vom letzten Jahr würde mir schon genügen.« Er hatte sich vorher schon eine kleine Lüge zurechtgelegt. »Wissen Sie, ich gehe nicht hier zur Schule, aber an meiner eigenen bin ich in der Jahrbuchredaktion, und wir vergleichen im Moment die Aufmachung verschiedener Ausgaben.« Und dann fügte er noch hinzu: »Ich habe gehört, das Jahrbuch der Temple High sei eines der besten in ganz Südkalifornien!«

Man sollte nie die Wirkung von Komplimenten auf jemanden unterschätzen, der stolz auf etwas ist, dachte Michael.

Die Sekretärin lächelte geschmeichelt und begab sich sofort auf die Suche nach einem Buch. Als sie ein paar Minuten später damit wieder erschien und er sie nach dem Preis fragte, erklärte sie, es sei ein Freiexemplar. Michael bedankte sich und ging eilig zu seinem Wagen zurück.

Zwanzig Minuten später, nachdem er die Kapitel über die Oberstufe, die Mittelstufe und die unteren Klassen gründlich durchgesehen hatte, schloß er das Buch mit einer ärgerlichen Bewegung: In der ganzen Schule gab es nicht einen einzigen Clark, geschweige denn einen mit ungepflegten roten Haaren und grünen Katzenaugen.

Michael warf das Jahrbuch auf den Beifahrersitz, kurbelte das Fenster herunter und blickte zu den Bergen hinüber. Hoch oben bewegten sich streichholzdünne Bäume im leisen Wind, dunkel vor dem klaren, blauen Himmel.

Er muß Drogen genommen und phantasiert haben!

Michael blieben noch ein paar Stunden, bis er zur Arbeit mußte, und er überlegte, was er jetzt tun sollte.

Seine Mutter hatte ihm gesagt, daß sie heute früher nach Hause kommen würde, und er erwog kurz, dort vorbeizufahren, um zu sehen, wie es ihr ging.

Sie hatte Daniel mittlerweile von dem Kind erzählt, und er war ziemlich bestürzt gewesen. Aber er hatte immerhin nicht vorgeschlagen ... – noch nicht, zumindest. Er brauche Zeit, um diese Neuigkeit zu verdauen, hatte er gesagt.

Michael konnte das verstehen, denn er selbst schluckte immer noch an der Tatsache, daß er einen neuen Dad bekommen sollte. Dabei war er selbst frei zu tun, was er wollte, während zum Beispiel seine Mutter jetzt in allem Rücksicht auf das Baby nehmen mußte – aber sie schien damit überhaupt keine Probleme zu haben.

Michael fühlte sich frustriert, weil er keine Fortschritte machte, was seine Nachforschungen über Alices Tod anging. Es gelang ihm einfach nicht, Beweise dafür zu finden, daß sie ermordet worden war. Er beschloß, zur Schule zu fahren und gemeinsam mit Bubba die Dateien mit den Akten des Coroners durchzusehen.

Als er dort ankam, war die sechste Stunde schon zu Ende, und das Schulgelände wirkte verlassen. Während er über den Schulhof ging, warf er einen kurzen Blick auf das riesige Zelt, das zwischen den Gebäuden auf den Basketballfeldern errichtet wurde. Es sah ganz so aus, als habe Sara es von einem Zirkus gemietet!

Er betrat den Computerraum nicht vom Flur aus, sondern durch einen zentralen Unterrichtsraum, von dem aus Türen zu allen naturwissenschaftlichen Fachsälen abgingen.

Doch gerade, als er die Tür öffnen wollte, hörte er Bubba drinnen mit Clair reden.

Weil es Bubba war, der mehr Einfluß hatte, als ein Teenager haben sollte, fand Michael es angebracht, stehenzubleiben und zuzuhören. Er lehnte sich mit einem Ohr gegen die Tür.

»Das kann ich nicht machen«, sagte Bubba gerade. »Es wäre zu auffällig!«

»Zu auffällig für wen?« fragte Clair.

»Zum Beispiel für Mike. Er weiß, daß ich manipulieren kann, und er mag Jessie!«

»Würde er denn reden?«

»Das könnte immerhin sein. Und außerdem: Auch wenn die Stimmen nicht öffentlich aufgelistet werden, liegst du in den Prognosen meilenweit zurück. Wenn du plötzlich gewinnen würdest, könnte das unangenehme Folgen haben!«

»Für wen? Für dich?«

»Ja, ganz genau!«

Clair erwiderte ärgerlich: »Du gibst ständig damit an, daß du tun kannst, was du willst. Aber wenn ich dich einmal um einen kleinen Gefallen bitte, sagst du nein! Ich habe es satt, Bubba! Und ich werde nicht auf dieser Bühne stehen und zuschauen, wie sie zur Homecoming-Queen gekrönt wird!«

»Das weiß ich!«

»So? Warum unternimmst du dann nichts?«

»Ich kann nicht!«

Einen endlos scheinenden Moment lang herrschte Stille. Michael fiel es nicht schwer, sich den Ausdruck auf Clairs Gesicht vorzustellen, und er war nur froh, daß sie nicht ihn ansah.

»Überleg dir was!« sagte sie schließlich leise, aber mit eiskaltem Unterton. »Sonst tue ich es!«

Bubba antwortete nicht; vielleicht hatte er nur keine Gelegenheit dazu. Michael hörte, wie Clair aus dem Raum stolzierte und die Tür hinter sich zuschlug. Er wartete eine ganze Weile, bevor er den Computerraum betrat.

Bubba blickte von seinem Terminal auf und meinte: »Hi, Mike! Na, hast du das Geheimnis um Clark Kents Identität gelüftet?«

Michael schüttelte den Kopf und setzte sich.

»Je länger ich hinter diesem Typen her bin, desto mehr

habe ich den Eindruck, daß er eine Art *Superman* sein muß, der sich nach Belieben unsichtbar machen kann!« Er deutete auf den Bildschirm.

Bubba war im Moment in einer Verwaltungsdatei, zu der er eigentlich keinen Zugang hatte, und es hätte Michael nicht gewundert, wenn es die Datei mit den Ergebnissen der Wahl zur Homecoming-Queen gewesen wäre. »Woran arbeitest du gerade?« erkundigte er sich.

»Ach, nichts Wichtiges!« Er schaltete den Bildschirm ab und wirkte dabei sehr nachdenklich. »Gehst du morgen zum Ball?«

»Ich würde gern sehen, wie Nick sich morgen Abend beim Spiel schlägt. – Mal sehen, vielleicht bleibe ich danach noch eine Weile da. Sara hat den Eintritt jetzt auf fünf Dollar herabgesetzt!«

»Es ist mir ein Rätsel, wie sie das macht!«

»Und – hat Bill Jessie immer noch nicht gefragt?«

»Doch – ich habe es gerade erfahren: Er hat sie heute Morgen nach dem Politikkurs abgefangen. Das Flittchen soll sehr geschmeichelt gewesen sein!«

»Nenn sie nicht so!«

»Oh, pardon – ist mir so rausgerutscht!«

Michael beschloß, doch nicht zum Ball zu gehen. Er konnte den Gedanken nicht ertragen, Jessie und Bill Arm in Arm über die Tanzfläche schweben zu sehen. Ich hätte sie selbst fragen sollen, dachte er. Vielleicht hätte sie ja wirklich ja gesagt! Obwohl er sie bei der Prüfung so in Schwierigkeiten gebracht hatte, hatte sie die ganze Woche über kein Wort darüber verloren. Sie besaß einfach Stil!

Sogar im Schlaf!

Ihm fiel wieder ein, wie er neben ihr gesessen hatte, während sie die Wirkung der Tabletten ausschlief, die glänzenden braunen Haare in einer Woge über dem angewinkelten Arm, die Lippen ein wenig vorgeschoben wie die eines träumenden Kindes. Ihre langen, dichten Wimpern hatten ab und zu leicht gezittert, während ihr

Brustkorb sich im Rhythmus ihrer langsamen Atemzüge langsam hob und senkte.

Dann dachte er an Alice, wie er es oft tat, wenn Jessica sich wieder weiter von ihm zu entfernen schien, so als ersetze er in einer Art unbewußten Reflexes einen frischen Schmerz durch eine ältere Wunde.

»Wann willst du versuchen, den Autopsiebericht zu finden?« fragte er.

»Morgen. Aber ich warne dich, es wird sicher eine Weile dauern, alle Akten der Ärztevereinigung auf das Schulmodem zu übertragen – mindestens zwölf Stunden. Das kostet dich mindestens ein paar Hunderter!«

»Keine Angst, ich bezahle das schon. Könntest du gleich morgens anfangen?«

»Für dich tue ich alles, Mike!«

»Danke!« Michael war versucht, Bubba das Versprechen abzunehmen, nicht am Wahlergebnis herumzumanipulieren, falls Jessica gewählt werden sollte. Er konnte nicht glauben, daß sie etwas mit dem üblen Gerücht zu tun haben sollte, das über Clair umlief.

Aber es war nicht klug, Bubba gegen sich aufzubringen, solange er den Bericht nicht in der Hand hatte. Und außerdem fiel ihm wieder ein, daß Bubba zu Clair gesagt hatte, es sei nicht möglich, das Wahlergebnis zu verändern. Und diese Tatsache beruhigte ihn.

17. KAPITEL

An diesem Abend, dem Abend vor dem Ball und dem Untergang einer Prinzessin, kam Polly in ihr großes Haus zurück und fand auf ihrem Anrufbeantworter eine Nachricht von Tony Foulton und einen Zettel, den Russ an den Spiegel in ihrem Badezimmer im Erdgeschoß geklebt hatte.

Sie war nach der Schule im Krankenhaus gewesen, um nach Philip Bart zu sehen – dem Vormann, den bei der Explosion ein Stein am Kopf getroffen hatte –, und kam erst spät nach Hause.

Der arme Phil! Anfangs hatte er sehr gute Fortschritte gemacht, aber jetzt war er wieder ins Koma gefallen, und diesmal sagten die Ärzte, er werde es wahrscheinlich nicht schaffen.

Polly war im Warteraum vor der Intensivstation seiner Frau begegnet, die ununterbrochen geweint hatte, und nun fühlte sie sich selbst sehr niedergeschlagen.

Aber früher oder später müssen wir alle gehen!

Polly hörte sich zuerst Tonys Nachricht auf dem Band an, das sie abspielte, während sie sich eine Möhre aus dem Kühlschrank angelte.

»Polly, hier ist Tony. Ich rufe nur an, um dir zu sagen, daß die Plattform morgen früh fertig ist. Für den Fall, daß du vorbeikommen willst, um sie dir anzusehen, bevor wir sie zur Schule ziehen. Ich bin heute Abend zu Hause, falls du mich zurückrufen willst!«

Dann entdeckte sie den Zettel im Bad.

Polly, ich habe einen neuen Unterschlupf gefunden. Dank' dir für deine Gastfreundschaft, ich werde es dir nie vergessen!

Russ

Eine ganze Welle von Gefühlen schien Polly zu überrollen, und dann, so als sei die Welle in einem Berg aus Granit verschwunden, war da plötzlich nichts mehr.

Sie stand einfach da, hielt den Zettel in der einen, die Möhre in der anderen Hand, starrte ihr Spiegelbild an, und ihre Gedanken schienen für eine unbestimmte Zeit abgeschaltet. Sie war nicht im mindesten wütend oder traurig – sie existierte ganz einfach nicht.

Und sogar als ihr Denken schließlich langsam wieder einsetzte, fühlte sie nicht viel außer einem plötzlichen nagenden Hunger.

Sie blinzelte und schaute sich im Spiegel an, fast ohne sich zu erkennen. Sie war wirklich viel zu mager! Kein Wunder, daß Russ keine Lust gehabt hatte, mit ihr ins Bett zu gehen!

Nachdem sie die Möhre und den Brief in die Toilette geworfen und beides hinuntergespült hatte, eilte sie zurück in die Küche. Dort stand im Fach über dem Kühlschrank eine Zwei-Pfund-Schachtel Pralinen, die irgendeine mitfühlende Seele ihr während der Beerdigung von Alice zugesteckt hatte.

Von der Wirkung auf die Hormone her gesehen bestand praktisch kein Unterschied zwischen Liebe und Schokolade, hatte sie einmal gelesen.

Polly fand die Schachtel und fing an zu essen, eine Praline nach der anderen.

Sie fand Trüffel mit verschiedenen Aromen: Himbeer, Erdbeer, Pfefferminz – alle ihre Lieblingssorten. Unglaublich, wie hungrig sie war!

Sie aß sich durch die obere Schicht und begann mit der unteren, und zwischendurch warf sie einen Blick auf ihre Uhr. Es war zwar schon spät, aber vielleicht fand sie irgendwo noch ein offenes Geschäft und konnte noch eine neue Schachtel kaufen!

»Das ist gut, das ist wundervoll«, sagte sie laut zu sich selbst. »Das ist genau das, was der Doktor verschrieben hat! Und dazu etwas zu trinken. Wenn du Süßigkeiten ißt, Polly, mußt du dazu was trinken, weil du sonst vom

Zucker Durst bekommst. Ja, Mami, ich weiß! Wo ist ein Glas? Da ist ein Glas! Und jetzt schenk' ich dir ein Glas voll ein, kleine Polly!«

Polly holte ein Glas aus dem Schrank und nahm eine Dose Pepsi aus dem Schrank neben der Spüle. Aber dann fielen ihr die Pappbecher ein, die sie am Abend der Party Alice aus dem Schrank im Schlafzimmer ihrer Eltern holen geschickt hatte. Sie blickte hinab auf ihre Dose Pepsi, und ihr fiel auch wieder ein, daß Mineralwasser, wenn man es aus Pappbechern trank, wie auf einer Party schmeckte. Man konnte also immer so tun, als sei die Party noch nicht zu Ende!

Polly stellte das Glas und die Pralinenschachtel ab und lief eilig hinauf in das ehemalige Schlafzimmer ihrer Eltern, in dem Alice gestorben war. Sie drückte den Schalter herunter, aber natürlich blieb es dunkel, weil die Birne noch immer kaputt war.

Polly störte das nicht. Sie brauchte kein Licht, sie wollte nur die Becher, diese dummen Pappbecher; und sie erinnerte sich ganz genau daran, wo ihre Mutter sie hingestellt hatte: ins oberste Schrankfach. Und da war ja auch schon die Leiter, gleich hinter der Tür!

Polly hatte die Leiter in dem dunklen Raum gleich neben dem Schrank aufgestellt, und sie war gerade dabei, von der dritten auf die vierte Stufe zu steigen, als der dunkle Schatten plötzlich hinter ihr auftauchte und sie heftig in den Rücken stieß. Der Stoß brachte sie aus dem Gleichgewicht, und sie fiel von der Leiter, dem harten Holzboden entgegen.

Einen Augenblick lang vergaß sie vor lauter Schrecken, die Hände auszustrecken, um ihren Fall abzufangen, der ihr im übrigen viel länger vorkam, als er tatsächlich war. Ihr schien, als dauere er eine ganze Ewigkeit und als habe sie alle Zeit der Welt, sich zu entscheiden, wie sie auf dem Boden aufkommen wollte und welche Haltung am ungefährlichsten sein würde.

Aus irgendeinem Grund machte es sie wütend, das zu entscheiden. Schließlich aber warf sie die Hände nach vorn, und ihre Gelenke fingen den Aufprall ab, wenn auch nicht vollkommen: Ihr rechter Knöchel war übel geprellt, und als der scharfe Schmerz ihr ganzes Bein entlangschoß, schrie sie laut auf.

»Was hat das hier zu bedeuten?« fragte Clark, der über ihr stand wie ein Schatten. Nur seine strähnigen roten Haare waren im gelben Licht zu erkennen, das vom Flur her in den Raum fiel.

In der Hand hielt er Russ' Zettel, halb zerrissen und tropfnaß.

Einen Augenblick lang stellte Polly sich vor, Clark müsse in der Toilette verborgen auf sie gewartet haben, als sie nach Hause gekommen war, mit den Würmern und den anderen schleimigen Bewohnern der dunklen Rohre unter dem Haus.

Dann wurde ihr klar, daß der Zettel und die Möhre sich irgendwie ineinander verfangen haben mußten und nicht richtig hinuntergespült worden waren.

Clark war nie jemand gewesen, der zuerst klopfte, bevor er hereinkam; er mußte durch die Garage ins Haus gekommen und direkt ins Badezimmer gegangen sein, wo er den Brief gefunden hatte.

»Er ist nur ein Freund, der hier ein paar Tage gewohnt hat!« schluchzte sie.

»Lügnerin! Du bist mir untreu geworden!«

»Nein!«

»Du hast mit ihm geschlafen!« Er kauerte sich neben sie und hielt sie mit hartem Griff hinten am Ausschnitt ihres T-Shirts fest. »Jetzt weiß ich auch, warum du mich beim letzten Mal zurückgestoßen hast: Du hattest deinen Spaß schon gehabt!«

»Er ist wirklich nur ein Freund!« sagte Polly tränenüberströmt. Sie konnte seinen Atem kühl und feucht auf ihrer Wange spüren. Der Schmerz in ihrem Fuß verursachte ihr Übelkeit, und sie fürchtete, Clark könne jeden Moment mit seinem schweren Motorradstiefel darauf treten.

Er schwieg einen Moment, seine wutverzerrte Miene

blieb einen Augenblick unbewegt, und dann schien er sich ein bißchen zu entspannen. Er beugte sich vor und breitete den noch immer tropfnassen Zettel über ihr Gesicht. »Sag mir die Wahrheit, Polly!« meinte er sanft und verstärkte seinen Griff an ihrem Ausschnitt. »Dann lasse ich dich sofort los!«

»Ich hab' dir doch schon alles gesagt!« Das Wasser lief ihr in die Augen, über die Nase, und es stank entsetzlich.

»Wenn du mir nicht die Wahrheit sagst, breche ich dir den Knöchel!«

Polly hörte auf, sich gegen ihn zu wehren. Er meinte es völlig ernst.

»Ich hab' mit ihm geschlafen«, sagte sie leise.

»Ehrlich?«

»Ich schwöre es!«

Es war die Wahrheit, zumindest wörtlich genommen. Sie hatten im selben Bett geschlafen, und es tat nichts zur Sache, daß Russ dabei nie auch nur ansatzweise wach genug gewesen wäre, es zu ›tun‹.

»Ich glaube dir. Willst du, daß ich dich loslasse?«

»Ja.«

»Sehr gut!« Clark ließ sie los und nahm den nassen Zettel von ihrem Gesicht, der es wie ein Schleier bedeckt hatte. »Ich kann alles verzeihen, nur keine Lügen!«

»Es tut mir leid«, wimmerte Polly, wischte sich das Gesicht ab und rieb ihren schmerzenden Knöchel. Er fühlte sich jetzt schon so an, als sei er gebrochen. »Ich tue es bestimmt nie wieder!«

»Ich weiß, daß du das nicht tun wirst!« Er stand auf, ohne ihr seine Hilfe anzubieten, und ging zu den Fenstern an der Ostseite hinüber.

Polly stellte überrascht fest, daß sie offen und die Jalousien hochgezogen waren. Sie meinte, sie habe sie hinuntergelassen, bevor sie ging.

Clark sog tief die kalte Luft ein, die durch die Blenden strömte.

»Weißt du, was geschieht, wenn du es doch tust?« fragte er.

»Verläßt du mich dann?«

Er wandte sich zu ihr um, und seine Miene wirkte finster.

»Das kann ich nicht. Wenn ich dich verlasse, sterbe ich.«

Polly lächelte trotz ihrer Schmerzen. »Aber soviel liegt dir doch gar nicht an mir, oder?« fragte sie hoffnungsvoll.

»Das habe ich auch nicht gesagt.«

»Was meinst du dann?«

Er nickte, als habe sie eine Frage beantwortet, statt eine zu stellen, wandte sich wieder zu den Fenstern um und deutete mit einem seiner knochigen Finger auf eine beschädigte Holzschindel ein paar Meter unterhalb.

»Das werde ich mit dir machen«, sagte er.

Polly hörte auf zu lächeln. »Ich weiß nicht, wovon du redest!«

»Aber du siehst es doch, oder?«

»Was soll ich sehen? Du sprichst in Rätseln!« Plötzlich tat ihr Knöchel nicht mehr so weh, aber dafür spürte sie, wie sich in ihrem Kopf ein starker Druck zu bilden begann. »Egal, ich habe ja gesagt, daß ich es nie wieder tue!«

Clark ließ seine Hand sinken, und fast augenblicklich begann auch der Druck in ihrem Kopf nachzulassen.

»Wie geht es deinem Fuß?« fragte Clark beiläufig.

»Gut!« log sie, doch dann fiel ihr wieder ein, was er über Ehrlichkeit gesagt hatte. »Er tut weh!« Jetzt war sie es, die ärgerlich wurde. »Warum hast du mich eigentlich von der Leiter gestoßen?«

»Ich hab' dich nicht gestoßen – du bist abgerutscht!« Er grinste. »Jetzt kannst du morgen nicht tanzen und hast eine gute Ausrede.« Er machte einen Schritt auf Polly zu. »Jessie und Sara werden wohl auch dort sein, stimmt's? Sie werden im Licht der Scheinwerfer auf der Bühne stehen, während du immer noch im Dunkeln hier auf dem Boden liegen wirst. Weißt du, warum, Polly?«

»Nein«, sagte sie leise. Sie wünschte, er würde ihr helfen, aufzustehen, und endlich aufhören, so zu reden, aber auf der anderen Seite fühlte sie sich irgendwie verpflichtet, ihm zuzuhören. Clark sah die Dinge ganz anders als andere, und das war auch ein Grund dafür, warum sie ihn mochte.

»Weil etwas in diesem Raum ist!« fuhr er leise fort, während er sich wieder vor ihr aufbaute, die Fenster im Rücken. »Ganz tief drinnen!« Er schloß für einen Moment die Augen, und Polly meinte zu bemerken, daß er sich plötzlich unwohl fühlte. Er zitterte ein wenig und begann schwer zu atmen. Als er die Augen wieder öffnete, war sein Blick starr und nicht auf Polly, sondern auf die Stelle auf dem Boden nahe am Fenster gerichtet, wo sie Alice gefunden hatten. »Was jetzt hier ist«, fügte er hinzu. »Es könnte sein, daß es irgendwann entkommt!«

»Clark?«

Er lehnte den Kopf zurück und blickte zur Decke, dann starrte er wieder die Stelle auf dem Boden an. Polly war sich nicht ganz sicher, aber sie hatte den Eindruck, als zeichne er in Gedanken eine Linie von oben nach unten.

»Deine Tante schläft genau unter uns«, erklärte er schließlich.

»Und was bedeutet das?«

Er trat mit dem Absatz seines rechten Stiefel auf den Boden.

»Was unter uns ist, fühlt sich fest und sicher an, das denken zumindest die Leute – diese Idioten! Der Boden kann dir jeden Moment unter den Füßen wegrutschen, und dann fällst du ewig weit. Nichts ist wirklich!« Er deutete auf den Boden, und Polly glaubte die Flecken tatsächlich zu sehen, obwohl sie wußte, daß sie schon vor langer Zeit entfernt worden waren.

»Ein paar Tropfen Blut sind durch die Decke gesickert«, sagte Clark. »Sie sind entkommen.«

»Nein!«

»Doch ... Es war Alices Blut. Sie sind durch das Holz und den Dreck gesickert, und jetzt ist einer davon auf das Gesicht deiner Tante gefallen, genau auf ihre Lippen.« Er wischte sich mit dem Handrücken über die Nase und blickte auf Polly hinunter. »Weißt du, was das bedeutet?«

Sie fürchtete, es erraten zu haben. »Nein. Sie wird nicht sterben!«

»Doch! Sie wird an Alices Blut ersticken!«

Er wollte an Polly vorbei zur Tür gehen.

Verzweifelt streckte Polly die Arme aus und hielt ihn am Bein fest.

»Nein – *du* willst sie ersticken!«

Er blickte sie gleichgültig an, während sie sich an seinen glänzenden Stiefel klammerte.

»Jemand muß es tun. Laß mich los, dann tue ich es jetzt, und dann ist es vorbei! Ich benutze ein weiches Kissen!«

Polly versuchte aufzustehen, indem sie sich an seinem Bein festhielt, doch sie schrie auf, als sie den verletzten Fuß belasten wollte. Sie fiel auf die Knie, stieß sich den Kopf an seinem Schienbein und erwartete jeden Moment, daß er sie abschütteln würde. Aber er blieb stehen und beobachtete mit offensichtlichem Vergnügen, wie sie vor ihm herumkroch.

»Das kannst du mir nicht antun!« sagte sie schluchzend. »Dann wäre ich allein in diesem Haus und hätte niemanden mehr zum Reden. Dann wären alle weg. Vergeßt Polly, wen interessiert sie denn schon? Bitte, tu es nicht! Mir macht es nichts aus, mich um sie zu kümmern, wirklich nicht, das schwöre ich!«

»Aber sie wird dich nicht leben lassen, bis sie tot ist! Und außerdem stinkt sie!« Er bewegte sein Bein. »Laß mich los, Polly, und ich befreie dich von ihr, wie ich es dir versprochen habe!«

»Nein!« flehte sie und umklammerte sein Bein noch fester. »Keine Versprechen, gar nichts! Du brauchst nichts für mich zu tun, ich kann es selbst tun!«

Das hatte sie nicht sagen wollen.

Clark fing an zu kichern, leise und zufrieden. Er

bückte sich und befreie sich aus Pollys Griff, dann half er ihr zu einer Wand, an der sie entlanghüpfen konnte.

»Einverstanden!« sagte er.

Polly hörte auf zu weinen. »Einverstanden ... was?«

»Einverstanden – jetzt bist du dran!«

Polly ahnte nichts Gutes. »Nein!«

Er nickte grinsend. »Halt dein Versprechen, Polly, sonst komme ich wieder und tue es für dich!«

Dann war er fort, die Treppe hinunter und nicht mehr zu sehen. Ihr schien es eine Ewigkeit zu dauern, bis sie hörte, wie die Haustür geöffnet wurde, aber dann war er wirklich weg: Der Motor seiner Maschine heulte auf, und das Geräusch verlor sich in der Ferne.

Dieser Bastard! Alice hatte ganz Recht!

Polly schleppte sich nach unten – die ganze Zeit über vor Schmerz stöhnend – und humpelte auf kürzestem Wege zum Schlafzimmer ihrer Tante.

Mit einem Gefühl grenzenloser Erleichterung, das an Hysterie grenzte, stellte sie fest, daß die alte Dame friedlich schnarchend dalag, das Gesicht alt und entspannt. Sie hatte von der ganzen Aufregung nichts mitbekommen.

Erst viel später stellte Polly fest, daß die Nachricht von Tony Foulton auf ihrem Anrufbeantworter abgehört worden war.

In der Nacht gab es ein Gewitter. Polly schlief sehr schlecht und hatte einen Alptraum, der bis zum frühen Morgen dauerte.

Irgendwo über ihrem Bett hieb eine Axt Löcher in die Decke, kleine Löcher voller Splitter, durch die frisches, hellrotes Blut in ihren offenen Mund tropfte ...

18.
KAPITEL

Der Wind blies heftig vom nahen Ozean her, dessen Oberfläche grau wirkte. Sara half Russ aus seinem Trainingsanzug, denn es blieben nur noch Minuten bis zum Start der CIF-Meisterschaften der Schulen im Geländelauf.

Der Sturm war vorüber, aber es waren noch ein paar vereinzelte Wolken zu sehen, und das Gras unter ihren Füßen war naß. Es würde noch ein paar Tage brauchen, bevor es so weit getrocknet war, daß der Boden auch nur halbwegs für einen Geländelauf geeignet sein würde.

Sie standen am höchsten Punkt der Strecke, einer Kuppe fast genau in der Mitte des ›Hill Park‹, der seinen Namen mehr als verdiente. Von diesem Platz aus hatten sie eine gute Aussicht auf den größten Teil des drei Meilen langen Kurses, der sich an den Ecken des Parks vorbei unter Bäumen hindurch und über Reitwege erstreckte, an deren Rändern sich Massen von Zuschauern versammelt hatten.

Als Sara sich jetzt die Strecke genauer ansah, kam es ihr so vor, als würde Russ die meiste Zeit bergan laufen; da sich jedoch die Ziellinie gleich neben dem Start befand, war das unmöglich.

»Wie fühlst du dich?« fragte sie, während sie seinen Trainingsanzug faltete und ihn sich über den linken Arm legte.

»Das hast du mich eben erst gefragt!« Russ streckte die Beine durch und machte ein paar Dehnübungen. Er hatte unglaublich muskulöse Waden.

»Was hast du gesagt?«

»Mir geht's gut!«

»Und dein Rücken tut nicht weh?« erkundigte sie sich.

»Warum sollte ich denn Rückenschmerzen haben?«

»Weil die Matratze im Gästezimmer schlimmer ist als ein leckes Wasserbett!« gab Sara zurück. Der bloße

Gedanke daran, daß Russ jetzt mit der zögernden – und sicher bald wieder zurückgezogenen – Zustimmung ihrer Eltern bei ihr zu Hause wohnte, ließ ihr Magengeschwür gleich um einige Zentimeter wachsen. Es war ihr ein Rätsel, wie er selbst dabei so cool bleiben konnte.

Andererseits hatte er ja auch nicht wie sie die halbe Nacht damit verbracht, den Ball vorzubereiten!

Wo war Jessie, als ich sie wirklich gebraucht hätte?

Ein ganzer Berg von Dingen mußte noch erledigt werden!

»Mein Rücken ist völlig in Ordnung«, erwiderte Russ.

»Und deine Füße? Schon gut, ich weiß, wir können nicht deine sämtlichen Gliedmaßen durchgehen! Hauptsache, du fühlst dich fit!«

»Das tue ich!«

»Mehr will ich gar nicht wissen!«

Der Trainer und einige seiner Mannschaftskameraden kamen herüber, um Russ Glück zu wünschen. Das Team als Ganzes hatte sich nicht für das Finale qualifiziert, Russ vertrat also sozusagen die ganze Schule.

Der Sprecher verkündete, daß das Rennen in fünf Minuten gestartet werden würde, und die Athleten versammelten sich als bunt gewürfelte Menge an der Startlinie.

Sara folgte Russ, als er sich von seinen Mannschaftskameraden und dem Trainer verabschiedete und sich nach vorne durchkämpfte. Da er in der Woche zuvor das Halbfinalrennen gewonnen hatte, war seine Startnummer niedrig, und er konnte von einer günstigen Position aus ganz vorn ins Rennen gehen.

»Hier sind so viele, die du schlagen mußt!« meinte Sara niedergeschlagen.

»Genau drei!« sagte Russ. »Ich kenne sie, und sie kennen mich. Du wirst sie nachher sehen, wenn wir kurz vor dem Ziel sind.« Er wandte sich um und bedeutete ihr, ihm nicht weiter zu folgen. Dann lächelte er über ihre düstere Stimmung. »Keine Angst, ich werde vor ihnen sein!«

Sara kaute auf ihrer Unterlippe herum. »Das hoffe ich sehr!« Dann fiel ihr selbst auf, daß ihr Kommentar in den Ohren eines Mannes, der in den Kampf zog, nicht gerade ermutigend geklungen haben konnte. »Ich meine, natürlich wirst du sie schlagen!« Sie hätte ihn gern umarmt, hatte aber Angst, ihn am Ende noch mit ihrem Knie zu stoßen oder sonst irgend etwas Dummes anzustellen. Also blieb sie einfach stehen und fühlte sich überflüssig und nervös, während er noch ein paar letzte Dehnübungen machte.

»Na dann«, sagte sie schließlich, »viel Glück!«

Er blickte auf, als der Sprecher verkündete, es sei nur noch eine Minute bis zum Startschuß.

»Weißt du, was ich jetzt am allerliebsten hätte?«

Einen Kuß von der süßen Sara?

»Was denn?« fragte sie hoffnungsvoll.

»Ein Bier!«

»Na toll!« murmelte sie und wandte sich ärgerlich ab. Russ sprang auf und hielt sie gerade noch an der Schulter fest, bevor sie weglaufen konnte.

»Warte, Sara, ich war noch nicht fertig! Ich hätte gern ein Bier, aber ich werde nicht mal nach dem Rennen eins trinken, auch nicht, wenn ich gewinne, verstehst du?«

»Magst du plötzlich kein Bier mehr?« Hinter ihm gab der Starter den Läufern schon letzte Instruktionen, und Sara hatte plötzlich schreckliche Angst, daß sie ohne ihn anfangen würden. »Hey, du mußt jetzt wirklich gehen!«

»Ich wollte damit sagen, daß du mir wichtiger bist!«

»Das ist gut, einfach toll – aber es geht wirklich gleich los!« rief sie, ohne ihm richtig zuzuhören, und versuchte, ihn zum Start zu scheuchen. Etwas ähnliches hatte sie schon einmal getan, als er in der ersten Schulwoche mit ihr zusammengestoßen war. Aber warum mußte er sie unbedingt mit Bier vergleichen?

»Sara, du hörst mir ja gar nicht zu!« beschwerte er sich.

»Auf die Plätze!« rief der Starter.

»Russ!« schrie Sara, doch er winkte seelenruhig ab.

»Dieser Typ läßt immer alle antreten, und dann verbringt er noch ein paar Minuten damit, seine Pistole zu laden. Ich hab' Zeit genug!«

Sara wünschte, Russ würde sich nicht so sehr auf die Gewohnheiten des Starters verlassen. »Zeit wofür?« fragte sie verständnislos.

Jetzt war die Reihe an Russ, ärgerlich zu werden.

»Ach, vergiß es!«

»Russ, jetzt ist wirklich nicht gerade der günstigste Zeitpunkt zum Reden. Was wolltest du sagen?«

»Gehst du heute Abend mit mir zum Ball?«

Saras Herz setzte vor Freude einen Schlag aus. »Nur wenn du gewinnst!« gab sie zurück.

»Und wenn nicht?«

»Dann hast du Pech gehabt!« Sie beugte sich vor und küßte ihn flüchtig auf die Lippen. »Und jetzt lauf und sieh zu, daß du gewinnst!« Sie versetzte ihm einen Stoß in die Seite. »Und zwar sofort!«

Er ging tatsächlich und bahnte sich langsam seinen Weg durch die Menge der Läufer.

Aber er schien den Starter wirklich gut eingeschätzt zu haben: Es dauerte noch einmal einige Minuten, bevor der Startschuß endlich fiel und das Feld sich in Bewegung setzte.

Sara ging zurück zu dem Aussichtspunkt oben auf dem Hügel.

Die Wolken zogen über sie hinweg, jagten mit dem Wind davon. Sie beobachtete, wie Russ ein Viertel der Läufer an sich vorbeiziehen ließ, und stellte fest, daß sie am ganzen Körper zitterte.

Er hat mir doch gesagt, daß er gern langsam startet und dann in Schwung kommt!

Trotzdem verunsicherte es sie, so viele Läufer vor ihm zu sehen. Seine Teamkameraden hatten ein Fernrohr mitgebracht und reichten es auch an sie weiter. Die Markierung für eine gelaufene Meile befand sich in einem Tal am südlichen Ende des Parks, nicht weit vom aufgewühlten Meer entfernt. Während sie durch das Fernrohr blickte, schätzte Sara, daß mindestens drei Dutzend Läufer sie vor Russ passierten. Sie wünschte, er würde bald anfangen aufzuholen!

Das tat er schließlich auch, selbst wenn es zuerst fast unmerklich geschah. Das gelbe Fähnchen, das die Hälfte der Strecke markierte, befand sich in der Nähe des Parkeingangs.

Das Feld war etwa eine halbe Meile von Sara entfernt. Sie gab inzwischen das Fernrohr gar nicht mehr ab, aber es schien niemanden zu stören. Diesmal zählte sie nur noch zwei Dutzend Läufer vor Russ.

Schneller!

Kurz vor der Zwei-Meilen-Marke zog er das Tempo dann wirklich an. Als er die letzte Meile anging, hatte er mit den Führenden gleichgezogen, einer Gruppe von drei Läufern. Sara konnte mit dem Fernrohr sogar den Ausdruck auf ihren Gesichtern erkennen: Alle drei schienen entschlossen, zu gewinnen. Aber sie zögerte, Russ' Miene zu studieren, aus Angst davor, ihn leise vor sich hin pfeifen zu sehen.

Am Eingang des Tales unterhalb des Aussichtspunktes, wo sie stand, beschleunigte er noch mehr und zog den anderen davon.

»Lauf!« schrie Sara begeistert. Sein Vorsprung schien wie durch Zauberei ständig zu wachsen, und Sara war außer sich vor Aufregung. Sie vergaß alles andere, vergaß den Schülerrat, den Homecoming-Ball und ihr cooles Image, und begann, ihn laut und unermüdlich anzufeuern.

»Russ! Russ!«

Während er den Hügel heraufkam und an ihr vorbeilief, wandte er den Kopf und sah sie an. Er atmete heftig, und von seiner geröteten Stirn tropfte Schweiß – aber er lächelte.

Einen Augenblick später rutschte er auf dem nassen Gras aus und fiel hin.

»Steh auf!« rief Sara und machte einen Satz vorwärts, um ihm zu helfen. Aber er war nur auf die Knie gefallen, und weil beim Anstieg sein Tempo nicht so hoch gewesen war, war nichts passiert, ihm fehlte nichts. Er schüttelte ihr Hände ab und lief weiter, ehe er seine Führung verlieren konnte.

Er gewann schließlich mit zehn Metern Vorsprung.

Sara durfte sich genau zehn Sekunden lang über seinen Sieg freuen, dann erfuhr sie, daß er disqualifiziert worden war. Der Trainer sagte es ihr, während Russ sich im Zielraum erholte.

»Wie bitte? Aber was hat er denn falsch gemacht? Geländelauf ist doch keine Gymnastik. Seit wann werden einem dabei auch Punkte abgezogen, wenn man ausrutscht?«

Dem Trainer war seine Enttäuschung deutlich anzusehen. »Er ist nicht disqualifiziert worden, weil er ausgerutscht ist, sondern weil er während des Rennens Hilfe von außen erhalten hat.«

Sara war wie vor den Kopf geschlagen.

»Hilfe von außen? Damit meinen Sie doch wohl nicht mich?«

»Ich fürchte, doch, Sara!« erwiderte er mitfühlend.

»Aber ich habe ihm doch gar nicht geholfen. Wenn überhaupt, habe ich ihn eher behindert! Wo ist der Verantwortliche hier? Wir müssen mit ihm reden!«

Der Trainer hielt sie zurück. »Das hätte keinen Sinn!«

»Aber es war doch nicht sein Fehler, daß ich ihm geholfen habe!«

»Das ist in diesem Fall egal. Russ hat so knapp gewonnen, daß er es ohne deine Hilfe vielleicht nicht geschafft hätte, und deshalb ist er automatisch disqualifiziert worden!« Der Trainer blickte zu Russ hinüber, der mittlerweile wieder zu Atem gekommen war und dem Läufer hinter ihm die Hand schüttelte. »Es ist wirklich schade«, sagte er. »Russ ist ein brillantes Rennen gelaufen!«

Sara hatte Mühe zu sprechen. »Weiß er es schon?«

»Ja, er weiß es.«

Das ist nicht fair – das ist nicht gerecht! Das kann einfach nicht sein!

Sara hatte Angst, zu Russ zu gehen. Der Trainer war

zwar nett zu ihr gewesen, aber Russ' Mannschaftskameraden schauten sie kopfschüttelnd an.

Wahrscheinlich würde Russ ihr den Kopf abreißen, zumindest hätte sie das in seiner Lage getan. Sie wußte nicht, was sie jetzt machen sollte. Am liebsten wäre sie einfach gegangen, aber sie waren zusammen in einem Wagen gekommen.

Sara machte sich trotzdem auf den Weg dorthin in der Hoffnung, er würde denken, sie sei schon fort, oder vergessen, daß es sie gab. Vielleicht fand er ja auch jemand anderen, der ihn mitnahm.

Aber wohin? Er wohnt doch bei mir!

Sie war ebenso wütend wie gekränkt. Als sie schließlich im Wagen saß, Russ' Trainingsanzug auf dem Schoß, begann sie, das Steuer mit ihren Fäusten zu bearbeiten. Noch immer konnte sie nicht begreifen, warum die Regeln so streng waren.

Als ob sie ihm eine Spritze mit Dopingmitteln oder Drogen gegeben hätte!

Wenn die Strecke vor dem Lauf mit Plastikplanen abgedeckt worden wäre, die man später dann wieder entfernt hätte, wäre Russ erst gar nicht ausgerutscht! Die Veranstalter waren an allem schuld! Vielleicht würde sie einen bösen Brief schreiben – schließlich war sie Schülersprecherin! Und sie würde …

»Hey, ich brauche meinen Trainingsanzug!« Russ stand neben dem Wagen.

Sara fuhr zusammen und stieß sich den Kopf an der Decke.

»Es ist kalt hier draußen!«

Sara stieg langsam aus und hielt den Blick gesenkt, während sie ihm seinen Anzug gab. Er zog ihn an, und sie blickte starr auf seine Füße. Unter seinen Sohlen klebte ziemlich viel Matsch, aber sie würde ihn nicht bitten, ihn abzustreifen, wenn er trotz allem noch mit ihr nach Hause fahren wollte. Sie hatte Angst, jeden Moment in Tränen auszubrechen.

»Hey, willst du mir nicht gratulieren?« fragte er.

Sara blickte zögernd auf und stellte verwundert fest, daß er ungefähr genauso aussah wie vor dem Beginn des Rennens – vielleicht ein bißchen müder und ganz sicher verschwitzter, aber ganz und gar nicht deprimiert.

»Aber ... du hast doch gar nicht gewonnen!« murmelte sie. »Du bist meinetwegen disqualifiziert worden!«

Er wischte ihren Einwand genauso beiseite wie vor dem Rennen ihren Kommentar zu den Gewohnheiten des Starters.

»Alle wissen, daß ich gewonnen hab', ich bekomme nur keinen Pokal. Das ist gar nicht schlecht, zumindest brauchen wir so nicht bis zur Siegerehrung hier herumzustehen. Komm, laß uns in das McDonald's-Restaurant gehen, wo wir an dem Abend vor dem Kino gegessen haben. Ich sterbe vor Hunger!«

»Du bist völlig verrückt!« stieß Sara ungläubig hervor, weil sie seine Reaktion nicht fassen konnte.

Er runzelte die Stirn.

»Was gefällt dir denn an McDonald's nicht? Sie machen genauso gute Hamburger wie die teuren Restaurants, nur daß sie einem dafür nicht das letzte Hemd ausziehen. Weißt du, was dein Problem ist, Sara? Du weißt nicht, wie du Geld sparen kannst! Denk doch nur mal an diese Büchse Dosenfleisch ... Hey, worüber lachst du denn jetzt?«

»Über dich«, stieß Sara prustend hervor. »Du Idiot!«

Russ kratzte sich am Kopf, und sein Stirnrunzeln vertiefte sich.

»Wenn ich so ein Idiot bin, wie kommt es dann, daß ich im Gegensatz zu dir mein Geld zusammenhalten kann?«

Sara mußte erst wieder zu Atem kommen, bevor sie sprechen konnte. Obwohl ihre Stimmung jetzt viel besser schien als noch kurz zuvor, war sie immer noch ärgerlich.

»Russ, darum geht es doch gar nicht! Meinetwegen hast du heute nicht gewonnen, zumindest wird nirgendwo festgehalten, daß du hier gewonnen hast. Die

College-Trainer werden es also nicht erfahren, sondern nicht einmal wissen, daß du mitgelaufen bist!«

»Und?«

»Und deshalb wird dir auch niemand ein Stipendium anbieten!«

»Wen interessiert das schon?«

»Mich! Russ, ich mache mir Gedanken um deine Zukunft, darum, daß du eine hast! Wir werden nicht unser ganzes Leben in der High-School sein!«

Russ antwortete nicht sofort, sondern lehnte sich gegen den Wagen und blickte hinaus aufs Meer, wo die Möwen mit dem Wind spielten: Sie ließen sich von mächtigen Luftströmungen hunderte Meter hinauftragen und stürzten sich dann in atemberaubendem Tempo wieder hinunter, bis sie sich nur Zentimeter über dem Wasser abfingen.

Russ streckte den Arm aus und zog Sara an seine Seite. »Ich laufe nicht, um Stipendien zu bekommen«, sagte er ernst. »Sondern, weil ich mich dadurch lebendiger fühle. In der Schule ist das nicht so, und ich gehöre auch nicht dorthin. Klar mache ich noch meinen Abschluß, aber mehr nicht!«

»Willst du denn nicht vorankommen?«

»Das kann ich auch ohne Diplom!« Er blickte zu dem Hügel hinüber, von dem aus Sara das Rennen beobachtet hatte. »Als ich den andern davongezogen bin, habe ich etwas sehr Wichtiges festgestellt: Ich fühlte mich stark, so stark, als ob ich alles schaffen könnte!« Er drückte sanft ihre Schulter. »Weißt du noch, was du zu mir gesagt hast, als wir uns in diesem Kühlraum gestritten haben? Daß ich es sogar bis zu den Olympischen Spielen schaffen könnte? Inzwischen glaube ich fast, daß du recht hast, Sara!«

Sie kicherte, weil sie nicht wußte, was sie dazu sagen sollte, und strich ihm eine Haarsträhne aus der Stirn, die ihm in die Augen hing.

»Idiot!« wiederholte sie leise und zog dann die Nase kraus. »Also zu McDonald's?«

»Ich mag das Essen dort! Und heute abend gehe ich mit dir zu diesem Ball!«

Sara schüttelte den Kopf. »Ich fürchte, nein, mein Freund!«

»Wie bitte?«

»Du hast nicht gewonnen!«

19. KAPITEL

Die Halbzeitpause hatte gerade begonnen, und Jessica tat ungefähr das gleiche, was sie eine Woche zuvor zu Beginn der Halbzeitpause ebenfalls getan hatte: Sie wechselte den Film in ihrer Kamera, machte sich Gedanken darüber, ob wohl wirklich all ihre Bilder unscharf sein würden (wie Sara vorausgesagt hatte), beobachtete aus dem Augenwinkel die etwas unscharfe Clair und hörte sich nebenbei Saras Beschwerden an.

Es gab aber auch einige Unterschiede im Vergleich mit dem Spiel eine Woche zuvor: Dieses Match war bedeutend spannender, denn es zählte für die Meisterschaft.

Nick lief unermüdlich hin und her, schien gleichzeitig Rebounds zu machen, Schüsse abzublocken, den Ball in den Korb drücken – und das erstaunlichste daran war, daß er all das mit der vollen Unterstützung seiner Mannschaftskollegen tat. Gordon, ›The Rock‹, und er hatten sich den ganzen Abend über die Bälle zugespielt – wirklich sehr erstaunlich!

Außerdem waren an diesem Abend etwa viermal so viele Zuschauer gekommen wie in der Woche zuvor. Die Sporthalle der Tabb High war viel größer als die von Holden High, aber der große Andrang kam ganz offensichtlich daher, daß der Homecoming-Ball direkt im Anschluß an das Spiel stattfinden würde.

An der Kleidung der meisten war unschwer zu erkennen, daß sie beide Veranstaltungen besuchen wollten.

Wie Maria und Clair – und wahrscheinlich auch Cindy Fosmeyer, wo immer sie sein mochte – mußte sich Jessica nach dem Spiel noch als Prinzessin verkleiden. Sie war aber schon fertig frisiert, hatte eine neue Dauerwelle und Strähnchen.

Sie konnte kaum glauben, mit welcher Hingabe Clair in der ersten Halbzeit die Cheerleader angeführt hatte – Clair schien nämlich nicht im geringsten um ihr Aussehen besorgt und wirkte den ganzen Abend über fröhlich und ausgelassen.

»Du kannst es ruhig wissen, Schätzchen – ich verliere nie!«

Und darüber machte Jessica sich große Sorgen.

»Dann kam dieser Idiot mit seiner Kamera, der Russ genau in den Weg lief und ihn zu Fall brachte!« erzählte Sara. »Natürlich habe ich den Typen am Arm gepackt und weggezogen. Und deshalb haben sie Russ disqualifiziert! Kannst du das glauben?«

»Nein«, erwiderte Jessica und beugte sich über den Trinkbrunnen in der Ecke. Die beiden Mädchen standen unten in der Turnhalle. Die Mannschaften waren gerade in die Kabinen gegangen, und nun strebte alles dem Getränkestand oder dem Ausgang zu, um etwas frische Luft zu schnappen.

Jessicas Tischherr für den Ball, Bill Skater, saß mit seinen Freunden vom Footballteam ein paar Reihen oberhalb der Stelle auf der Tribüne, wo die Cheerleader getanzt hatten. Jessica hatte den ganzen Abend über nach Michael Ausschau gehalten, ihn aber nirgends entdecken können.

»Wie meinst du das?« fragte Sara beleidigt.

»Ich glaube es dir nicht!« sagte Jessica, die sich aufrichtete und den Deckel wieder auf das Objektiv ihrer Kamera schraubte. »Was ist wirklich passiert?«

Sara stemmte eine Hand in die Hüfte; das tat sie häufig, wenn ihre Glaubwürdigkeit in Frage gestellt wurde.

»Du denkst bestimmt, ich hätte ihm ein Bein gestellt, oder?«

»Na ja, immerhin hast du ihn schon mal in einem Kühlraum eingesperrt!«

»Das hättest du jetzt nicht unbedingt zu erwähnen brauchen! Es war ein Unfall. Aber ist es nicht sowieso egal, warum er disqualifiziert worden ist? Auf jeden Fall hat er das verdammte Rennen gewonnen, aber keinen Pokal dafür bekommen!«

»Und – macht es ihm was aus?«

»Nein!«

»Wo ist dann das Problem?« wollte Jessica wissen.

»Es gibt kein Problem – ich mache nur Small-talk. Was für eine blöde Frage! Heute abend findet das wichtigste gesellschaftliche Ereignis des Schuljahres statt, und wenn es ein Flop wird, ist das mein Untergang.«

»Was soll ich denn sagen? Ich habe Aussichten, den wichtigsten gesellschaftlichen Titel des Jahres zu gewinnen, und wenn ich es nicht tue, ist das *mein* Untergang!«

»Du gewinnst ganz bestimmt!«

»Wie willst du das wissen? Du weißt überhaupt nichts!« Jessica starrte in Richtung der Cheerleader. »Warum sie bloß so verdammt selbstsicher ist!« Auf diese Entfernung war Clair für sie nicht viel mehr als ein verzerrter heller Fleck mit blonden Haaren.

»Hör auf zu fluchen!« meinte Sara.

»Geh zum Teufel!«

Sie starrten sich einen Augenblick finster an, aber dann mußten sie beide lachen.

»Miststück!« sagte Sara.

»Ich glaube, bevor es noch schlimmer wird, schaue ich lieber mal nach Maria und ihren Leuten!« erklärte Jessica.

Sara nickte. »Gut, dann treffe ich dich nach dem Spiel im Umkleideraum. Vergiß nicht, es ist Raum Nummer HB-22.«

»In Ordnung. Und jetzt geh und steck das Zelt in Brand!«

»Bring mich nur nicht auf dumme Gedanken!« meinte Sara.

Während sie über das Feld lief, die Photoausrüstung in einer Tasche über der Schulter, suchte Jessica noch einmal die Ränge nach Michael ab. Sie wußte, daß er wahrscheinlich nicht zum Ball kommen würde – er war einfach nicht der Typ für große Partys mit vielen Leuten –, aber Nick war sein Freund, und deshalb fand sie, hätte er zum Spiel kommen müssen.

Vielleicht fand sie ihn, wenn sie ihre Brille aufsetzte! Sie wollte nicht einfach mit ihm reden, sondern sie wollte ihm etwas Wichtiges sagen. Den ganzen Tag über, seit sie morgens aufgewacht war, hatte sie das Gefühl gehabt, daß eine Überzeugung in ihr wuchs, die immer stärker wurde: Sie mußte ihn unbedingt allein erwischen, ihm gestehen, warum sie ihn versetzt hatte, und ihm auch sagen, wie sie wirklich zu ihm stand.

Dieser Drang schien ihr nicht nur deshalb so beängstigend, weil sie fürchtete, Michael könnte sie zurückweisen – obwohl auch das allein schon schlimm genug gewesen wäre –, nein, auch deshalb, weil sie ahnte, daß sie keine Gelegenheit mehr dazu haben würde, wenn sie es nicht jetzt sofort tat.

Warum sie so sicher war, wußte sie nicht; ganz bestimmt würden weder er noch sie selbst innerhalb der nächsten Stunden vom Blitz erschlagen werden oder ähnliches.

Und doch war da etwas, lag etwas in der Luft!

Was hätte Alice für uns beide gewollt?

Alice hatte Michael fast ein ganzes Jahr vor ihrem Tod kennengelernt, ihn jedoch ihr gegenüber niemals erwähnt, und das beschäftigte sie sehr.

Ob Alice fand, er sei zu gut für mich?

Das war Unsinn! Alice hatte sie geliebt. Aber nach dem, was Polly erzählte, hatte sie Michael regelrecht angebetet. Jessica hätte viel dafür gegeben, zu erfahren, was Alice wirklich gedacht hatte!

Bill winkte ihr zu, als sie die Stufen hinaufstieg, ließ aber nicht erkennen, daß er sie gern bei sich gehabt hätte, jetzt, wo seine Mannschaftskameraden alle um ihn herum saßen.

Jessica machte sich nichts daraus. Sie wollte nicht nur mit Maria sprechen, sondern auch nach Polly sehen. Die Ärmste humpelte herum wie ein Tier, das in eine Falle getreten war. Sie sagte, sie sei am Tag zuvor von der Leiter gefallen.

Jessica wünschte, Polly hätte selbst einen Tischherrn,

denn sie machte sich Sorgen darüber, wie die Freundin sich fühlen würde, wenn Sara und Russ miteinander tanzten!

Marias Eltern waren ein gutaussehendes Paar. Jessica war besonders beeindruckt von Mrs. Gonzales. Diese wirkte ähnlich sanft und zurückhaltend wie Maria, nur wenn möglich noch schüchterner. Jessica war nicht ganz sicher, wieviel Englisch sie verstand. Sie glich ihrer Tochter sehr, war aber um einiges hübscher, mit feineren Zügen und vollen roten Lippen.

Jessica setzte sich zwischen Maria und Polly auf die Bank. Marias Eltern saßen rechts von ihr und unterhielten sich leise. Ihren eigenen Eltern hatte Jessica nicht gesagt, was an diesem Abend stattfinden würde, denn sie wollte sie nicht dabei haben, für den Fall, daß sie verlieren sollte.

Aber wenn ich gewinne, finde ich vielleicht auch den Mut, Dad die Sache mit der Prüfung zu beichten!

»Was sagen deine Eltern zu Nick?« flüsterte Jessica Maria ins Ohr.

»Mein Vater sagt, er ist nicht zu stoppen!« flüsterte Maria zurück.

»Das heißt, er gefällt ihm?«

Maria nickte lächelnd. »Ich glaube, ja!«

»Und was meint deine Mutter?«

»Daß er groß ist.«

»Das klingt doch auch eher positiv. Warum lädst du ihn nicht einfach ein, mit dir zum Ball zu gehen?«

Maria schrak sichtlich zusammen. »Mal sehen«, antwortete sie.

Jessica wandte sich Polly zu, die einen Zeichenblock und ein paar Bleistifte mitgebracht hatte. Das war etwas merkwürdig, weil Polly ungefähr so gut zeichnen konnte wie ein durchschnittlich begabter Fisch. Der Block hatte früher Alice gehört, und soweit Jessica es erkennen konnte, hatte Polly den ganzen Abend über noch nichts zu Papier gebracht.

Jetzt starrte sie mit leerem Blick vor sich hin.

»Ist mit dir alles in Ordnung?« erkundigte sich Jessica besorgt.

Polly blinzelte, und es dauerte eine Weile, bis Jessica das Gefühl hatte, die Freundin nehme sie auch wirklich wahr.

»Ich bin todmüde – hatte eine schlechte Nacht. Du weißt schon, das Gewitter ...« Sie winkte müde ab. »Und überhaupt ... alles!«

Die Erwähnung des Gewitters ließ Jessica aufhorchen. Sie dachte an die Zeit, die Polly nach dem Tod ihrer Eltern im Krankenhaus verbracht hatte. Harte Monate waren das gewesen, fast so schlimm wie nach Alices Tod. Bis heute fragte sich Jessica manchmal, ob die Ärzte nicht alles noch schlimmer gemacht hatten, als sie Elektroschocks benutzten, um Polly aus ihrer tiefen Depression herauszuholen.

Ein Blitz, der durch das ganze Gehirn geht ...

Polly erinnerte sich sicher nicht mehr daran – man wurde vorher betäubt, wie Jessica gelesen hatte.

»Wie geht es deiner Tante?«

»Sie stirbt«, erwiderte Polly düster.

»Bist du sicher, daß alles soweit in Ordnung ist? Ich fahre dich gern nach Hause!«

»Mir geht's gut. Ich bin mit meinem Auto hier, und ich will sowieso nicht nach Hause. Ich will meinen Knöchel nicht als Entschuldigung benutzen, um nicht tanzen zu müssen.«

»Wie bitte? Du willst doch wohl nicht mit diesem Fuß tanzen?«

»Die Schmerzen machen mir nichts aus.« Polly wandte sich ab und fügte kläglich hinzu: »Außerdem ist alles besser, als im Dunkeln auf dem Fußboden zu liegen!«

Michael saß mit Bubba über einen Bildschirm gebeugt, als sie von der Turnhalle herüber die Anfeuerungsrufe hörten. Den ganzen Tag über hatte Bubba mit Hilfe des Schulmodems Dr. Gin Kawatis Akten bei der Ärztevereinigung auf einen Schulcomputer übertragen. Das Ergebnis war eine Diskette voller Dateien, die sie nicht direkt lesen konnten.

»Die zweite Halbzeit fängt gleich an«, meinte Bubba.

»Ich weiß noch nicht, ob ich sie mir ansehe«, erwiderte Michael. »Ich würde gern heute Abend noch einen Blick in diesen Autopsiebericht werfen.«

»Ich fürchte, heute Abend wird es nichts mehr damit.« Bubba deutete auf den Bildschirm. »Das ist Binärcode, kein Text. Unser Prozessor kann so etwas nicht lesen.«

»Aber vielleicht können wir den *Sector Editor* benutzen und sie dann manuell lesen!«

»Ja, aber wir reden über vierzig Megabytes voller Daten. Es müssen etwa sechzig oder siebzig Dateien sein ... Du müßtest sie alle einzeln laden, nach dem Namen Alice McCoy suchen, die Datei löschen und die nächste laden, bis du die richtige findest. Das kann lange dauern!«

»Ich hab' Zeit!« erwiderte Michael.

»Wenn du meinst«, sagte Bubba und verließ seinen Platz vor dem Bildschirm. Michael setzte sich und rief den *Sector Editor* auf, während Bubba einen frisch gereinigten Anzug von einem Bügel nahm, der in der Ecke hing.

Natürlich hatte Bubba für den großen Abend keinen gewöhnlichen Anzug ausgewählt, sondern einen zitronengelben und einen grünen Hut dazu. Bubba mochte Hüte.

»Kommst du nachher zum Ball?« fragte er beiläufig, während er die Plastikhülle entfernte und sich den Stoff ansah.

»Ich glaube nicht.«

»Auch nicht zur Krönung?«

Michael sah ihn an. »Warum erzählst du mir nicht einfach, wer die Wahl gewonnen hat?«

Bubba lächelte. »Ich weiß auch nicht alles, Michael!« Dann streckte er ihm eine grüne Krawatte entgegen. »Sieht die zu irisch aus?«

»Nichts kann zu irisch aussehen. Aber du lenkst vom Thema ab.«

Bubba legte seinen Anzug zur Seite und sagte ernst: »Ich wußte, daß du vor der Tür standest, als Clair mich wegen Jessie gedrängt hat.«

»Wie hast du es gemerkt?«

Bubba zuckte mit den Schultern, um anzudeuten, daß das nicht wichtig war.

»Clair sollte Homecoming-Queen werden – sie ist hübscher als Jessie!«

»Findest du! Aber egal, hübsch zu sein ist nicht alles. Alles, worum ich dich bitte, ist eine faire Wahl.«

»Warum bittest du mich erst jetzt? Der Name ist schon aufgeschrieben, und das Blatt Papier, auf dem er steht, liegt in einen versiegelten Briefumschlag. Wenn ich mich nicht irre, befindet sich dieser Umschlag im Augenblick in Mr. Barks Jackettasche.«

»Und welcher Name steht auf dem Blatt?«

»Du setzt mich unter Druck, Michael. Clair hat das gleiche getan.«

»Und dann hast du es so gedreht, daß Clair die Wahl gewinnt?«

»Das habe ich nicht gesagt. Ich habe nur gesagt, daß sie den Sieg verdient hätte. Jessie hat in dieser Sache reichlich gemeine Mittel angewandt.«

Bubba sah Michael nicht an, während er sprach, dabei machte es ihm normalerweise nicht einmal etwas aus, Leuten in die Augen zu schauen, während er ihnen erzählte, daß er mit ihren Freundinnen geschlafen hatte.

»Hat Clair denn eine Abtreibung vornehmen lassen?« fragte Michael und dachte daran, wie Clair an dem Tag mit verweinten Augen zu Bubba gekommen war, als sie in den Hofstaat gewählt worden war.

»Ein böses Gerücht, in die Welt gesetzt von der bösen Jessica Hart. Nein, sie hat nicht!« erwiderte Bubba.

»War es von dir?«

Bubba fuhr auf. »Nein!« Dann fing er sich wieder und

fügte leise lachend hinzu: »Du weißt doch, wie vorsichtig ich in solchen Dingen bin!«

»Ja, vorsichtig bist du«, murmelte Michael, den Bubbas Verhalten verwirrte. Bubba wich ihm nicht nur aus – er hielt sich selten genau an die Wahrheit, es sei denn, er meinte, es sei vorteilhaft für ihn, was selten vorkam –, sondern er machte den Eindruck, als fühle er sich absolut unwohl in seiner Haut.

Dabei hätte es ihm unter normalen Umständen sicher nicht viel ausgemacht, wenn Clair von ihm schwanger gewesen wäre – und ebensowenig hätte er Skrupel gehabt, Jessica einen Denkzettel zu verpassen.

Irgend jemand klopfte an die Tür. »Ja?« rief Bubba, und im nächsten Moment stolzierte Kats herein, den Michael erstaunt ansah.

Kats trug anstelle seiner gewohnten speckigen Jeans und der ölverschmierten Fliegerjacke eine schwarze Hose, ein weißes Hemd und eine rote Fliege, sah aber selbst darin schmutziger aus als je zuvor.

»Was machst du denn hier?« fragte Michael.

Kats grinste. »Ich bin heute hier der wichtigste Mann! Ich kümmere mich um die Prinzessinnen!«

»Kats fährt kurz vor der Krönungszeremonie den Wagen mit der Plattform ins Zelt«, erklärte Bubba.

»Warum hat Sara denn ausgerechnet dich gefragt?« wollte Michael wissen.

Kats runzelte die Stirn. »Paßt dir was nicht an mir, Mikey?«

Er war offensichtlich immer noch böse auf Michael wegen ihres letzten Gesprächs an der Tankstelle.

»Kats ist ein ausgezeichneter Fahrer«, meinte Bubba. »Sara hat ihn mir zuliebe gebeten.«

»Und welchen Gefallen schuldet Sara dir?« fragte Michael trocken.

Bubba wirkte plötzlich viel gelöster und nahm seinen gelben Anzug und den Hut. »Aber Mike, du weißt doch, daß ich ein Gentleman bin!«

Bubba und Kats verließen gemeinsam den Raum, und

Michael wandte sich wieder dem Bildschirm zu. Hoffentlich gelang es ihm, in dieser riesigen Menge an Informationen die Antwort auf wichtigere Fragen zu finden!

Michael lud eine Datei, gab den Namen McCoy ein und ließ den Computer suchen. Er lehnte sich zurück und wartete. Er wünsche, er hätte gewußt, wie die Dateien geordnet waren und auf welche er sich konzentrieren mußte.

Von der Turnhalle her ertönten wieder laute Anfeuerungsrufe, und Michael blickte auf seine Uhr. Inzwischen mußte die zweite Halbzeit längst begonnen haben.

Es hatte ihn gefreut zu sehen, wie gut sich Nick auf dem Feld schlug, und das vor allem mit Gordons tatkräftiger Unterstützung. Er hatte in den vergangenen Tagen keine Gelegenheit gehabt, mit Nick zu sprechen, und wußte deshalb auch nicht, was sich zwischen den beiden verändert hatte. Aber es war eindeutig ein Wandel zum Besseren gewesen, und Michael war sehr froh darüber. So schien wenigstens irgend jemand irgendwo Fortschritte zu machen!

Ich kann mich auch nicht beklagen!

Der Freund seiner Mutter hatte sich endlich zu einer Entscheidung durchgerungen und ihr einen Heiratsantrag gemacht – den seine Mutter angenommen hatte. Michael mußte zugeben, daß er sie nie glücklicher gesehen hatte!

Ich bekomme einen Vater, eine kleine Schwester ist auch unterwegs, und dann noch der Komet, der mir gehört. Was soll ich mir noch anderes wünschen? Nichts!

Und trotzdem fühlte er sich einsam, verzweifelt einsam! Auch ihm selbst schien es verrückt, aber er hatte den Eindruck, als brauche er Jessica schon allein, um weiterzuleben. So hatte er nicht einmal während der tiefsten Trauer um Alice gefühlt.

Immer wieder dachte er daran, wie er neben ihr gesessen hatte, während sie nach der Prüfung unter dem

Baum geschlafen hatte. Er hätte sich neben sie legen und ebenfalls schlafen sollen, vielleicht hätte er ihr dann in ihrem Traum begegnen und ihr all das sagen können, was er ihr nicht zu sagen wagte, während sie wach war.

Geh voran, ich folge dir!

Diesen Traum hatte er lange nicht mehr geträumt!

In der ersten Datei fand er Alices Namen nicht, und auch nicht in der zweiten oder dritten. Michael begann zu fürchten, daß er alle Dateien durchgehen würde, nur um irgendwann festzustellen, daß Dr. Kawati sich nicht die Mühe gemacht hatte, die Berichte, die er für den Bezirk geschrieben hatte, in seine Geschäftsakten aufzunehmen.

Die vierte Datei war ziemlich umfangreich. Michael wanderte im Raum auf und ab, während der Computer nach Alices Namen suchte. Er lauschte auf die sporadischen Begeisterungsrufe der Zuschauer in der Turnhalle und dachte daran, wie hübsch Jessica während der ersten Halbzeit ausgesehen hatte, als sie am Spielfeldrand hockte, die Kamera auf einem Knie, die langen, braunen Haare locker und seidig darüber fallend.

Er warf einen prüfenden Blick auf den Bildschirm, über den sich abwechselnd scheinbar endlose Zahlenreihen und Text wanden, und entschied, daß ein kurzer Gang hinüber in die Halle nichts schaden konnte.

Er fühlte die Spannung im selben Moment, als er das Gebäude betrat. Ein Blick auf die Anzeigetafel sagte ihm, daß Westminster gegen Tabb mit siebenundfünfzig zu sechsundfünfzig Punkten führte – und in der zweiten Halbzeit waren nur noch sieben Sekunden zu spielen! Tabb war im Ballbesitz, Nick hatte gerade eine Auszeit verlangt, und das Team stand vollzählig um Coach Sellers herum. Es war zu befürchten, daß dieser seinen Spielern raten würde, auf Zeit zu spielen!

Alle Zuschauer waren von ihren Plätzen aufgesprungen – alle außer Jessica. Michael sah, daß sie hinter dem Korb der Tabb High kniete und ihr Teleobjektiv einstellte. Einen Moment überlegte er, ihr nach dem Spiel wie zufällig über den Weg zu laufen, aber dann stellte er sich vor, Bill würde auftauchen, ihre Hand nehmen und sie hinüber ins Zelt entführen.

Ich bleibe nur so lange, bis ich weiß, wer gewinnt, und dann gehe ich zurück zum Computerraum!

Nick setzte sich, schnappte sich ein Handtuch und wischte sich den Schweiß von der Stirn, während er versuchte, die Rufe der Cheerleader hinter ihm zu ignorieren, um hören zu können, was der Trainer zu sagen hatte.

Sein Blut war vollgepumpt mit Adrenalin, er fühlte sich wie aufgeputscht. Den ganzen Abend über hatte er mit vollem Einsatz gespielt, aber statt müde zu werden, hatte er sich mit jeder Minute stärker gefühlt.

Er war bereit für den letzten Wurf.

Go, Team, los, Leute, nehmt den Ball und gebt es ihnen heute!

Zu seiner Enttäuschung mußte Nick bald darauf feststellen, daß Trainer Sellers etwas anderes vorhatte.

»Die ›Trojaner‹ werden sich auf Nick stürzen, sobald wir den Ball im Feld haben«, sagte er und malte mit einem Filzstift zittrige Zeichen auf ein weißes Board, während die Mannschaft im Kreis um ihn herum stand.

»Deshalb möchte ich, daß du, Nick, dich links an der Linie aufstellst. Steward wird den Ball Gordon zuwerfen, der hier steht, und der wird zuerst auf dich zu dribbeln, dann aber blitzschnell Ted hier an der Freiwurflinie anspielen. Ted, du machst den letzten Wurf.«

Ted schien nicht recht zu wissen, ob ihm der Einfall des Trainers gefiel. Er war ihr bester Werfer – außer Nick, natürlich –, aber er hatte nicht seinen besten Tag erwischt und schon vier von vierzehn Bällen ins Aus befördert.

Zweifelnd starrte er auf die Zeichnung des Trainers, als halte er sie für ein böses Omen.

»Und wenn sie Nick nun nicht angreifen? Dann habe ich ihre beiden Verteidiger gegen mich!«

Go, Nick, los, Nick, zeig uns allen deinen Trick!

»Ihre Verteidiger müssen sich zurückziehen«, meinte Coach Sellers, doch es klang alles andere als überzeugt. »Wenn sie es nicht tun sollten, setzt du den Wurf eben etwas höher an!«

»Und wenn ich nicht treffe?« fragte Ted.

»Dann verlieren wir, und du bist der Sündenbock!« erklärte Gordon trocken.

»Schluß damit!« ermahnte ihn Coach Sellers.

Los, Ted, denk's dir aus, schick die andern schnell nach Haus!

»Ich wünschte, sie würden endlich den Mund halten!« stöhnte Ted. »Gibt es nicht vielleicht noch eine andere Lösung?«

»Willst du den letzten Wurf nicht machen?« erkundigte sich der Trainer.

»Doch, natürlich!« erwiderte Ted. »Ich will ihn nur nicht vergeben!«

Der Trainer sah alle Spieler nacheinander an und verschlang unruhig die Hände ineinander, um sie gleich darauf wieder zu lösen. »Gibt es eine andere Lösung?«

»Ich könnte den Ball doch auch Nick zuspielen!« schlug Gordon vor.

»Das wäre ein zu durchsichtiges Manöver«, meinte Coach Sellers. Er wird jemanden vor sich und jemanden im Rücken haben, und du kämst wahrscheinlich gar nicht zu ihm durch!«

»Und Ted bekäme den Ball nicht in den Korb«, erwiderte ›The Rock‹.

»Halt – ich könnte schon ... Vielleicht, zumindest!« murmelte Ted.

Los, Rock, sei gemein, nimm den Ball und stopf ihn rein!

Gordon stöhnte laut auf. »Wer verzapft bloß diesen Blödsinn?«

Nick hatte das Gefühl, daß jetzt er an der Reihe war, etwas zu sagen.

Er konnte sich etwas weiter vorn aufstellen, als der Trainer vorgeschlagen hatte, den Ball im Flug fangen, sich dann drehen und ihn im Korb unterbringen. Gordons Pässe waren im Lauf der vergangenen Woche um zweihundert Prozent genauer geworfen, so daß ein solcher Spielzug eine ziemlich sichere Sache sein würde.

Der Trainer sah ihn an. Alle sahen ihn an und warteten.

Nick warf einen kurzen Blick auf die überfüllten Ränge hinter ihm. Während er sich für die zweite Spielhälfte warm gemacht hatte, hatte er dort oben Maria entdeckt – und auch ihre Eltern, an die er sich noch von Alices Party her erinnerte.

Und wenn ich es nun nicht schaffe?

Obwohl er den ganzen Abend über ihre Unterstützung gehabt hatte, fühlte er die Erwartung der Zuschauer plötzlich wie eine Last.

In dieser Woche war der Gang über den Schulhof zum erstenmal seit seinem Umzug in diesen Teil der Stadt kein Spießrutenlaufen gewesen. Statt ihm auszuweichen, waren seine Mitschüler stehengeblieben, um ihm Glück zu wünschen. Aber würden dieselben Schüler nicht vielleicht in der kommenden Woche hinter seinem Rücken wieder über ihn lachen, wenn er jetzt die vielleicht letzte Chance der Mannschaft vergab?

Er hatte schon ein großes Spiel gemacht – und die Vorsicht riet ihm, kein Risiko einzugehen.

»Was immer Sie vorschlagen, Trainer«, murmelte er schließlich und haßte sich dafür, es sich so leicht gemacht zu haben.

Coach Sellers nickte nervös und wandte sich wieder Ted zu. »Du machst das schon!« sagte er.

Ted schluckte schwer. »Hoffentlich!«

Die Auszeit war zu Ende. Nachdem er sich mit dem Handtuch den letzten Rest von Schweiß von den Händen gewischt hatte, folgte Nick seinen Mannschaftskollegen zurück aufs Feld und stellte sich links vom Korb an der Linie auf.

Nur einen Augenblick später gesellte sich der Center-Spieler der ›Trojaner‹ zu ihm und baute sich hinter ihm auf, während eine der gegnerischen Spitzen sich vor ihn, zwischen ihn und Steward plazierte.

Nick wußte, daß der vordere Spieler sich auf ihn stürzen und versuchen würde, ihn in den Kreis zu stoßen, sobald Stewart den Ball hatte. Beide gegnerischen Spieler, ja, eigentlich ihre ganze Mannschaft, waren sehr kräftig und spielten entsprechend hart.

O nein! Wir haben vergessen, Ted zu sagen, daß er früh genug werfen soll, damit ich noch die Chance zum Rebound habe!

Nick wollte es Ted gerade sagen, da warf der Schiedsrichter Stewart den Ball schon zu und pfiff das Spiel wieder an. Von jetzt an hatte Stewart fünf Sekunden, um den Ball hineinzubekommen, und Ted würde das tun müssen, was die Cheerleader ihm geraten hatten, nämlich seinen Kopf benutzen!

Der Spieler vor Nick machte einen Satz zurück und drängte sich so dicht an ihn, daß er ihm jede Bewegungsfreiheit nahm, und der hintere legte ihm die Hand so auf die Schulter, daß er ihn im Notfall am T-Shirt festhalten konnte.

Nick wehrte sich nicht, sondern beschloß, erst einmal abzuwarten, was geschehen würde.

Unbehindert durch die ›Trojaner‹ hatte Stewart keine Mühe, den Ball Gordon zuzuspielen. Unglücklicherweise bewegte sich jedoch nur der eine der beiden gegnerischen Verteidiger, um ihm den Weg abzuschneiden, als dieser auf Nick zu dribbelte. Der andere blieb stehen, wo er war, ziemlich nahe bei Ted.

Die Uhr sprang von sieben auf fünf Sekunden um.

Nach einem angetäuschten Wurf, der wahrscheinlich niemanden in der ganzen Halle wirklich irregeführt hatte, spielte Gordon den Ball Ted zu. Und dieser tat etwas sehr Merkwürdiges:

Er blieb stehen und sah sich den Ball an, so als wolle er nachprüfen, ob es auch die Marke war, die er selbst für diesen riskanten Schuß ausgewählt hätte, der seinem Ansehen als Spieler großen Schaden zufügen konnte.

So verharrte er für ungefähr eine Sekunde – was gemessen an der verbleibenden Spielzeit reichlich lange war –, und Nick schoß durch den Kopf, daß der Ball nicht in die Hände eines Spielers gehörte, der Angst vor ihm hatte. Michael hat recht, dachte er, Coach Sellers sollte vielleicht lieber den Beruf wechseln!

Die Uhr sprang auf drei Sekunden, als Ted schließlich seine Untersuchung des Balles beendete und wieder ins Geschehen zurückfand – allerdings noch immer ohne eine klare Vorstellung davon, was er jetzt tun sollte, weiter dribbeln oder werfen. Er sah den gegnerischen Verteidiger auf sich zukommen und entschied sich schließlich dafür, die Hand mit dem Ball zu heben. Er warf ihn ungefähr mit derselben hilflosen Wucht in Richtung des Brettes, wie er einen Stein gegen einen angreifenden Dinosaurier geschleudert haben würde.

Nick wirbelte herum und stieß dabei mit dem Ellenbogen die Hand seines Bewachers weg. Er stürmte unter den Korb und brachte sich in eine aussichtsreiche Position für den Rebound.

Doch Teds Wurf traf nicht einmal die Umrandung und hatte so viel Schwung, daß der Ball vom Brett weit nach oben abprallte.

Nick mußte nicht nur so hoch springen, wie er noch nie gesprungen war, sondern er war auch noch gezwungen, sich weit zurückzulehnen, so daß er mit dem Rücken das Gesicht des gegnerischen Center-Spielers streifte.

Er hatte nicht das Gefühl, es laufe plötzlich alles wie in Zeitlupe ab, wie er es oft von anderen gehört hatte, die irgendwelche Krisen erlebt hatten. Statt dessen ging alles sehr schnell.

Er rollte sich sozusagen über die Nase des gegnerischen Center-Spielers ab, wobei der Ball auf seiner rechten Hand gefährlich wackelte. Der Hallenboden befand sich ungefähr fünf Fuß unterhalb seines Hinterkopfes und kam beängstigend schnell näher.

In diesem Moment sah Nick, wie die rote Zwei der

Zeituhr auf Eins umsprang, und er handelte rein instinktiv: Er holte aus und schlug den Ball in Richtung Korb, wobei er einen schmerzhaften Schlag im rechten Arm spürte. Doch dieser Schlag tat nicht halb so weh wie sein Steißbein, als er auf dem harten Hallenboden aufkam.

Los, geh schon rein!

Auf dem Rücken liegend sah Nick, wie der Ball langsam innen am Korbrand entlangrollte. Für einen Moment war es totenstill in der Halle, doch dann summte die Uhr, und der Ball rollte wieder aus dem Korb heraus.

Verloren!

Die Enttäuschung schmeckte bitter, und Nick hatte das Gefühl, als sei seine gesamte Energie mit einemmal verschwunden. Er hatte nicht einmal mehr Lust, aufzustehen. Doch da war Gordon, der seine kräftige Hand ausstreckte und darauf bestand, daß er es tat.

»Du kannst es schaffen, Kumpel!« sagte er, während er Nick am Handgelenk packte und ihn hochzog. »Zwei Freiwürfe, und wir haben das Ding in der Tasche!«

»Wovon sprichst du eigentlich? Wir haben verloren!«

»Du bist gefoult worden, Mann!«

Gordons Feststellung nahm die Tatsachen ein wenig vorweg, denn die Schiedsrichter und die beiden Trainer diskutierten noch am Spielfeldrand. Nick hatte Trainer Sellers noch nie so lebhaft gesehen, die Wangen vor Aufregung gerötet.

Während er zusammen mit seinen Mannschaftskameraden auf die Entscheidung des Schiedsrichters wartete, erspähte er auf der Tribüne jemanden, bei dessen Anblick er beinahe in Ohnmacht gefallen wäre: Sein Vater stand dort oben!

Einen Augenblick später schrie die Menge begeistert auf. Coach Sellers ging zurück zu seinem Platz, und in seinem Gesicht begann ein Muskel zu zucken.

Ted und Gordon, ›The Rock‹, klopften Nick auf die Schulter, und der Schiedsrichter reichte ihm den Ball. Nick starrte einen Augenblick darauf hinunter.

Es ist ein ›Spalding‹, Ted – eine gute Marke!

Er hatte Schwierigkeiten, die Freiwurflinie zu finden; es kam ihm vor, als habe sie jemand ein paar Meter weiter nach hinten verschoben. Vom Feld aus hatte er an diesem Abend ungefähr fünfundsechzig Prozent seiner Würfe verwandelt, aber nur zwei von seinen sechs Freiwürfen.

Als er jetzt allein an der Linie stand – die offizielle Spielzeit war bereits abgelaufen –, ließ er den Ball ein paarmal auf dem Boden auftippen und hörte, wie der eben noch ohrenbetäubende Lärm sich in Totenstille verwandelte.

Jetzt war es kein Druck mehr, den Nick auf sich lasten fühlte – jetzt war es ein tonnenschweres, erdrückendes Gewicht!

Er warf einen Blick hinauf zu seinem Vater. Dieser hatte sich bisher nur einmal dazu geäußert, daß Nick Basketball spielen wollte; er hatte seinem Sohn gesagt, er sei nur damit einverstanden, wenn das Training Nick nicht daran hindere, weiterhin jede Woche regelmäßig Geld nach Hause zu bringen.

Warum ist er hier?

Nick versuchte, sich auf den Ball zu konzentrieren, auf seine Position hinter der Linie und die Entfernung zum Korb. Er versuchte sich vorzustellen, wie der Ball durch die Luft fliegen und schließlich durch die Öffnung des Netzes gleiten würde. Dann ließ er den Ball noch zweimal auftippen, atmete tief ein und schloß kurz die Augen. Doch er fühlte, wie er zu schwanken begann, und öffnete sie rasch wieder. Trotzdem blieb eine leichte Benommenheit.

Ich treffe bestimmt nicht!

So, wie die Dinge lagen, würde er sich wahrscheinlich genauso blamieren wie Ted, und das Problem war: Er durfte sich während des Wurfs nicht bewegen und konnte sich auch nicht einfach in Luft auflösen. Bei Freiwürfen mußte man stillstehen und entweder treffen oder vergeben – und trotz seiner Entscheidung nach dem

Mittwochstraining konnte er nicht viel anderes tun. Er mußte sich den Regeln der Gewohnheit beugen!

Wieder blickte er zu seinem Vater hinüber, und trotz der Entfernung zwischen ihnen – Nick schätzte, daß es mindestens hundert Fuß waren – schien es ihm, als träfen sich ihre Blicke. Sein Vater deutete einen Sprung an, hob die Arme und nickte ihm zu.

Mach es auf deine Art, aber mach es!

Nick wandte sich um und machte aus dem Freiwurf einen Sprungwurf. Und er traf!

Die Zuschauer johlten.

Nick ließ einen zweiten Sprungwurf folgen. Der Ball sauste ins Netz, das Spiel war zu Ende.

Tabb hatte mit achtundfünfzig zu siebenundfünfzig Punkten gewonnen. Die Menge jubelte.

Wie eine Woge, die einen Damm brechen ließ, überfluteten die strahlenden Zuschauer das Spielfeld, und Nick spürte, wie auch in seinem Innern ein Damm brach, und er glitt in einen Zustand reiner, völlig ungetrübter Euphorie.

Innerhalb der folgenden Minuten wurde er öfter berührt als vorher in seinem ganzen Leben. Schüler und Schülerinnen schüttelten ihm die Hand, klopften ihm auf den Rücken und sagten ihm, wie phantastisch er gespielt hatte. Und Nick sog dieses Lob genauso gierig in sich auf, wie ein Verdurstender einen Mineraldrink getrunken hätte – den im übrigen Gordon Nick in seiner Begeisterung tatsächlich über den Kopf goß.

Dann war plötzlich sein Vater da und gratulierte ihm, und außerdem Mr. Gonzales. Nick machte die beiden miteinander bekannt, wobei er den Eindruck hatte, irgend etwas Unverständliches vor sich hin zu brabbeln. Doch offensichtlich war das, was er sagte, immerhin so verständlich, daß die beiden Männer sich die Hand schüttelten und anfingen, miteinander über Basketball zu fachsimpeln.

Und mitten in diesem Durcheinander tauchte plötzlich Maria auf. Sie stellte sich auf die Zehenspitzen und fragte, ob sie ihn draußen einen Moment allein sprechen könnte.

Er ließ sich von ihr hinaus in die Kälte führen, einen überdachten Gang entlang und bis hinter einen Baum. Dort machte sie ihm nicht etwa Komplimente über sein Spiel. – Sie war nie ein Mensch gewesen, der viele Worte machte.

»Es tut mir leid«, sagte sie. »Kannst du mir verzeihen?«

»Natürlich!« erwiderte Nick, und in diesem Augenblick hatte er erst richtig das Gefühl, daß alle Probleme hinter ihm lagen. Er beugte sich hinunter und küßte sie.

Jessica hatte genügend Bilder gemacht und war gerade dabei, ihre Kamera wieder in der Tasche zu verstauen, als sie sah, wie Michael durch eine Seitentür verschwand, weg von der jubelnden Menge. Sie hastete hinter ihm her, aber es befanden sich ein paar hundert Menschen zwischen ihnen, und deshalb holte sie ihn erst draußen in einem dunklen, überdachten Gang ein. Michael blieb nicht stehen, um zu sehen, wer ihm folgte, doch schließlich rief sie seinen Namen, und er drehte sich um.

»Hi, Jessie!« meinte er, sichtlich froh über ihren Anblick. »Ein tolles Spiel, nicht?«

»Es war phantastisch! Aber ich wünschte, du hättest mitspielen können!«

»Ich hab' im Moment auch so genug zu tun! Gehst du dich jetzt für den Ball umziehen?«

»Ja – ich habe mir ein langes gelbes Kleid gekauft.« Sie lachte ein wenig gezwungen. »Wahrscheinlich werde ich den ganzen Abend darüber stolpern!«

»Gelb steht dir sehr gut – du wirst bestimmt sehr schön aussehen!«

Jessica wünschte, sie hätte sein Gesicht besser erkennen und sehen können, ob er nur höflich sein wollte oder ob sie in seinen Augen wirklich schön war. Sie hatte eine kleine Ermutigung bitter nötig, und außerdem gab es eine Menge Dinge, die sie ihm gern gesagt hätte!

»Du kommst doch auch, oder?«

»Nein, ich glaube nicht. Ich bin kein so guter Tänzer, und außerdem muß ich noch arbeiten!«

Das bedeutete, daß er wahrscheinlich nicht in der Schule bleiben würde – aber er ging nicht in Richtung des Parkplatzes! Jessica hatte das Gefühl, als ob sie im nächsten Moment in Tränen ausbrechen müßte. Mehr als alles andere hatte sie sich gewünscht, heute Abend mit ihm zu tanzen.

»Aber du wirst doch nicht an einem solchen Abend arbeiten. So wichtig kann es doch nicht sein!«

»Doch, es ist für mich sehr wichtig.« Er schwieg einen Augenblick. »Hast du dich schon nach deinen Prüfungsergebnissen erkundigt?« fragte er dann.

»Nein, noch nicht«, log sie. Und da eine Unehrlichkeit immer eine andere nach sich zog, stellte Jessica plötzlich fest, daß sie nicht die Kraft hatte, zuzugeben, wie schwach und verletzt sie war und wieviel es ihr bedeutet hätte, wenn er mit ihr gekommen wäre.

»Hoffen wir das Beste!« meinte er.

»Ja ...«

Er berührte sie sanft am Arm. »Es ist kalt hier draußen. Vielleicht ist es besser, wenn du wieder hineingehst!« Er lächelte ihr zu. »Viel Spaß. Du mußt einfach für mich mitfeiern!«

Sie nickte traurig. »Gut, das werde ich tun!« Er ließ ihren Arm los, wandte sich um und ging davon.

»Michael?« rief sie hinter ihm her.

Er blieb stehen. »Ja?«

Ich würde dich gern lieben!

»Ach, nichts!« sagte sie, und während sie ihn weggehen sah, begriff sie, daß der Augenblick gekommen und wieder gegangen war. Und zwar für sehr lange Zeit!

20. KAPITEL

Die vier Mädchen – Maria, Jessica, Sara und Polly – trafen sich wie vereinbart im Raum HB, um sich für den Ball umzuziehen. Eine Reihe von Räumen stand an diesem Abend den Schülerinnen zum Umkleiden zur Verfügung.

Das Spiel war um acht Uhr zu Ende gewesen, und Sara hatte schon an diesem Morgen den Schülerrat darüber informiert, daß der Einlaß ins Zelt erst ab neun Uhr abends möglich sein würde. Außerdem hatte sie bekanntgegeben, daß die Eltern der Prinzessinnen gegen zweiundzwanzig Uhr dreißig zur Krönungszeremonie herzlich eingeladen seien.

Saras Mutter hatte auch zum Ball kommen wollen, aber Sara hatte es ihr verboten.

Sie kam mit ihren Eltern nicht mehr sehr gut aus, seit Russ bei ihr eingezogen war. Wahrscheinlich machten sie sich Sorgen darüber, daß er nachts mit ihrer Tochter schlafen könnte, aber bisher hatte sie dieses Vergnügen noch nicht gehabt.

»Wie sehe ich aus?« erkundigte sich Jessica, nachdem sie sich ein gelbes Band in die Haare geflochten hatte, das sehr gut zu ihrem gelben Kleid paßte.

»Wunderschön!« erwiderte Maria aufgeregt. Sie selbst trug ein relativ schlichtes weißes Kleid und hatte auch auf ein Band im Haar verzichtet.

»Großartig!« meinte Polly, die immer noch in den Sachen steckte, die sie zum Spiel angehabt hatte, und keinerlei Anstalten machte, sich umzuziehen.

»Du siehst aus wie Jessie, die sich chic gemacht hat!« erklärte Sara und dachte im stillen, daß dieser Abend Jessica gehörte – und daß niemand sich mit ihr messen konnte.

Sie blickte an ihrem eigenen orangefarbenen Kleid hinunter, das das Konto ihres Vaters um satte hundertsechzehn Dollar erleichtert hatte – zuzüglich Mehrwertsteuer. »Und ich?«

»Wirklich hübsch!« sagte Maria.

»Ungefähr so hübsch wie Orangenpudding, wenn er aus dem Topf kommt!« zog Jessica sie auf.

»Sei bloß still!« rief Sara erbost.

Sie legten letzte Hand an ihr Make-up, gaben es auf, Polly zu drängen, nach Hause zu fahren und sich etwas Vernünftiges anzuziehen, und stolperten dann aus dem Raum, um zum Zelt hinüberzugehen.

»Maria und Jessie«, bat Sara, als sie den Außenflur hinunterliefen und sich in ihren dünnen Kleidern fast zu Tode froren, während Polly sich bemühte, trotz ihres verstauchten Fußes mit ihnen Schritt zu halten, »bitte seht mal nach der Band und den Kellnern. Ich schaue mir inzwischen mit Polly zusammen die Plattform an!«

»Müssen wir auf irgend etwas Besonderes achten?« erkundigte sich Jessica.

»Nein, seht einfach nur nach, ob sie soweit sind, und redet einen Augenblick mit ihnen, Jessie!«

Sie trennten sich vor dem Zelt, und Maria und Jessica gingen hinein. Inzwischen schleppte sich Polly nur noch mit Mühe weiter. Saras schlechtes Gewissen meldete sich, weil sie Russ heimlich in der Nähe von Pollys Haus abgefangen und mitgenommen hatte – aber Polly schien sich wenig Gedanken um seinen Aufenthaltsort zu machen und wirkte trotz allem entschlossen, den Abend zu genießen.

Eine Gruppe von Schülern wartete schon vor dem Zelt.

Sie beklagten sich bei Sara über die Kälte und darüber, daß sie sie nicht endlich hineinließ.

»Wartet doch einfach in der Turnhalle!« sagte sie. »Und hört auf, meine Nerven zu strapazieren!«

Die Plattform mit dem Schloß darauf überstieg Saras kühnste Erwartungen. Dieser Tony Foulton besaß wirklich Phantasie! Sie hatte ihm zwar ungefähr gesagt, was sie sich vorstelle – ›etwas Schloßartiges, das unsere Königin und ihren Hofstaat gut in Szene setzt‹ –, aber das Ganze trug doch sehr deutlich seine Handschrift!

Die Nachbildung eines Burggrabens, dekoriert mit blauen Gartennelken, umgab die gesamte Plattform, und darüber spannte sich an der Vorderseite eine künstliche Zugbrücke aus Pappmaché, die so geschickt mit grauen und schwarzen Streifen bemalt war, daß es täuschend echt wirkte. In der Mitte dieser Zugbrücke stand das Mikrophon.

Es war geplant, daß Sara von dort aus den Namen der neuen Königin bekanntgeben sollte, nachdem sie von Mr. Bark – der aus dem Innern des Schlosses kommen würde – den versiegelten Umschlag entgegengenommen hatte.

Sara betete, daß er ihr wirklich nur den Umschlag überreichen und sich nicht bemüßigt fühlen würde, eine Rede zu halten.

Eigens für die Zeremonie war die Homecoming-Queen des Vorjahres von einem College im Osten eingeflogen worden. Doch das letzte, was Sara über sie gehört hatte, war, daß sie nach einer Gewaltkur, die sie unternommen hatte, um zwanzig Pfund abzunehmen, krank zu Hause lag. Diese zwanzig Pfund waren ihr bei dem Versuch im Weg gewesen, das Kleid zu tragen, in dem sie im letzten Jahr zur Königin gekrönt worden war.

So mußte Sara jetzt zu allem Überfluß auch noch die Krönung der neuen Königin eigenhändig übernehmen.

Das Schloß hatte vier Wehrtürme, die durch ein für das Publikum unsichtbares Brett verbunden waren. Sie waren ungefähr einen Meter achtzig höher als der Burggraben und alle mit Chrysanthemen in verschiedenen Farben geschmückt: golden, rot, grün und gelb. Die vier Türme waren für die vier Prinzessinnen gedacht.

Etwas zurückgesetzt stand innerhalb der Wände des Schlosses der Thron, der die Türme noch einmal um einen Meter achtzig überragte. Die Prinzessin, deren Name auf dem Zettel in dem Umschlag stand, würde nach dessen Verlesung eine hinter dem Schloß verborgene Leiter hinaufsteigen und den ihr gebührenden Platz einnehmen. (Es war ein Stuhl aus dem Wohnzimmer von Saras Eltern!) Mit den Scheinwerfern und der Livemusik, so hoffte Sara, würde das Ganze noch viel stimmungsvoller sein als in dem Video, aus dem sie die Idee gestohlen hatte!

»Das Ding hier wird doch hoffentlich nicht umkippen, oder?« fragte sie Polly.

»Doch, das kann schon sein«, erwiderte die Freundin. »Möglich ist alles!«

»Super!« meinte Sara trocken. Doch sie vertraute auf Tonys Können.

Von irgendwo unterhalb der Plattform tauchte plötzlich Kats auf. Bubba hatte Sara erklärt, daß Kats einen tiefen Groll gegen die Tabb High hegte, weil ihn während seiner Zeit dort alle so schlecht behandelt hatten. Wenn er nun während des Balls eine wichtige Rolle spielen durfte, hatte Bubba gemeint, dann würde das sicher dazu beitragen, seinen Ärger zu verringern.

Sara hätte zwar einen Fahrer vorgezogen, der etwas gepflegter aussah, hatte aber dann in der Hoffnung zugestimmt, daß Bubba dafür seine Forderung zurücknehmen würde, als Gegenleistung für seine Hilfe mit ihr zu schlafen. Sie wußte noch immer nichts über den Verbleib des Geldes, das sie ihm gegeben hatte.

»Es ist ziemlich dunkel hier«, sagte Kats.

»Wirst du denn sehen können, wohin du fahren mußt?« erkundigte sich Sara.

Statt einer Antwort zeigte Kats auf Polly.

»Hey, Alice war doch deine Schwester, oder?«

Polly senkte den Kopf. »Ja.«

»Ich hab' dich was gefragt!« fuhr Sara ihn an, wütend über seine Taktlosigkeit.

Kats grinste breit. »Keine Angst, ich werde euch Ladys schon vorsichtig schaukeln!«

Sie ließen ihn stehen und schlüpften ins Zelt. Die Band war schon auf der Bühne, bereit, jederzeit anzufangen. Um den gesamten Tanzboden herum liefen vier Dutzend elektrische Heizöfen, die angenehme Wärme und warmes Licht verbreiteten. Die Temperatur im Zelt schwankte noch sehr, es zog an einigen Stellen, an anderen war es noch recht kühl, aber Sara hoffte, das würde sich ausgleichen, wenn erst einmal alle Gäste versammelt waren.

Polly ließ sich auf einen Stuhl in der Nähe der Getränkebar fallen. Jessica kam auf Sara zu.

»Draußen wird es jetzt immer voller«, sagte sie.

Sara warf einen Blick auf ihre Uhr. »Eigentlich ist es noch eine Viertelstunde zu früh – aber egal, sag der Band, sie sollen anfangen zu spielen, und laß die Leute rein!«

»Aber du hast noch niemanden aufgestellt, der die Tickets kontrolliert«, wandte Jessica ein.

Sara stellte fest, daß die Freundin Recht hatte. Sie hatte es tatsächlich völlig vergessen.

»Ach, laß sie doch alle rein!« Sie lachte. »Wen interessiert das schon? Laßt uns einfach feiern!«

Michael hatte neunzehn Dateien durchgesehen und war gerade im Begriff, mit der zwanzigsten zu beginnen, als er das Gefühl hatte, seine Zeit zu verschwenden. Bisher war der Name McCoy in keiner der Akten der Ärztegemeinschaft aufgetaucht.

Vom Zelt herüber klang Musik, und er hörte das Lachen der anderen, die sich gut zu amüsieren schienen.

Er versuchte sich zu erinnern, wann er zum letzten Mal einen ganzen Abend über Spaß gehabt hatte, aber es gelang ihm nicht. Gern hätte er Jessica in ihrem gelben Kleid gesehen!

Er gab die notwendigen Daten für die Suche ein, dann stand er auf, lief ein bißchen im Raum auf und ab und streckte sich. Die Hälfte der Deckenlampen war direkt nach dem Ende des Spiels gelöscht worden, gerade in dem Moment, als er in den Computerraum zurückgekehrt war. Jetzt brannten seine Augen vom Starren auf die hellgrünen Buchstaben und Ziffern auf dem Bildschirm. Früher an diesem Tag mußte jemand im Biologieraum nebenan irgend etwas verschüttet haben, jedenfalls hing ein fauliger Geruch in der Luft, und Michael fühlte sich irgendwie eingesperrt, fast, als arbeite er in einem Leichenschauhaus!

Jetzt, wo er fast am Ziel war, hoffte er beinahe, er würde den Autopsiebericht nicht finden – denn er kam sich vor, als versuche er, Alices Leiche wieder auszugraben!

Sind das die Tage, von denen jeder sagt, sie seien die glücklichsten im Leben? fragte sich Jessica. Himmel, warum nur?

Bill hatte ihr gerade etwas zu trinken geholt, und Jessica wünschte, er hätte ihr etwas Alkoholisches gebracht, irgend etwas, um den Schmerz in ihrem Innern zu betäuben! Eigentlich hätte sie besser überhaupt nichts getrunken, denn so rannte sie alle zwanzig Minuten hinüber in die Turnhalle auf die Toilette, weil ihre Nerven wegen der bevorstehenden Wahl vollkommen am Boden waren. Außerdem war auch ihr Magen in Mitleidenschaft gezogen, und als sie versucht hatte, etwas zu essen, weil sie dachte, davon würde es besser, hatte sie sich auch noch aus Versehen auf die Zunge gebissen! Danach hatte ihr Huhnsandwich einen blutigen Beigeschmack gehabt, und ihr Magen hatte eher noch mehr rebelliert.

Bisher hatte Bill noch keinen Versuch unternommen, sie zu küssen, glücklicherweise, wie sie fand – denn wahrscheinlich würde sie im Moment nicht allzugut schmecken!

»Wie ist dein Drink?« erkundigte er sich jetzt.

Jessica nahm einen Schluck, jedoch ohne große Begeisterung. »Super!«

Sie standen zusammen mit einer Gruppe von Football-Spielern und deren Freundinnen am Rande der Tanzfläche, nicht weit von der Band entfernt. Die Musik war ausgezeichnet – aktuelle Pophits gemischt mit Rockklassikern aus den Sechzigern. Aber sie war viel zu laut, und Jessica hatte schon Kopfschmerzen davon.

Bill und sie hatten bisher einmal miteinander getanzt, zu dem Song ›Surfer Girl‹, langsam und sehr eng. In seinem dunkelblauen Anzug und mit seinen kurzen blonden Haaren war er sicher der attraktivste Junge im Zelt. Er hatte seine Arme um sie gelegt und sie an sich gezogen, und in diesem Moment, eng an seinen durchtrainierten Körper geschmiegt, hatte sie festgestellt, daß sie sich genau das in ihren Träumen zu Anfang des Schuljahres ausgemalt hatte – nur machte es ihr jetzt keine Freude mehr.

»Und – wie gefällt dir der Abend?« fragte Bill jetzt.

Jessica lächelte gezwungen. »Großartig!«

Dieser Abend brachte für Nick viele neue Erfahrungen: Er war vorher noch nie als Held gefeiert worden, hatte noch nie eine Freundin gehabt. Wenn er gefragt worden wäre, er hätte nicht sagen können, was ihm besser gefiel – er wußte nur, daß beides ruhig noch lange so bleiben konnte!

Die Musik war leise und sanft und ebenso weich, wie sich Maria in seinen Armen anfühlte, während sie langsam über die nur schwach erleuchtete Tanzfläche glitten. Er hatte auch vorher noch niemals getanzt, aber erfreut festgestellt, daß es ihm bedeutend leichter fiel, als einen Ball an zwei Verteidigern vorbei in den Korb zu werfen.

Die Wärme, die von Marias Körper ausging, schien von der Stelle aus, wo ihr Körper seinen berührte, direkt zu seinem Gehirn zu fließen, und setzte seine Gedanken in Flammen. Seine einzige Sorge war, daß sie sich den Hals verrenken könnte, wenn sie versuchte, zu ihm aufzublicken!

»Ich kann einfach nicht glauben, daß mein Vater wirklich mit deinen Eltern weggegangen ist«, sagte er und ließ seine Hände auf ihren schwarzen Haaren ruhen.

»Ist er normalerweise nicht sehr gesellig?«

»Das kann man wohl sagen! Er haßt fast alle und jeden.«

Maria lachte leise. »Spricht er gut Spanisch?«

»Ein bißchen. Sprechen deine Eltern gut Englisch?«

»Ein bißchen.« Maria blickte lächelnd zu ihm auf. »Keine Angst, sie kommen schon miteinander klar. Schließlich haben sie was gemeinsam!«

»Basketball?« fragte Nick.

»Uns!« erwiderte Maria.

»Oh!« Ihre Antwort gefiel ihm, sie stärkte sein Selbstvertrauen. Dennoch zögerte er einen Moment, bevor er fragte: »Hast du denn jetzt keine Angst mehr, mit mir gesehen zu werden?«

Maria lachte wieder. »Na ja, zumindest trage ich keine Tüte über dem Kopf, oder?« Dann jedoch wurde sie unvermittelt ernst. »Ich habe diesen Abend Jessica zu verdanken. Sie hat mich überredet, meine Eltern zum Spiel einzuladen, und sie war es auch, die meinen Namen auf die Kandidatenliste für die Homecoming-Wahl gesetzt hat!«

»Und mir geht es mit Mike genauso: Er hat mich gedrängt, ins Basketballteam einzutreten.« Nick lachte. »Er hat mich sogar dazu gebracht, dich zu fragen, ob du mit mir ausgehen wolltest!«

Maria trat einen Schritt zurück und versetzte ihm einen leichten Klaps, aber er griff nach ihrer Hand und zog sie wieder an sich, und sie tanzten weiter. Er ließ sein Kinn auf ihren Kopf sinken.

»Denkst du daran, daß du vielleicht heute Abend gewinnst?« fragte er eine ganze Weile später.

Maria lehnte ihren Kopf an seine Brust. »Ich habe schon gewonnen!« sagte sie leise.

Nicht lange, nachdem Maria Nick den Klaps versetzt hatte, versuchte Russ, Sara mitten auf der Tanzfläche zu küssen.

Doch sie wich ihm aus.

»Was ist los?« fragte er. »Du hast mich doch neulich abends auch geküßt!«

»Wir sind nicht allein«, gab sie zurück und blickte zu dem Stuhl auf der anderen Seite der Tanzfläche hinüber, auf dem Polly den ganzen Abend über gesessen und gezeichnet hatte, Alices Skizzenblock auf den Knien.

Sara hatte ihr vor einer halben Stunde ein Glas Punsch gebracht und sich ihr Werk angesehen: ein nicht eben beeindruckendes, wenn auch sehr sorgfältig gemaltes Bild von der Plattform mit dem Schloß und den vier Prinzessinnen. Sara hatte nicht recht verstanden, was Polly mit der Uhr ausdrücken wollte, die auf kurz vor Zwölf stand und die sie mitten auf den Turm mit dem Thron der Königin gezeichnet hatte.

Ob sie glaubt, daß alle Prinzessinnen sich um Mitternacht in Kürbisse verwandeln?

»Na und?« fragte Russ ärgerlich.

»Ich bin Schülersprecherin – ich kann nicht einfach vor allen Leuten einen Jungen küssen wie irgendeine Schülerin!«

»Wenn du mich nicht jetzt sofort küßt, werde ich vor allen Leuten an deinen Busen fassen!«

Warum fällt ihm so was eigentlich nicht ein, wenn wir allein sind?

»Das würdest du nicht wagen!«

»Nein?« Russ machte Anstalten, mit beiden Händen nach ihrem Busen zu greifen. Sie sprang einen Schritt zurück und eilte an ihm vorbei.

»Entschuldige, Russ, aber ich muß dich mal eben allein lassen.« Sara hatte Bubba erspäht, und zwar allein. Er schien gerade eine kleine Pause einzulegen, erschöpft von seinen unermüdlichen Runden mit Clair über das Parkett. Eins mußte man Clair ja lassen: Im Gegensatz zu Jessica schien ihr bei der Auswahl ihrer Begleiter deren Aussehen völlig egal zu sein. Sara fand, daß Jessica lieber Michael Olson Bill Skater hätte vorziehen sollen – denn mit Michael konnte man reden. In ihrem Politikkurs hatte Sara den Eindruck gewonnen, daß Bill nicht gerade der Aufgeweckteste war.

»Wo ist das Geld?« fragte sie und klopfte Bubba auf die Schulter.

Er wandte sich um und lächelte feierlich. Sara stellte fest, daß sein Atem nach Alkohol roch: Er hatte offensichtlich seinen ganz privaten Punschvorrat mitgebracht.

»Wo ist dein Körper?« fragte er zurück.

»Wie kommt es bloß, daß plötzlich alle Welt meinen Körper will?«

»Hast du ihn etwa noch an jemand anderen verkauft?«

Sara wurde wütend.

»Das ist überhaupt nicht komisch! Hast du nun das Geld, um das alles hier zu bezahlen, oder nicht? Und untersteh dich, mir mit dummen Ausreden zu kommen!«

»Warum gleich so unfreundlich?« Bubba machte eine weit ausholende Geste. »Ohne meine Hilfe wäre nichts von alledem möglich gewesen. Sieh dich um und sei dankbar!«

Sara mußte zugeben, daß er in gewissem Sinn Recht hatte: Der Ball war ein großer Erfolg. Drei Viertel der Schülerschaft war erschienen, im Gegensatz zum vergangenen Jahr, wo weniger als dreihundert Karten verkauft worden waren. Die Musik, das Essen, die Dekoration aus bunten Bändern, alles war einfach perfekt. Alle schienen sich bestens zu amüsieren, und sie war an diesem Abend schon mindestens ein dutzendmal angesprochen und zu ihrer ›phantastischen‹ Organisation beglückwünscht worden.

Aber er versucht immer noch, mich unter Druck zu setzen!

»Eigentlich habe ich viel mehr Grund, von dir enttäuscht zu sein!« fuhr Bubba fort und beugte sich ein Stück zu ihr hinüber. »Ich habe all dies möglich gemacht und nichts dafür bekommen. Aber ich muß sagen, Sara, du scheinst heute abend ja wirklich bester Laune zu sein! Warum fahren wir nicht nachher zu mir, wenn ich . . .«

»Hör bloß auf damit! Du hast absolut nichts für mich

getan. Ich habe mit dem Wirt und den Leuten von der Band gesprochen, und sie sagen, daß wir ihnen immer noch die Hälfte des Geldes schulden!«

»Dann erstatte mir doch wenigstens die Hälfte, die schon bezahlt ist! Weißt du, was mich wirklich anmacht und nicht lange dauert? Wenn du dich später bei mir ausziehst ...«

»Halt sofort den Mund! Wo ist das Geld?«

Bubba rülpste. »Ich hab' es verloren!«

»Du hast es verloren?« schrie Sara so laut, daß die Leute sich nach ihnen umsahen – und zwar wahrscheinlich weit mehr Leute, als hingeschaut hätten, wenn Russ ihr wirklich an den Busen gegriffen hätte! »Wie konntest du!«

Er zuckte ungerührt mit den Schultern. »Geld kommt und geht, genau wie Mädchen und schlechtes Wetter. So ist es eben im Leben!«

Sara stellte erschrocken fest, daß sie kurz davor stand, ihn kaltblütig zu ermorden.

»Wenn du das ganze Geld verloren hast, wie hast du dann das alles hier bezahlt?« fragte sie.

»Oh, ich mußte eben noch ein bißchen mehr leihen.«

»Von wem?«

»Von Freunden der Familie!«

Sara hatte über seine Familie schon haufenweise Gerüchte gehört.

»Redest du etwa von diesen Geldhaien?« fragte sie ahnungsvoll.

»Leise! Sie mögen dieses Wort leider gar nicht! Benutz es bloß nie in ihrer Gegenwart, sonst könnten sie ärgerlich werden!«

Sara packte ihn an seiner hellgrünen Krawatte. »Ich glaube, du kennst die Bedeutung des Wortes ›ärgerlich‹ noch gar nicht! Ich werde ganz bestimmt keine Zinsen für Schulden zahlen, die du erst gar nicht hättest machen dürfen!«

Bubba lachte unbeeindruckt. »Du bist wirklich ein mutiges kleines Mädchen!«

Sara zog an der Krawatte und schnürte ihm die Luft ab. »Ich meine es ernst!«

Er nahm ganz ruhig ihre Hand und löste ihren Griff, dann zog er seine Krawatte zurecht.

»Ich fürchte, du hast keine Wahl, Sara! Ich habe dir am Anfang gesagt, daß ich mein eigenes Geld nicht für diese Geschichte zur Verfügung stelle. Aber keine Angst: Ich habe genug Geld geliehen, um die ersten paar Rechnungen zu bezahlen. Und bis zum nächsten großen Ereignis im Juni sind es noch sechs Monate. Bis dahin werde ich mir schon was einfallen lassen!« Mit breitem Grinsen fügte er hinzu: »Das heißt, natürlich nur, wenn du nett zu mir bist!«

Bubba strahlte sie an. »Aber bestimmt nicht so sehr, wie ich dich liebe, Schätzchen!«

Auf dem Rückweg zu Russ wurde Sara von Mr. Bark abgefangen. Er wollte, daß sie die Prinzessinnen nach draußen hinter das Schloß brachte. Es war Zeit, die Königin zu krönen ...

Wenn es vorher kalt gewesen war, so war es jetzt eisig. Jessica wußte nicht, ob sie es noch viel länger aushalten würde, zusammen mit den anderen Prinzessinnen in ihrem kurzärmeligen Kleid auf dem Basketballfeld zu stehen.

Inzwischen war auch noch Wind aufgekommen, der am Saum ihres Kleides spielte und eine Gänsehaut an ihrem Bein hinaufschickte. Maria war als einzige von ihnen klug gewesen: Sie trug Nicks Jacke, die an ihr wie ein langer Mantel wirkte.

»Ob er Schwierigkeiten hat, den Wagen anzulassen?« fragte Maria.

Sara hatte vor Jessica damit angegeben, wie schön die Plattform geworden war, aber als sie jetzt ungefähr fünfzig Meter vom Zelt entfernt im Dunkeln dahinter stand, wirkte sie mit all den Türmen auf Jessica eher wie ein Hindernisparcours denn wie ein Schloß.

Jessica wünschte, die Zeremonie würde auf der Bühne vor der Band stattfinden. Es war schon komisch: Sonst war es immer Sara, die sie einen Snob nannte, aber diese Konstruktion hatte Sara ganz ohne Zweifel nur zu dem Zweck bauen lassen, um als größte Schülersprecherin aller Zeiten in die Annalen der Tabb High einzugehen.

»Anspringen tut er gut«, erklärte Jessica. »Aber dann geht er immer wieder aus.«

Sie hörte, wie Sara und Kats sich im Wagen stritten. Wie es schien, hatte Sara einen Schlauch am Auspuff angebracht, der die Gase von der Plattform weg leiten sollte. Kats jedoch bestand darauf, daß sie ihn wieder entfernte, weil sich, wie er sagte, der Qualm im Auspuffrohr staute und den Motor ausgehen ließ.

»Tu um Himmels willen, was er sagt, und laß uns das Ganze hinter uns bringen«, rief Clair, die mit Cindy Fosmeyer neben dem vorderen Teil der Plattform stand. Clair hatte für diesen Abend ein blaues Kleid gewählt, aber sie wäre auch in bunten Streifen und Pünktchen eine Schönheit gewesen.

Dagegen fand Jessica es schwierig zu begreifen, warum um alles in der Welt Cindy Fosmeyer in den Hofstaat gewählt worden war. Sie hatte in der vergangenen Woche einige Pfunde verloren, und davon mindestens ein halbes im Bereich ihres mächtigen Busens. Aber ihre riesige Nase war leider nicht kleiner geworden, und auch das Kilo Make-up, mit dem sie ihr Gesicht zugekleistert hatte, änderte nichts an dieser Tatsache.

Es schien traurig, aber wahr: Cindy Fosmeyer gehörte zu der Sorte Menschen, die große Ähnlichkeit mit gewissen Hunderassen hatte.

Nach einigen weiteren ›aufmunternden‹ Bemerkungen von Clair, die immer mehr Schimpfwörter enthielten, lenkte Sara schließlich ein und tat, was Kats wollte: Sie montierte den Schlauch ab, murmelte aber dabei, daß sie alle während der Fahrt ins Zelt lieber den Atem anhalten sollten.

Mr. Bark erschien und hockte sich neben den Turm für

die Königin, während Sara sich vorn in den Burggraben stellte. Clair und Cindy kletterten in die Wehrtürme auf der linken Seite.

Jessica stieg als letzte auf den Turm ganz rechts, neben Maria. Unter ihnen ließ Kats den Dieselmotor an.

»Fahr langsam!« rief Sara ihm zu. Sehen konnten sie ihn dort unten nicht.

Dann hob Sara ein kleines Handfunkgerät nah an ihren Mund.

»Wir kommen!« sagte sie und befahl demjenigen am anderen Ende, wer immer es sein mochte, für Musik zu sorgen und die Vorhänge hochzuziehen.

Was nun folgte, war ein großes Spektakel, das Jessicas sensible Seele eher verstörte, sie aber andererseits völlig überwältigte. Denn im Grunde war sie durch Pomp und Glitter genauso leicht zu beeindrucken wie jedes andere Mädchen in ihrem Alter auch.

Das seltsame Gefährt bewegte sich ruckweise vorwärts. Vor ihnen begannen sich die Zeltbahnen zu teilen und gaben ganz allmählich den Blick auf Reihen von Paaren frei, die wartend wie unter einer verzauberten Kuppel aus pulsierenden synthetischen Rhythmen und wirbelnden Lichtblitzen saßen und aussahen wie eine futuristische Partygesellschaft an Bord eines riesigen Raumschiffes.

Sie durchfuhren den Eingang des Zeltes, und im selben Moment erfaßte der Strahl eines Scheinwerfers die Konstruktion. Erst jetzt sah Jessica die ganze Farbenpracht des Schlosses und war davon wie benommen. Dann geriet ihr Gesicht in den Lichtkegel des Scheinwerfers, und sie war für Sekunden so gut wie blind. Sie konnte den Qualm riechen, von dem Sara gesprochen hatte, und hörte die laute Musik aus dem Synthesizer.

Das nächste, was sie wieder klar sehen konnte, war das Nachschwingen der Plattform, als Kats den Wagen anhielt, und Saras Erscheinen vor dem Mikrophon.

Himmel, war das aufregend!

Kats stellte den Motor ab. Hinter ihnen schlossen sich

die Zeltwände wieder, und die Temperatur stieg sofort angenehm an.

»Amüsiert ihr euch gut?« fragte Sara in die Menge und erntete ein ohrenbetäubendes »Jaaaa!«.

»Das ist gut, einfach großartig!« fuhr sie fort. »Ich weiß, es ist schon eine Weile her, daß ich das letzte Mal vor euch allen gestanden habe. Ich möchte heute gern etwas zurücknehmen, das ich damals gesagt habe: Während ich mit dem gesamten Schülerrat diesen Ball vorbereitet habe, ist mir klar geworden, daß eine Schule Klassensprecher und Schülersprecher tatsächlich braucht! Außerdem habe ich gemerkt, daß man ziemlich verrückt sein muß, um sich in so ein Amt wählen zu lassen!«

Das Publikum lachte, und Sara fuhr fort: »Aber jetzt laßt uns zur Sache kommen, und zwar zur Krönung unserer neuen Homecoming-Queen! Ich habe mir gedacht, daß ich einfach mit der Vorstellung der Prinzessinnen anfange!« Sara deutete auf den Turm zu ihrer Rechten. »Hier neben mir haben wir – fünfundfünfzig Kilo schwer und unbeschadet aus allen ihren Kämpfen hervorgegangen – die blonde und blauäugige ... Clair Hilrey!«

Sehr zu Jessicas Mißvergnügen hob Clair wie ein Preisboxer beide Arme und zeigte so allen, daß sie nicht nur einen Spaß vertragen konnte, sondern auch von ihnen allen die schönste Figur besaß. Das Publikum war begeistert.

Sie ist so beliebt wie nie!

»Hey, Baby!« rief Bubba irgendwo aus den hinteren Reihen.

»Als nächste«, rief Sara, »wegen ihrer hervorragenden Gesichtsmitte und ihren ebensolchen Hügeln der Weiblichkeit beliebt beim gesamten männlichen Teil der Schülerschaft: Cindy Fosmeyer!«

Ich glaube einfach nicht, daß sie das wirklich gesagt hat!

Cindy schien sich an Saras ›Komplimenten‹ nicht im geringsten zu stören, vermutlich, weil sie sie nicht verstanden hatte. Während sie höflich applaudierte, überlegte Jessica mit Schrecken, was Sara wohl über sie sagen würde! Aber das interessierte sie im Moment nicht halb so sehr wie die Frage, welcher Name wohl auf dem Zettel in dem Umschlag stand, den Mr. Bark in der Hand hielt.

Sara deutete nach links. »Und jetzt kommen wir zum kleinsten Mädchen in der Gruppe. Ein zierlicher Körper mit einer großen Seele: Maria Gonzales!«

Der Applaus für Maria war herzlich, aber es fehlte ein wenig die Begeisterung, die bei den ersten beiden Mädchen zu spüren gewesen war. Kein Wunder, denn Marias Name war außer einem kleinen Kreis von Freunden niemandem in der ganzen Schule ein Begriff, und ihre Wahl in den Hofstaat war deshalb noch erstaunlicher als die von Cindy Fosmeyer.

Der Applaus verebbte. Sara lächelte, und zwar ein wenig boshaft, wie es Jessica schien. Sie senkte den Kopf und begann, unruhig zu werden. Im selben Augenblick spürte sie, wie ihr trotz ihres dick aufgetragenen Deodorants der Schweiß ausbrach. Sara würde gut daran tun, nicht zu vergessen, daß sie Freundinnen waren!

O Gott!

»Wie die meisten von euch sicher wissen«, begann Sara, »sind unsere letzte Prinzessin und ich seit vielen Jahren miteinander befreundet. Jetzt fragt sich sicher manch eine oder einer von euch: Wie können wir sicher sein, daß die gute alte Sara nicht einfach den Namen ihrer besten Freundin vorliest, egal, was auf dem Zettel steht?« Sara hielt einen Moment inne, dann fügte sie lachend hinzu: »Nun, wir werden es gleich sehen!« Sie deutete nach links. »Wünscht Jessica Hart viel Glück, Leute!«

Jessicas Herz klopfte so schnell, daß sie fürchtete, es werde zerspringen.

Sie hatte das Gefühl, als sei ihr Applaus der lauteste gewesen.

Es ist mein Name – es muß mein Name sein!

»Den Umschlag, bitte!« Sara wandte sich um und begrüßte Mr. Bark, der jetzt hinter dem Thron der Königin hervorkam.

Die Zuschauer wurden ganz still.

Jessica hob den Kopf. Sie sah, wie Sara den Umschlag von Mr. Bark entgegennahm – eigentlich war es mehr ein ›Entreißen‹ – und sich sofort daran machte, ihn zu öffnen.

»Vielleicht darf ich vor der Krönung noch ein paar Worte sagen ...« begann Mr. Bark.

»Verdammt!« murmelte Sara, aber zum Glück so leise, daß es im Publikum niemand zu hören schien, und versuchte, den Zettel aus dem Umschlag herauszuziehen, während sie gleichzeitig um ihren Platz hinter dem Mikrophon kämpfte.

Mr. Bark warf ihr einen unsicheren Blick zu, doch dann fuhr er fort: »Ich bin sehr froh darüber, daß so viele von euch heute abend hier sind!« Bei diesen Worten streckte er einen Arm aus, der direkt vor Saras Gesicht landete. »Der Homecoming-Ball ist ein wichtiges Ereignis, und zwar nicht nur in gesellschaftlicher Hinsicht, sondern auch als Gelegenheit, uns Gedanken über unser aller Heimstatt zu machen, die Welt, in der wir leben. Sie ist ebenso schön wie gefährdet – jeden Moment kann auf jeder Seite des Ozeans durch einen Knopfdruck eine Katastrophe ...«

»Wie viele in diesem Saal sind gegen atomare Aufrüstung?« fiel ihm Sara plötzlich ins Wort und hob die Hand mit dem offenen Umschlag. Alle Anwesenden johlten mit erhobenen Fäusten.

»Das war sehr überzeugend!« rief Sara. »Wir legen die Unterschriftenlisten am Eingang aus, und niemand wird heute abend dieses Zelt verlassen, ohne sich einzutragen! Einen großen Applaus für Mr. Bark, bitte! Vielen Dank!«

Alles klatschte. Mr. Bark warf Sara einen finsteren Blick zu, und sie antwortete ihm mit einem Lächeln. Schließlich sah er wohl ein, daß es besser war, die Rede zu beenden, denn Sara hatte ihm praktisch seinen

Applaus schon gestohlen. Langsam kletterte er von der Plattform hinunter.

Wieder wurde es ganz still, nur noch viel schneller als beim erstenmal, und jetzt hörte man wirklich absolut keinen Laut mehr.

Sara stand allein hinter dem Mikrophon, ihr Kleid leuchtete im Licht des Scheinwerfers buchstäblich auf. Sie riß den Umschlag zu Ende auf und zog den Zettel heraus.

Jessica hatte – natürlich – ihre Brille nicht aufgesetzt und konnte deswegen Saras Gesicht nicht klar erkennen, aber die Freundin war nur ein paar Meter entfernt, und es schien Jessica, als sei sie beim Auseinanderfalten des kleinen Stückchens Papier kurz erstarrt – aber nur für einen kurzen Moment.

Jessica Hart! Los, Jessie – jetzt kommt dein Applaus!

Dann drehte sich Sara zu ihr um und suchte ihren Blick. Auf der anderen Seite beugte sich Clair gespannt vor. Die Zuschauer warteten, die Mädchen auf den Türmen warteten ... Alle außer Jessica. Denn als Sara sie angesehen hatte, hatte Saras Unterlippe ganz leicht gezittert. Jessica hatte es bemerkt und Bescheid gewußt – denn dieses Zittern war die einzige Regung, die Sara zeigte, wenn sie über irgend etwas tief enttäuscht war.

Ich kann es kaum glauben – ich habe verloren!

Jessica ließ ihren Kopf wieder sinken, so daß ihre Haare ihr über das Gesicht fielen. Sie sah nicht, wie Sara sich wieder dem Mikrophon zuwandte, aber sie hörte sie deutlich genug!

»Ladies and Gentlemen, feiern Sie mit mir die neue Homecoming-Queen ... Maria Gonzales!«

Alles weitere erlebte Jessica wie in Trance. Maria kam zu ihr und umarmte sie, und Jessica erwiderte die Umarmung. Sie küßte Maria auf die Wange, lachte und weinte mit ihr, sagte ihr, wie sie sich für sie freute. Aber sie weinte ein bißchen mehr, als nötig gewesen wäre!

Dann gratulierten die anderen Prinzessinnen Maria, und Sara setzte ihr die Krone auf und legte ihr die königliche Robe um die schmalen Schultern. Musik ertönte, Lichter flammten auf, und der Applaus wollte gar nicht wieder aufhören. Sara geleitete Maria zum hinteren Teil der Plattform.

Wenig später stieg diese die verborgene Leiter zum Thron hinauf und stand gleich darauf oben auf dem Turm, einen Strauß Rosen in den Armen. Plötzlich wirkte sie gar nicht mehr so klein, sondern groß und strahlend.

Hoffentlich fällt sie nicht herunter!

Der Gedanke blitzte ganz kurz in Jessicas Kopf auf und war wieder verschwunden, kaum daß sie sich seiner bewußt geworden war.

Maria winkte mit den Blumen, eingehüllt in die Ovationen der Menge.

Clair beugte sich ein Stück zu Jessica hinüber und flüsterte: »Wenigstens bist du nicht die Glückliche, Schätzchen!«

»Das kann ich nur zurückgeben!« erwiderte Jessica.

Michael hatte mittlerweile die Akte gefunden. Jetzt zeigte ihm der Computer Texte, bei denen es sich eindeutig um Dr. Kawatis Autopsieberichte handelte.

Alices Grabstein rückte näher – und Michael hatte das Gefühl, als würde er jetzt jede Sekunde eine Schaufel nehmen und zu graben beginnen! Er zitterte vor Aufregung – und auch aus Angst! Um Viertel nach eins blickte er auf seine Uhr: Alice war um kurz nach ein Uhr nachts gestorben ...

Michael stand wieder auf und lief im Raum auf und ab, wie er es an diesem Abend schon so oft getan hatte. Jetzt wurde er nicht mehr nur von leiser Platzangst gequält, sondern hatte das Gefühl, ersticken zu müssen. Seine Augen brannten, und er mochte gar nicht daran denken, wie er wohl aussah.

Daß er sich so schlecht fühlte, lag zum Teil einfach an seiner Müdigkeit – aber der Gestank, der vom Biologieraum herüberzog, hatte auch sein Teil dazu beigetragen, denn er hatte den ganzen Abend über seine Sinne beleidigt.

Was es war, hatte er inzwischen erraten: Formaldehyd. Aber er war nicht hinübergegangen, um es aufzuwischen. Aus irgendeinem Grund hatte er Angst, seinen Platz am Computer zu verlassen, vielleicht, weil er fürchtete, die Informationen auf der Diskette könnten sich plötzlich in Luft auflösen.

Er hatte schon seit einer Stunde nichts mehr aus der Richtung gehört, in der das Zelt stand – weder Musik noch Gelächter. Es wunderte ihn, daß Bubba nach dem Ball nicht kurz vorbeigeschaut hatte, um sich nach seinen Fortschritten bei der Suche zu erkundigen. Aber Michael konnte ihm deswegen nicht böse sein – wahrscheinlich hatte Clair ihn mit zu sich nach Hause genommen.

Michael hätte gern gewußt, wer die neue Königin war. Er hoffte, daß Jessica es geschafft hatte, obwohl er sich darüber klar war, daß sie dann noch unerreichbarer für ihn sein würde!

Er wollte sich gerade wieder vor dem Bildschirm niederlassen, als er irgendwo draußen ein ungewöhnliches Geräusch hörte. Er blieb mitten im Raum stehen und lauschte. Es klang, als klopfe jemand sehr laut an eine Tür, aber diese Möglichkeit schloß er sehr rasch aus. Wer immer es war, hätte schon mit einem Rammbock gegen die Tür schlagen müssen, um ein solches Geräusch zu produzieren. Die Tür – wenn es eine war – schien förmlich auseinanderzubrechen.

Michael wollte gerade nach der Türklinke greifen, als ein Piepsen ihn innehalten ließ. Als er sich umwandte, sah er, wie oben auf dem Bildschirm das Wort *gefunden* aufleuchtete. Er stürzte zu seinem Platz zurück und las:

Alice McCoy, vierzehn Jahre alt, Bericht: Dr. Gin Kawati.

Michael vergaß das seltsame Geräusch und begann zu lesen.

Der Ball war vorüber; das Aufräumen hatte begonnen. Jessica und Sara waren aus ihren Kleidern wieder in die Sachen geschlüpft, die sie zum Spiel angehabt hatten, und versuchten nun gemeinsam mit Maria, in ein paar Stunden alles wieder in den Urzustand zu versetzen, was wochenlange Vorbereitung erfordert hatte.

Aber das war ein hoffnungsloses Unterfangen. Wenn sie genausoviel Spaß gehabt hatten, wie Müll produziert worden war, dann würde Sara schon jetzt nicht mehr um ihren Platz als beste Schülersprecherin in der Geschichte der Tabb High bangen müssen.

Polly war auch eine Weile dageblieben und hatte versucht, sich nützlich zu machen, aber nachdem sie ihr eine Weile dabei zugesehen hatten, wie sie theatralisch herumhumpelte und Gläser und Teller balancierte, hatten Jessica und Sara sie nach Hause geschickt.

Und auch Maria war keine große Hilfe. Sie hatte ihr Ballkleid noch nicht ausgezogen und schwebte noch immer mit entrücktem Lächeln durch das leere Zelt, als lausche sie noch immer von ihrem Thron aus auf den rauschenden Beifall.

Na gut, ich bin neidisch – aber das heißt nicht, daß ich Maria von jetzt an hassen werde!

Jessica war es ein Rätsel, wie Maria hatte gewinnen können.

»Ich bin müde!« beklagte sie sich, während sie ein rotes Schmuckband in eine grüne Mülltüte stopfte und sich den Schweiß von der Stirn wischte.

»Du kannst mich aber jetzt nicht im Stich lassen!« meinte Sara, die über ihr auf einer Leiter stand. »Das Zelt muß bis morgen mittag so weit ausgeräumt sein, daß es abgebaut werden kann – sonst muß ich noch eine ganze Tagesmiete bezahlen!«

»Laß es sie doch einfach so abbauen, wie es ist!« sagte Jessica.

»Klar, und diesen Müllhaufen lassen wir einfach hier liegen, wo ihn jeder sehen kann!«

»Frag mich mal, ob mir das was ausmacht!« Jessica

warf den Müllsack auf den Boden. »Ich hab' genug für heute. Ich gehe jetzt zu meinem Schließfach, um meine Bücher zu holen, und ich komme nicht wieder!«

»Du bist mir vielleicht eine Freundin!« Doch dann verstummte Sara plötzlich und warf einen Blick auf die Berge von Müll, die noch überall herumlagen. »Na ja, vielleicht hast du ja wirklich recht – es ist einfach zuviel Arbeit! Geh ruhig nach Hause und ruh dich aus.« Dann senkte sie die Stimme und deutete zur anderen Seite des Zeltes hinüber, wo Maria den Blumenschmuck von den Tischen nahm und den Duft jeder Blume einsog, als sei sie das Geschenk eines Verehrers. »Aber frag doch bitte auf dem Weg nach draußen noch unseren kleinen weißen Schmetterling, ob er mir noch helfen kann, den Rest dieser Bänder abzureißen!«

»Mach' ich!«

Sara blickte sie einen Augenblick lang schweigend an. »Weißt du, Jessie«, meinte sie dann, »du hast heute Abend wahnsinnig hübsch ausgesehen. Eigentlich hättest du gewinnen müssen!«

Jessica lächelte gerührt. »Es stand wohl nicht in meinem Horoskop, nehme ich an!«

Maria umarmte Jessica, als diese ihr sagte, daß sie gehen wollte.

»Ich habe all das hier dir zu verdanken!« sagte sie.

»Nein, das hast du ganz allein geschafft!« erwiderte Jessica und schämte sich für die Eifersucht, die sie noch immer empfand.

Maria ließ sie los und schüttelte den Kopf. »Bis ich dir begegnet bin, habe ich wie in einer dunklen Höhle gelebt. Ich bin nie ausgegangen, habe nie mit Jungen gesprochen ... Und ohne dich hätte ich nicht mal Nick kennengelernt!«

Jessica legte ihr den Arm um die schmalen Schultern. »Wir bekommen alle, was wir verdienen, Maria, das glaube ich wirklich!«

Außer Alice, unsere süße kleine Alice!

Jessica ergriff ihre Jacke und verließ das Zelt.

Der Wind hatte sich gelegt, aber es war noch kälter geworden. Jessica mußte noch ihr Hausaufgabenheft aus ihrem Schließfach holen, bevor sie nach Hause fahren konnte. Als sie draußen über die leeren Basketballfelder zu den Schulgebäuden hinüberging, die in der Dunkelheit vollkommen still dalagen, blickte Jessica zum klaren, sternenübersäten Nachthimmel hinauf.

Gedanken an Alice überfielen sie und ließen sich nicht verdrängen, und Jessica beschloß, nicht dagegen anzukämpfen.

Manchmal, wenn sie traurig war, versuchte sie sich an Dinge in ihrem Leben zu erinnern, die sie unglücklich gemacht hatten; dadurch verlor das, was sie im Augenblick bedrückte, an Bedeutung, und sie fühlte sich besser.

Wieder sah sie den roten Stern, den sie schon an dem Abend entdeckt hatte, als sie mit Bill ausgegangen war, und wieder wünschte sie, Michael wäre an ihrer Seite und könnte ihr dessen Namen sagen.

Seltsam, daß sie sich nie an Alice erinnern konnte, ohne auch an Michael zu denken! Er war immer da, in einem Winkel ihres Unterbewußtseins, und stand neben Alice wie auf dem Bild, an dem sie gearbeitet hatte, kurz bevor sie gestorben war.

Ich muß das Bild finden und es über mein Bett hängen!

Jessica senkte den Kopf und ging ein bißchen schneller. Bald hatte sie den überdachten Außenflur erreicht, und die Sohlen ihrer Schuhe quietschten auf dem glatten Betonbelag des Bodens. Wieder einmal verfluchte sie insgeheim die Tatsache, daß die Verantwortlichen in der Tabb High zu sparsam waren, um nachts wenigstens ein paar Lampen brennen zu lassen.

Durch das heruntergezogene Dach des Klassenflügels über ihr und die tiefhängenden Äste einiger der ältesten Bäume auf dem Gelände neben ihr war es sehr dunkel, und sie konnte kaum die Hand vor Augen sehen.

Als Kind hatte die Dunkelheit für sie ebensoviel Faszinierendes wie Beängstigendes gehabt. Während des Tages, wenn die Sonne schien, hatte sie nichts lieber getan, als mit Polly ein altes Rohr zu erforschen, durch das eine Quelle floß, die einen Bach auf einem Parkplatz nicht weit von den Häusern ihrer Eltern speiste.

Dieser Parkplatz war später eine Grünanlage geworden, und inzwischen waren dort weitere Wohnblocks gebaut worden, aber damals hatte es dort nur Wildnis gegeben.

Sie mußten fünf oder sechs gewesen sein, und das letzte Mal, daß sie mit Polly den Kanal erforscht hatte – mit weit gespreizten Beinen, so daß sie nicht in das stinkende Wasser treten mußten, das in der Mitte über den Boden des Rohres floß, mit Taschenlampen bewaffnet, die sie aus der Garage von Pollys Eltern gestohlen hatten und die sie mit ihren kleinen Fäusten fest umklammert hielten –, war an dem Tag gewesen, als sie Alice mitgenommen hatten.

Das war ein Fehler gewesen. Sie waren weiter in die lange Röhre vorgedrungen als jemals zuvor, waren weiter und weiter gegangen und immer aufgeregter geworden. Natürlich hatten sie den großen Traum gehegt, irgendwann ans andere Ende zu gelangen. Und wenn sie wirklich so weit kommen würden, hatten sie gedacht, dann hätten sie eine bessere Vorstellung von der Größe der Welt – oder zumindest ihres Viertels – gehabt und ihren eigenen Platz in der Ordnung der Dinge erkannt.

Sie hatten jedoch kein Licht am Ende des Tunnels gesehen. – Aber irgendwann hatte es um sie herum angefangen zu pochen, wie langsames, dumpfes Hämmern war es gewesen, das Jessica an ein riesiges Herz erinnert hatte; nicht das Herz eines Menschen, sondern das einer Maschine, die, wie sie sich vorgestellt hatte, alle Autos und Häuser und Kanalrohre der Welt herstellte. Wenn es ihnen gelänge, zu diesem Geräusch vorzustoßen, dann, so hatte sie gemeint, würden sie wirklich erfahren, was vor sich ging.

Doch sie hatte nie herausgefunden, was für ein Geräusch es gewesen war.

Alice war ausgerutscht und in den schleimigen Matsch

auf dem Boden des Rohres gefallen. Bei dem Versuch, sie zu retten, hatte Polly ihre Taschenlampe fallen lassen und kaputtgemacht. Und natürlich hatte Jessica im Eifer des Gefechts den Eindruck gehabt, daß ihre eigene Lampe auch schwächer wurde – was sie den anderen beiden auch gesagt hatte. Und der Gedanke daran, wie es wohl sein würde, im Stockdunklen in dem engen Kanalrohr festzusitzen, hatte gereicht, um sie im Eiltempo zurückzutreiben.

Seltsamerweise hatte Alice sie, kaum daß sie wieder am Tageslicht waren, gedrängt, noch einen Versuch zu unternehmen. Aber ihre stinkenden Sachen hatten ihren Eltern verraten, was sie angestellt hatten, und damit waren die Tage ihrer unterirdischen Forschungsreisen vorüber gewesen.

Das Herz einer Maschine ...

Plötzlich blieb Jessica in dem dunklen Außenflur stehen. Irgendwo über ihr war ein Geräusch, das sie alarmierte. Es klang nicht so wie das tiefe und rhythmische Pochen, das sie damals im Kanalrohr gehört hatten – eher wie wenn jemand Holz hackte.

Während sie dort lauschend in der Dunkelheit stand, schienen sich die Abstände zwischen den einzelnen Stößen zu verringern, ja, fast ganz zu verschwinden, mischten sich mit dem raschen Schlag ihres Herzens, bis nur noch ein einziges, andauerndes Geräusch da war.

Sie fühlte sich kleiner und kleiner werden und meinte nicht länger in dem dunklen Schulflur zu stehen, sondern wieder in jenem Rohr tief unter der Erde, und das Herz einer Maschine über sich schlagen zu hören, die einfach alles produzieren konnte – vielleicht sogar kleine Mädchen!

Das Geräusch hörte urplötzlich auf. Ob auch ihr Herz stillstand?

Und dann ... ein ohrenbetäubendes Krachen, als wenn Glas, Metall und Holz auf einmal explodierten.

Hilfe!

Jessica wandte sich um und rannte den Weg zurück,

den sie gekommen war. Aber sie befand sich nicht in einem Rohr, in dem es nur zwei Richtungen gab. Plötzlich stand sie in einem Labyrinth, und sie hatte nicht einmal eine Taschenlampe, deren schwächer werdendes Licht ihr den Weg gewiesen hätte. Sie bog rechts ab, dann links – und wußte irgendwann nicht mehr weiter!

Es war verrückt: Sie verbrachte vier bis fünf Tage pro Woche in dieser Schule, und jetzt verlief sie sich hier!

Dann erstarrte sie und hielt sich an der Ecke einer Außenwand fest – oder an einer Wand des Rohres. Es war ihr nie passiert, als sie noch ein Kind gewesen war, obwohl sie es, wie alle anderen Kinder auch, immer wieder geträumt hatte: Da waren auf einmal Schritte, Schritte, die rasch näherkamen ...

Jemand verfolgte sie!

Jessica stöhnte leise auf und dachte daran, daß Alice sich, als sie zu dritt aus dem Kanalrohr ins helle Sonnenlicht geflohen waren, am Kopf verletzt hatte, und wie das Blut durch ihre hellblonden Haare seitlich an ihrer Wange hinabgelaufen war.

Und wie das Blut aus Alices Hinterkopf auf dem harten Boden im Schlafzimmer ihrer Eltern *geflossen* war.

Und sie dachte an Michael, der glaubte, daß Alice ermordet worden war.

Jessica stürzte davon, weg von den Schritten, um die Ecke herum und einen langen Gang hinunter, in dem sie die schreckliche Ahnung überfiel, daß sie ihn gerade eben erst in die andere Richtung entlanggelaufen war.

Gott, bitte hilf mir! Rette mich!

Doch offensichtlich half Gott nur denjenigen, die sich selber halfen – oder die einen besseren Orientierungssinn besaßen.

Jessica jedenfalls lief ihrem Verfolger genau in die Arme.

Er packte sie, und sie schrie laut auf ...

Michael war ziemlich durcheinander, und zwar wegen eines Absatzes, den Dr. Kawati ans Ende des Autopsieberichts gesetzt hatte. Die restlichen fünfundneunzig Prozent hatten für Michael nichts Neues enthalten.

Der Coroner hatte festgestellt, daß eine zweiundzwanziger Patrone in Alices Gaumen eingedrungen war, ihre Großhirnrinde zerrissen hatte, an ihrem oberen Schädelknochen abgeprallt und schließlich durch den unteren Teil dieses Knochens wieder ausgetreten war.

In seinem Bericht verwies der Arzt mehrmals auf eine Zeichnung, mit der er den Weg der Kugel veranschaulicht hatte, und eine Röntgenaufnahme, die er während der Untersuchung gemacht haben mußte. Beides fehlte in den Akten, die Bubba kopiert hatte.

Aber das Fehlen dieser Unterlagen war es nicht, das Michael störte. Auch hatte der Coroner keine ungewöhnlichen Blutwerte feststellen können. Alice hatte zum Zeitpunkt ihres Todes keine nachweisbaren chemischen Substanzen wie Drogen in ihrem Organismus gehabt, nicht einmal Alkohol. Und es hatte auch keine Anzeichen dafür gegeben, daß sie kurz vor ihrem Tod mit jemandem gekämpft hatte: keine Hautfetzen unter ihren Fingernägeln, die von einem Angreifer hätten stammen können; keine Kratzer im Gesicht oder auf den Armen. Und auch auf dem übrigen Körper waren auf den ersten Blick keine Verletzungen zu erkennen gewesen.

Der Arzt hatte daraus geschlossen, daß als Todesursache eine schwere Gehirnblutung gelten konnte, die durch eine selbst beigebrachte Schußverletzung ausgelöst worden war.

Doch ganz am Ende hatte er noch hinzugefügt:

> *Durch den komplizierten Weg der Kugel vor dem Austritt aus dem Kopf war das Gehirn des Mädchens in sehr schlechtem Zustand. Deshalb ist schwierig zu sagen, ob der in der Region von Hypothalamus und Thalamus aufgetretene Bluterguß durch die Kugel oder durch die*

Wucht eines Schlages auf das Nasenbein verursacht wurde.
Das Nasenbein weist auf der gesamten Breite eine deutliche Fraktur auf, die nicht durch den Lauf der Kugel verursacht worden sein kann. Der Verfasser dieses Berichts ist der Meinung, daß Alice McCoy sich diesen Bruch des Nasenknorpels zugezogen haben muß, als sie nach dem selbst beigebrachten tödlichen Schuß mit dem Gesicht auf dem Boden aufschlug. Da man sie in Rückenlage fand, ist anzunehmen, daß jemand sie vor dem Eintreffen der Polizei umgedreht hat.
Die mit dem Fall betrauten Beamten werden hiermit gebeten, diesem Punkt bei der späteren Befragung aller Beteiligten besondere Aufmerksamkeit zu schenken!

Ein Bruch des Nasenbeins? Das sollte heißen, daß Alice zusätzlich zu dem Loch in ihrem Schädel auch noch eine gebrochene Nase gehabt hatte! Michael war wütend – aber nicht eigentlich überrascht –, daß Lieutenant Keller ihm diese Information vorenthalten hatte. Aber Michael erinnerte sich noch daran, daß der Beamte wiederholt gefragt hatte, ob irgend jemand Alice bewegt hatte, nachdem sie gefunden worden war. Offensichtlich war es ihm wichtig gewesen, diese Unstimmigkeit zu klären. Und doch hatte er den Fall abgeschlossen, ohne es zu tun!

Es gab zwei Möglichkeiten: entweder hatte jemand sich an Alices Leiche zu schaffen gemacht, bevor sie dort angekommen waren, oder der Fall hatte mit dem Bruch nichts zu tun.

Hat ihr jemand vor ihrem Tod das Nasenbein zerschmettert?

Gut – die Kugel hatte in ihrem Kopf wirklich einen komplizierten Weg genommen, bevor sie unten wieder ausgetreten war

Abernichtsdestotrotz befand sich das Loch, das sie

später in der Wand hinterlassen hatte, höchstens einen Meter dreißig über dem Boden.

Es war möglich, daß Alice gesessen hatte, als sie erschossen worden war – aber wenn es so gewesen war, hätte sie sich kaum im Fallen das Nasenbein brechen können!

Hat sie vielleicht vorher einen heftigen Schlag ins Gesicht bekommen?

Der Coroner hatte auch noch von einem anderen Bluterguß gesprochen, der wahrscheinlich mit dem durch das Geschoß ausgelösten nichts zu tun hatte. Und diese Tatsache warf eine weitere Frage auf, eine Frage, die noch viel verwirrender war als alle anderen.

Woher ...

Draußen ertönte plötzlich ein ohrenbetäubendes Krachen.

Michael sprang auf und war aus der Tür, noch bevor er in Gedanken die Frage zu Ende formuliert hatte.

Es war unerwartet dunkel, und einen Moment lang konnte er nicht einmal ein paar Schritte weit sehen. Er hielt inne und lauschte angestrengt in die Nacht hinaus.

Plötzlich hörte er Schritte in dem Außenflur gegenüber dem Trakt, in dem sich der Computerraum befand. Michael nahm an, daß es die Schritte desjenigen waren, der den ohrenbetäubenden Lärm verursacht hatte, und machte sich daran, den Unbekannten zu verfolgen.

Wer immer es sein mochte, er schien sich nicht entscheiden zu können, in welche Richtung er laufen sollte. Aber er war schnell.

Michael jagte ihn einen Gang hinauf und einen anderen hinunter, ohne ihn auch nur kurz zu Gesicht zu bekommen. Aber der Verrückte lief im Kreis!

Schließlich beschloß Michael, seine Taktik zu ändern: Er wandte sich um und lief leise in die entgegengesetzte Richtung, weg von dem anderen. Sein Plan ging auf: Nur eine Minute später stieß er buchstäblich mit ihm zusammen.

»Halt, Kumpel!« rief er und packte den anderen an

den Handgelenken. Der Unbekannte – er war nicht sehr groß – wehrte sich verzweifelt.

»Laß mich los! Hilfe!«

Michael gab sie eilig frei.

»Jessie?«

»Oh, Gott sei Dank!« flüsterte sie und ließ sich schluchzend gegen ihn sinken. »Irgend jemand verfolgt mich, Michael!«

»Das war ich!« Er hielt sie in seinen Armen, verwundert darüber, daß jemand, der so zitterte, überhaupt stehen konnte. Er konnte ihr Gesicht kaum erkennen, fühlte aber ihren heißen, stoßweisen Atem an seinem Hals.

Sanft strich er ihr die vom Schweiß feuchten Strähnen aus der Stirn und nahm sie noch fester in die Arme.

»Scht, alles in Ordnung! Du bist in Sicherheit! Niemand wird dir was tun!«

»Da war dieses seltsame Geräusch!« stieß sie schluchzend hervor. »Wie damals im Tunnel. Und dann ... ist es plötzlich explodiert, und ich bin losgerannt, und ... ach, ich weiß nichts mehr!« Sie trat einen Schritt zurück und rieb sich die Augen, noch immer ein wenig benommen. »Was ist passiert, Michael?«

»Laß uns nachsehen! Ich glaube, der Krach kam vom Schulhof!«

Jessica ergriff hastig seine Hand. »Meinst du nicht, es könnte gefährlich sein?«

Er antwortete ganz ruhig, obwohl er selbst nicht gerade das war, was man entspannt nennen konnte. »Uns geschieht schon nichts!«

In Wirklichkeit wollte er Jessica nur nicht allein lassen, nicht einmal im Computerraum.

Auf dem Schulhof sahen sie, daß der Baum, unter dem sich immer die Footballmannschaft versammelte, quer über der Snackbar lag. Der Stamm hatte eine ganze Wand des Gebäudes eingedrückt, und aus den Fensterhöhlen ragten Äste und Zweige.

Dafür gab es einen sehr einfachen Grund: Jemand hatte den Baum gefällt. Sie entdeckten die Axt und ein paar Holzspäne im Gras neben dem gesplitterten Stumpf.

Jessica ging in die Hocke, um die Axt zu berühren, aber Michael hielt sie zurück.

»Es könnten Fingerabdrücke darauf sein!« sagte er und blickte sich um, doch es war niemand zu sehen. »Warum bist du überhaupt so spät noch allein unterwegs?«

»Ich habe Sara und Maria beim Aufräumen des Zeltes geholfen. Danach wollte ich zu meinem Schließfach, um mein Hausaufgabenheft zu holen. Michael, wie kommt jemand auf die Idee, diesen Baum zu fällen?«

»Ich weiß es nicht! Sind Sara und Maria noch im Zelt?«

»Ja, ich glaube schon!«

Der Baum war nicht einfach aufs Geratewohl gefällt worden – der Unbekannte hatte den Winkel so berechnet, daß der Stamm im Fallen die größtmögliche Zerstörung anrichtete. Nur ein Verrückter konnte so etwas getan haben!

Michael, der gerade erst das ganze Ausmaß der Unstimmigkeiten entdeckt hatte, die Alices Tod umgaben, schauderte bei diesem Gedanken.

»Komm, wir holen die Mädchen und machen, daß wir wegkommen!« sagte er.

Doch bevor sie gingen, änderte er noch in einem Punkt seine Meinung: Er lieh sich von Jessica ein Taschentuch, faßte die Axt an der Klinge an und nahm sie mit.

Sara gähnte herzhaft. Sie war genauso müde, wie Jessica es von sich selbst behauptet hatte. Es war ein sehr langer Tag gewesen, aber sie war trotzdem traurig, daß er vorüber war. Man hatte Russ disqualifiziert, Jessica war nicht Homecoming-Queen geworden, aber es waren auch viele schöne Dinge passiert.

In zehn Jahren würde sie sich, wenn es die Welt dann noch gab, wahrscheinlich gern an diesen Tag und diesen Ball zurückerinnern!

»Maria, ich staple noch schnell diese Müllsäcke, und dann bin ich weg!« rief sie.

Maria wanderte auf dem Floß hin und her, ihren Blumenstrauß in der Hand. Sara lachte leise. Es gab jemanden, der ganz sicher untröstlich darüber war, daß dieser Abend ein Ende hatte! Maria würde heute sicher nur schwer einschlafen, weil sie sich wieder und wieder daran erinnern würde, wie es gewesen war, als ihr Name aufgerufen wurde und sie unter dem Beifall der ganzen Schule auf den Turm der Königin hinaufgestiegen war.

»Okay!« antwortete sie jetzt und verschwand im hinteren Teil der Plattform.

Sie durchlebt das alles noch mal! Aber – warum auch nicht?

Amüsiert beobachtete Sara, wie Maria langsam die gewundene Treppe zum Turm hinaufstieg. Oben angekommen, legte sie die Blumen ab und nahm ihre Krone in die Hand, um sie sich hoch über den Kopf zu halten.

»Wir sollten das jede Woche machen!« rief sie Sara zu.

»Ich fürchte, dann wäre es nicht mehr das gleiche!« erwiderte Sara und schaute nach unten, weil sie einen Müllsack zubinden wollte.

Deshalb – weil ihre Aufmerksamkeit dadurch abgelenkt war – konnte sie später auch nicht ganz genau sagen, was als nächstes passiert war.

Aus dem Augenwinkel sah sie noch, wie Maria sich die Krone aufsetzte, und hatte den Eindruck, daß sie einen kleinen Hüpfer in die Luft vollführte. Das war alles. Dann schien Maria einfach verschwunden zu sein, eine Illusion, die jedoch nur den Bruchteil einer Sekunde anhielt. Bis Sara den Schrei und den Aufprall hörte und begriff, daß die oberste Etage des Aufbaus eingebrochen war und Maria mit sich in die Tiefe gerissen hatte.

Sie darf nicht tot sein! Bitte, lieber Gott!

Sara erinnerte sich später kaum daran, wie sie durch das Zelt gerannt und auf die Plattform geklettert war. Das nächste, was sie wieder wußte, war, daß sie in ein tiefes, ausgezacktes Loch geschaut hatte. Das Licht hatte ausgereicht, um das Schlimmste zu erkennen: Maria lag reglos auf der zerschmetterten Windschutzscheibe des Trucks, ihr Körper wirkte grotesk verzerrt. Sara sah Blut auf den Glasscherben und Splitter in Marias Gesicht.

»Ich komme, Maria!« rief Sara. »Ich komme schon!«

Es war gut, daß genau in diesem Augenblick Michael und Jessica auftauchten und daß Michael eine Axt in der Hand hatte. Sara hatte keine Ahnung, wie sie Maria helfen sollte, ohne alles nur noch schlimmer zu machen.

Michael rief ihr zu, sie solle herunterkommen, und spähte durch einen Riß in der Wand des Turms. Dann begann er, sich mit der Axt zu Maria vorzuarbeiten.

Offensichtlich hielt er es nicht für klug zu versuchen, von unten her zu ihr durchzudringen, und Sara vertraute seinem Urteil. Während sie und Jessica eng aneinander geklammert auf der künstlichen Zugbrücke standen, fühlte sie sich so hilflos wie noch nie zuvor in ihrem Leben.

Michael hatte es innerhalb von ein paar Minuten geschafft: Er zog die zersplitterten Sperrholzwände fort und sprang auf die Motorhaube hinunter. Jessica und Sara hockten sich neben die von ihm geschaffene Öffnung.

»Lebt sie?« flüsterte Jessica, entsetzt über den Anblick.

Man sah nicht einmal allzuviel Blut, es war mehr die Art, wie Maria lag – in der Taillengegend verdreht wie eine Gummipuppe, Oberkörper und Gesicht in einer Mulde im Blech des Daches, die Beine ins Steuerrad verkeilt –, die sie schaudern ließ.

»Sie atmet!« sagte Michael, nachdem er Marias Handgelenk ergriffen und ihr den Puls gefühlt hatte. »Sie lebt!«

»Dann laß uns versuchen, sie da rauszuholen!« rief Jessica.

»Nein«, erwiderte Michael entschlossen. »Wir dürfen sie nicht bewegen! Ihre Wirbelsäule könnte verletzt sein!« Er sah Jessica an. »Am Eingang der Turnhalle gibt es ein Telefon. Wähl den Notruf und beschreibe, was passiert ist und wo wir sind! Und beeil dich!«

Als Jessica fort war, kletterte Sara vorsichtig zu Michael auf die Motorhaube.

»Genau wie bei der Party!« murmelte sie bitter.

Michael seufzte. »Für mich ist das hier keine Überraschung!«

Als Polly mit ihrem Mercedes in die Straße einbog, in der sie wohnte, sah sie, wie Clark gerade ein Bein über den Sitz seines Motorrades schwang, das am Beginn der Auffahrt geparkt war. Doch bevor sie dort angekommen war, hatte er die Maschine angelassen und brauste in die entgegengesetzte Richtung davon.

Einen Augenblick überlegte sie, ob sie ihm folgen sollte, doch selbst mit einem Ferrari hätte sie ihn wohl kaum eingeholt. Er war schnell wie eine Hexe auf einem Besen!

Als sie die Auffahrt entlangfuhr, stellte sie fest, daß die Haustür weit offen stand. Das ganze Haus lag im Dunkeln, dabei verließ sie es abends nie, ohne wenigstens ein paar Lichter brennen zu lassen.

»Tantchen!« flüsterte sie alarmiert und sprang aus dem Wagen. Drinnen schaffte sie es nicht, auch nur eine Lampe anzumachen. Entweder hatte Clark sich an den Sicherungen zu schaffen gemacht, oder er mußte jede Glühbirne im Haus zerbrochen haben!

Polly stolperte in die Küche, fand in einer Schublade eine Kerze und zündete sie an der Flamme des Gasboilers an. Während sie sich, verfolgt von tanzenden Schatten an den Wänden, den Flur entlang zum Zimmer ihrer Tante schleppte, brach sie in Tränen aus.

Die alte Dame lag auf dem Rücken und starrte zur Decke. Ihre Lider bewegten sich nicht. Polly stellte die Kerze in einen Halter auf dem Nachttisch und setzte sich auf den Bettrand.

Die Pupillen ihrer Tante waren trüb, wie billiger Marmor, den man zu lange der Sonne ausgesetzt hatte. Polly konnte nicht einmal sagen, welche Farbe ihre Augen gehabt hatten, und es quälte sie sehr, sich nicht daran erinnern zu können.

Sie ergriff die von Altersflecken übersäte Hand der alten Dame. Sie fühlte sich weich an, weicher als im Leben, und sie war noch warm. Pollys Tante war noch nicht lange tot.

Sie hat noch gelebt, als Clark kam!

Polly blickte zur Decke, ohne das Blut zu sehen, von dem er gesprochen hatte. Trotzdem glaubte sie zu ersticken, und Panik stieg in ihr auf.

Sie brach über der toten Frau zusammen.

EPILOG

Jessica versuchte, auf dem braunen Vinylsofa in dem kahlen und leeren Wartezimmer ein wenig zu schlafen, doch sie driftete ständig zwischen Traum und Wirklichkeit hin und her. Wenn sie wach war, beobachtete sie Michael und Nick, die draußen auf dem Flur auf einer Bank saßen und ab und zu ein paar leise Worte wechselten.

Manchmal lehnte Nick aber auch den Kopf gegen die Wand und schnarchte leise.

Nur Michael saß immer aufrecht da und schien tief in Gedanken versunken.

Doch Jessica ertappte ihn nicht nur einmal dabei, wie er sie ansah, und diese schlichte Tatsache erfüllte sie mit unendlicher, unerklärlicher Traurigkeit.

Dabei war die Angst um Maria allein schon unerträglich.

Es tat weh, wach zu sein ... und am Leben!

Manchmal träumte sie, meistens dunkle, bedrohliche Dinge ohne Sinn und Gestalt. Nur einer dieser Träume war ganz deutlich gewesen, und sie hatte das Gefühl gehabt, ein Messer durchstoße ihr Herz, als sie daraus erwachte. Obwohl es sie schmerzte, erinnerte sie sich daran.

Sie stand wieder in dem Tunnel ihrer Kindheit. Nur daß jetzt Michael bei ihr war, und sie waren beide erwachsen.

Sie sah auch Alice und ein anderes blondes Mädchen, das sie nicht kannte, aber die beiden Mädchen waren jünger, erst drei oder vier Jahre alt. Gemeinsam und unter Führung von Michael, der mit einer altmodischen Sturmlaterne vorausging, näherten sie sich dem Ende des Tunnels.

Irgendwann begann vor ihnen ein warmes Licht zu leuchten, das ihre Augen strahlen und ihre Herzen schneller schlagen ließ.

Dann schienen sich die Wände des Tunnels aufzulösen, bis sie hindurchsehen konnten.

Michael löschte lächelnd die Laterne, und sie standen plötzlich auf einem Abhang in der Wüste, einen leuchtend blauen, klaren Himmel über sich, und spürten, wie ein leichter Wind, der nach Honig duftete, in ihren Haaren spielte.

Vor ihnen erstreckte sich ein grüner Ozean, und sie sahen Menschen, gute alte Freunde, die sie gar nicht erwarten konnten zu treffen!

Hinter ihnen hörte Jessica das entfernte Rauschen eines schäumenden Flusses, und sie erkannte, daß der Tunnel nichts anderes gewesen war als eine Brücke über das eisige Wasser.

Das war jedoch nur ein flüchtiger Gedanke an etwas, das sie einst beschäftigt hatte, von dem sie jetzt aber wußte, daß es ohne Bedeutung war.

Michael nahm ihre Hand. Alice und ihre Freundin tanzten vor ihnen her, und sie wanderten zu dem Platz am Meer, wo der Tag gerade erst begann.

Sie fühlte sich wie neu geboren!

Doch dieser Traum war nur ein Lichtblick in einer traurigen Nacht gewesen.

Denn danach wurde sie von Alpträumen gepeinigt, die sich mit der Wirklichkeit mischten – bis sie irgendwann eine Hand auf ihrem Arm spürte, die sie sanft rüttelte.

»Jessie, aufwachen! Es ist Zeit aufzustehen!«

Jessica schlug die Augen auf und stellte fest, daß Sara neben ihr auf der Couch saß. Die Freundin hatte um zwei Uhr nachts vor dem Operationssaal mit ihr Wache bezogen, war aber nach einem dringenden Anruf ihrer Mutter eilig nach Hause gefahren.

»Wie spät ist es?«

Sie gähnte und setzte sich mühsam auf. Ihr Hals war steif wie ein Brett.

»Halb neun!« sagte jemand hinter ihr. Es war Michael, der im trüben Morgenlicht am Fenster des Warteraums stand. »Die Ärzte sagen, die Operation sei gut verlaufen. Ihre Eltern sind jetzt bei ihr.«

»Aber – wird sie wieder ganz gesund?« fragte Jessica besorgt. »Woran ist sie eigentlich operiert worden?«

»An der Wirbelsäule!« erklärte Michael. »Irgend etwas war gebrochen.«

»Ist sie . . . gelähmt?« flüsterte Jessica.

Michael schüttelte müde den Kopf. »Ich weiß es nicht. Es kann sein, daß in ein paar Minuten jemand von uns kurz zu ihr darf. Nick spricht gerade mit dem Arzt, der sie operiert hat.«

»Jedenfalls hat sie überlebt!« meinte Sara.

»Ja«, erwiderte Michael. »Sie hat Glück gehabt.«

»Was wollte eigentlich deine Mutter?« erkundigte sich Jessica bei Sara.

Die Freundin verzog das Gesicht. »Schlechte Nachrichten: Die Polizei hat die Axt, die ihr gefunden habt, als die Axt identifiziert, die aus dem Laden gestohlen wurde, in dem Russ gearbeitet hat. Seine Fingerabdrücke waren darauf, und deshalb haben sie ihn verhaftet!«

»Das kann doch nicht wahr sein!« meinte Jessica.

»Können deine Eltern nicht bezeugen, daß er um drei Uhr morgens zu Hause war?« fragte Michael.

»Nein«, erwiderte Sara. »Er ist nämlich nach dem Ball nicht direkt nach Hause gegangen.«

»Wo war er denn dann?« wollte Jessica wissen.

Sara zögerte einen Moment, bevor sie sagte: »Er behauptet, daß er in einer Bar gewesen ist. Aber dieser Idiot weiß nicht mehr, in welcher!«

»Das ist wirklich übel!« murmelte Michael.

»Aber du glaubst doch nicht, daß er den Baum gefällt hat, oder?« fragte Jessica.

»Natürlich war er es nicht!« stieß Sara wütend hervor. »Aber während des Verhörs haben sie herausgefunden, daß er bei Polly gewohnt hat. Sie haben sie angerufen, und sie hat gesagt, daß die Axt bis irgendwann letzte Woche im Kofferraum ihres Wagens gelegen hat, bis sie einfach verschwunden ist.«

»Was um Himmels willen wollte Polly denn mit der Axt?« rief Jessica.

»Sie behauptet, sie hätte sie ihm eines Abends weggenommen, als er betrunken war und versucht hat, genau diesen Baum zu fällen.«

»Und – haben sie ihr geglaubt?« meinte Jessica verwundert.

»Ja – und Russ hat ihre Geschichte bestätigt! Nur sagt er, ich wäre diejenige gewesen, die ihn zurückgehalten und ihm die Axt weggenommen hätte. Er hat sich um Kopf und Kragen geredet, und ich wette, die sperren ihn ein!«

»Bestimmt nicht!« sagte Jessica.

»Doch, vielleicht schon!« warf Michael ein. »Dieser Baum hat eine Menge Schaden angerichtet, als er fiel.«

»Er hätte seinen Mund halten sollen!« murmelte Sara. »Und Polly verdammt noch mal auch.« Sie seufzte tief und rieb sich die Schläfen. »Aber man kann ihr wohl keinen Vorwurf machen. Ihre Nacht war fast genauso übel wie Marias: Ihre Tante ist gestorben.«

Jessica stöhnte auf. »Hört das denn niemals auf?«

Sara fuhr fort: »Und zu allem Überfluß ist gestern auch noch ein Angestellter ihrer Firma an den Folgen eines Arbeitsunfalls gestorben. Sie muß also in der nächsten Zeit zu zwei Beerdigungen gehen. Hoffentlich setzen die Ärzte sie danach nicht wieder unter Strom!« Sie stand auf. »Ich muß los. Ich will versuchen, Russ auf Kaution freizubekommen.«

»Leihen deine Eltern dir das Geld?« fragte Jessica.

»Nein«, erwiderte die Freundin. »Sie benehmen sich einfach unmöglich in dieser ganzen Sache!« Sie gab Jessica einen aufmunternden Klaps auf den Rücken. »Ich schaue später wieder vorbei, um zu sehen, wie es Maria geht. Vielleicht sollten wir uns sagen, daß es ja nicht viel schlimmer kommen kann. Bis dann, Mike!«

Als Sara gegangen war, setzte sich Michael neben Jessica auf die Couch.

»Kann ich dir irgendwas aus der Cafeteria holen?«

»Danke, ich hab' keinen Hunger. Bist du die ganze Nacht wach gewesen?«

»Ja.«

»Und du glaubst nicht, daß es ein Unfall war?«

Ihre Frage überraschte ihn. »Es ist schwer zu sagen. Von dem Turm ist nicht viel übrig, und ich habe sicher alle möglichen Spuren verwischt, als ich den Weg zu Maria freigehackt habe. Vielleicht erfahren wir nie, ob jemand die Plattform präpariert hat.«

»Aber du glaubst schon, daß es so war, stimmt's?«

Er zuckte mit den Schultern. »Im Moment weiß ich so gut wie gar nichts mehr!«

Er sah sie an.

Er brauchte eine Rasur.

Sie sehnte sich nach einer Umarmung.

»Was hat Sara gemeint, als sie sagte, die Ärzte hätten sie unter Strom gesetzt?«

»Als wir zwölf waren, sind Pollys Eltern gestorben – einfach in der Wüste mit ihrem Wagen von der Straße abgekommen. Der Wagen ist in Flammen aufgegangen. Polly war dabei, ist aber herausgeschleudert worden. Sie hatte nicht mal einen Kratzer. Aber danach war sie depressiv und hat lange im Krankenhaus gelegen. Die Ärzte dort haben sie mit Elektroschocks behandelt.«

»Wie bitte?« rief Michael ungläubig. »Sie haben bei einem zwölfjährigen Mädchen Elektroschocks angewandt?«

»Ist das so ungewöhnlich?« fragte Jessica unbehaglich. »Sie hatte immerhin die besten Ärzte, die man für Geld bekommen konnte. Und es scheint ja auch geholfen zu haben!«

Michael schüttelte ärgerlich den Kopf. »Die Elektroschock-Therapie ist eins der schlimmsten Übel, die die Medizin je hervorgebracht hat. Sie vertreibt Depressionen, verursacht dabei aber nicht wiedergutzumachende Schäden im Gehirn. Der Patient ist nicht länger unglücklich, weil er sich kaum noch an das erinnern kann, was ihn unglücklich gemacht hat.«

»Aber warum benutzen sie diese Methode dann noch?«

»Du hast vorhin gesagt, sie hätte die besten Ärzte gehabt, die man für Geld bekommen kann. Diese Therapie kostet das Krankenhaus ein paar Cent für Strom, bewirkt eine scheinbare Besserung und bringt den Ärzten haufenweise Geld ein.« Er schwieg einen Moment und nickte dann. »›Der Mann mit dem Strom‹ – ja, jetzt ergibt es einen Sinn!«

»Was denn?«

»Ach, nur etwas, das Polly zu mir gesagt hat, als ich bei ihr war.«

»Warum hast du sie denn besucht?«

Michael merkte, daß er sich verraten hatte. »Das weißt du doch!« meinte er nur.

»Ich glaube schon.« Sie berührte sanft seinen Arm. »Michael, du mußt diese Sache ruhen lassen!«

Er wandte den Blick ab. »Das kann ich nicht.«

»Aber es zerreißt dich doch innerlich!«

»Lange nicht so sehr wie Maria!« murmelte er.

»Was?«

»Nichts!« Er barg seinen Kopf in der Hand und starrte zu Boden, offensichtlich wieder tief in Gedanken. »Sie war draußen, als der Schuß fiel, das ist sicher, oder?«

»Wer denn?«

»Polly! Am Abend der Party.«

»Ja, sie war draußen, und zwar allein. Und Alice war oben im Schlafzimmer ihrer Eltern, ebenfalls allein. Polly hat sie nicht umgebracht. Sie hat Alice sehr geliebt!«

Michael richtete sich auf. »Aber jemand, der verrückt ist, kann jemand anderen lieben und ihn trotzdem umbringen – und braucht dafür nicht einmal einen Grund.«

»Glaubst du im Ernst, daß Polly verrückt ist?«

»Ich denke, sie ist nah genug daran, es zu werden!«

»Du irrst dich, Michael! Sie mag vielleicht ein bißchen aus der Bahn geworfen sein, aber sie kommt zurecht. Ich kenne sie schon viel länger als du!«

Als er antwortete, war die Schärfe aus seiner Stimme verschwunden. »Ich weiß, Jessie, sie ist deine Freundin. Und du hast sie schon gekannt, bevor die Ärzte Elektroden an ihr Gehirn angeschlossen haben. Aber sag mir bitte ehrlich, war die Polly, die aus dem Krankenhaus kam, noch dieselbe wie vorher?«

»Natürlich nicht!« erwiderte Jessica, die sich fragte, ob sie sich nicht selbst etwas vormachte. »Sie war nur ein junges Mädchen, und sie hatte beide Eltern verloren!«

Michael war noch nicht überzeugt. »Ich frage mich, ob das der einzige Grund war!«

»Aber du hast Polly doch genau wie ich nach draußen gehen sehen«, beharrte Jessica, und ihre Stimme klang gepreßt. »Und als der Schuß fiel, hast du sie wieder hineinlaufen sehen. Glaub mir, ich kenne mich in diesem Haus sehr gut aus. Zu dem Schlafzimmer im ersten Stock gibt es keinen anderen Weg als die Treppe, die wir hinaufgegangen sind. Da sind weder geheime Ausgänge noch versteckte Treppen. Es ist schlicht unmöglich, daß sie Alice erschossen hat. Und es ist genauso unmöglich, daß es ein anderer getan haben könnte.«

Michael sah noch immer nicht überzeugt aus, aber er nickte. »Ich kann dir nicht beweisen, daß es anders war. Es tut mir leid, daß ich davon angefangen habe. Ich wollte dich nicht aufregen!«

Sie merkte, daß er noch immer ein schlechtes Gewissen hatte, weil er sie am Tag der Beerdigung in Alices Atelier angeschrien hatte. Jessica lächelte und drückte sanft seinen Arm.

»Du brauchst dich bei mir für nichts zu entschuldigen, Michael.«

Er wurde rot und runzelte die Stirn. »Wirklich nicht?«

»Wirklich nicht. Und ich kann dir auch sagen, warum!«

Weil du der einzige Mensch bist, den ich kenne, der ernsthaft nach Perfektion strebt, absolut großherzig und selbstlos ist. Und außerdem der einzige, der immer da ist, wenn ich ihn brauche.

Die Worte wollten nicht kommen, noch nicht; und dabei war sie nicht einmal zu schüchtern, sie auszusprechen, sondern sie schämte sich, weil sie ihn ständig versetzt hatte, weil sie absichtlich das Gerücht über Clair in Umlauf gesetzt und weil sie bei der Prüfung seine Hilfe in Anspruch genommen hatte. Sie glaubte, nicht gut genug für ihn zu sein.

»Jessie?« fragte er erwartungsvoll.

Ich kann es ihm sagen und ihn selbst entscheiden lassen. Über mich und ... uns.

»Weil, Michael Olson, alter Schließfachnachbar ...«

»Jessie!« rief Nick, der in diesem Moment das Wartezimmer betrat. Es war ein anderer Nick als der, der am vergangenen Abend seine Mannschaft zum Sieg geführt hatte. Sein Blick wirkte unendlich müde, und er stotterte beim Sprechen. »Der Arzt hat g-gesagt, du k-kannst jetzt für ein paar Minuten zu Maria.«

»Hast du sie gesehen?« fragte Jessica, die ebenso wie Michael aufgesprungen war.

»Sie will zuerst dich sehen!« erwiderte Nick angespannt.

»Aber wie geht es ihr?« fragte Jessica. »Wird sie wieder gehen können?«

»Ich weiß es nicht«, beklagte sich Nick. »Mir sagt niemand was, und ihre Eltern sind schon gegangen.«

Jessica ließ sich von Nick den Weg erklären und gelangte in einen in häßlichem Grün gestrichenen Raum auf der Intensivstation. Der Geruch nach Arzneimitteln verursachte ihr ein flaues Gefühl, denn sie hatte noch nichts gegessen. Die Krankenzimmer waren als kleine Glaskabinen um den zentralen Raum herum angelegt, der genug elektronische Ausrüstung zu enthalten schien, um ein ganzes U-Boot der Trident-Klasse damit zu manövrieren.

Die diensthabende Schwester zeigte Jessica Marias Kabine und ermahnte sie, nicht länger als drei Minuten zu bleiben.

Ein weißes Laken bedeckte Marias zierlichen Körper,

und ihre Haut war fast genauso weiß. Während sie leise die Tür hinter sich schloß, sah Jessica durch eine Öffnung in dem Laken, daß ein Korsett aus Plastik und Metall sich über Marias Hüfte spannte und den ganzen Rücken hinauf bis über ihre Schultern reichte. Es hätte nicht unbequemer aussehen können.

Maria hatte die Augen geöffnet – oder vielmehr ein Auge, das andere war fast ganz zugeschwollen – und blickte zur Decke.

»Ich bin's«, sagte Jessica.

Maria hustete leise. »Ich weiß«, sagte sie.

Jessica trat näher an das Bett heran. Marias eine Gesichtshälfte war von einem Verband bedeckt, an dessen unterem Ende ein vernähter Schnitt zu sehen war. Die Freundin würde also auch noch Narben im Gesicht zurückbehalten!

Aber – was ist mit ihrem Rückgrat?

Jessica ging zu ihr, um ihre Hand zu nehmen, und stieß dabei gegen Schläuche, die unter dem Laken her zu an der Decke befestigten Monitoren führten. Nur mit Mühe gelang es ihr, ruhig zu sprechen.

»Wie geht's dir, Maria?«

Der Blick des einen dunklen Auges richtete sich auf Jessica. »Wie sehe ich denn aus?«

Jessica zwang sich zu einem Lächeln.

»Na ja, ein bißchen außer Form vielleicht. Aber es wird dir bestimmt bald besser gehen. Dies ist ein sehr gutes Krankenhaus!«

»Wirklich?«

»Oh, und ob! Mir haben sie hier den Blinddarm rausgenommen, als ich dreizehn war. Sie haben die besten Ärzte und sehr nette Schwestern!«

Maria schloß ihr Auge. »Wenn es dir hier so gut gefällt, ist es ja ein Jammer, daß du dir nicht an meiner Stelle den Hals gebrochen hast!«

»Wie?« Jessica mußte erst einmal tief Luft holen, bevor sie wieder etwas sagen konnte. »Das meinst du sicher nicht so!«

Maria lächelte, und das wirkte durch die Schnitte in ihrem geschwollenen Gesicht ziemlich grausig.

»Ich weiß noch genau, wie du mich überredet hast, meinen Namen auf die Kandidatenliste für die Wahl zu schreiben. Du hast gesagt, das sei Amerika, und hier sei alles möglich. Ich würde vielleicht sogar Homecoming-Queen werden. Aber du hast nicht im Ernst daran geglaubt. Wenn du gedacht hättest, daß ich auch nur eine kleine Chance hätte, dann hättest du mich nicht mal von weitem an diese Liste herangelassen!«

»Du hast gerade etwas Schreckliches erlebt«, sagte Jessica, die um Haltung rang. »Du mußt dich jetzt ausruhen, Maria, und wieder gesund werden. Es wird alles wieder gut, Maria!«

Maria sah sie wieder an, und ihr Blick war eine einzige Anklage. »Du hättest oben auf diesem Turm stehen müssen – du wolltest unbedingt Homecoming-Queen werden! Und du meintest, wenn du mit den beliebstesten Jungen ausgingst, würdest du selbst auch beliebt werden! Außerdem hast du Lügen über Clair verbreitet, und mich hast du auch belogen!«

»Hör auf! Du weißt ja nicht, was du sagst!«

»Du müßtest an meiner Stelle hier liegen!«

Da brach Jessica in Tränen aus und mußte sich abwenden. Sie ging hinüber zu dem großen Fenster neben der Tür. An einem weißen Faden hing dort ein silberner Engel – Weihnachtsschmuck! Über all den Ereignissen der letzten Wochen hatte sie völlig vergessen, daß es nur noch ein paar Wochen bis Weihnachten waren. Der Traum, das begehrteste Mädchen der Schule zu werden, hatte sie so beschäftigt, daß sie gar nicht mehr an das gedacht hatte, was für sie einmal die schönste Zeit des Jahres gewesen war. Und diese Erkenntnis brachte sie auch auf den Gedanken, daß in Marias Worten etwas Wahres gewesen war.

Ich bin kein kleines Mädchen mehr. Ich bin erwachsen – und ein Biest!

Während sie in ihrer Handtasche nach einem Taschentuch suchte, ertasteten ihre Finger eine Haarnadel, und ihr kam eine Idee. Sie zog die Nadel hervor und trat ans Fußende des Bettes.

»Ich darf nur noch eine Minute bleiben«, sagte sie und hob dabei vorsichtig das Laken von Marias Zehen.

Maria, die die Augen wieder geschlossen hatte, schien es nicht zu merken.

»Wirklich zu schade!«

»Ich bin immer noch deine Freundin, egal, was du jetzt denkst. Und ich komme morgen wieder.« Sie nahm die Haarnadel zwischen Daumen und Zeigefinger und stach damit vorsichtig in Marias Ferse.

Sie hätte zusammenzucken müssen, wenn sie etwas fühlen würde!

»Übernimm dich nur nicht!«

Jessica stach etwas kräftiger zu, und noch einmal – aber das Mädchen blieb reglos liegen. Maria war gelähmt! Jessica zog sich langsam vom Bett zurück, am ganzen Körper zitternd. Sie hatte die Freundin also wirklich angelogen: Maria würde nie wieder ganz gesund werden – niemals!

»Es macht mir nichts aus!« sagte sie gepreßt. »Kann ich dir was mitbringen, irgendwas?«

»Es gibt etwas, um das ich dich bitten möchte!«

»Und was?«

»Ein Versprechen.« Maria öffnete ihr gesundes Auge, aber Jessica glaubte nicht, daß sie sie auf ihrem Platz so nahe an der Tür wirklich sehen konnte.

»Ja?«

»Versprich mir, daß ich dich nie wieder sehen muß!«

Jessica schluckte schwer an der Bitterkeit ihrer Freundin, an ihrer eigenen Wertlosigkeit.

»Lebwohl, Maria! Ich hoffe, es geht dir bald besser!«

Michael saß mit Nick neben der Kaffeemaschine im Flur vor dem Warteraum, als Jessica zurückkam. Normalerweise trank Michael nie Kaffee, weil er davon Sodbrennen bekam. Aber nachdem er die ganze Nacht über wach gewesen war und sich darüber Sorgen gemacht hatte, ob ein Mädchen am Leben bleiben oder sterben würde, fand er es lächerlich, sich Gedanken über einen gereizten Magen zu machen. Dies war seine achte Tasse seit drei Uhr in der Nacht, und Nick leerte gerade seine zehnte.

Jessica weinte. Nick hielt sie zurück, als sie an ihnen vorbeigehen wollte, ohne anzuhalten.

»Was ist mit Maria? Ist sie ...?«

Jessica starrte ihn aus roten und geschwollenen Augen an und schüttelte müde den Kopf. »Sie will dich jetzt sehen.«

Nick ließ sie los und stürzte den Flur hinunter. Jessica machte noch ein paar kraftlose Schritte vorwärts und ließ sich dann gegen die Wand sinken.

Michael stellte seinen Kaffee ab und strich ihr mit der Hand über den Rücken und die weichen, braunen Haare. Er fühlte, wie sie zitterte.

»Was ist los, Jessie?«

»Sie ist gelähmt!«

»Bist du sicher?«

»Ja.«

Er hatte es schon befürchtet. »Das ist sehr traurig. Aber es bedeutet für sie nicht das Ende der Welt. Sie kann trotzdem ein erfülltes Leben haben. Aber sie wird viel Unterstützung brauchen. Ich weiß, daß du ihr eine Menge geben kannst!«

Jessica fuhr hoch und sah ihn an. Ihr Gesicht war naß von Tränen. »Aber sie haßt mich!«

»Wie bitte? Nein, das glaube ich nicht.«

»Sie hat gesagt, sie wünschte, daß ich an ihrer Stelle wäre.«

»Das hat sie sicher nicht so gemeint! Sie ist nur durcheinander. Morgen ...«

»Es gibt kein Morgen!« rief Jessica schluchzend. »Ich hab' dir doch gesagt, daß sie mich haßt. Sie gibt mir die Schuld an dem, was passiert ist!«

»Sie ist gerade vor zwei Stunden aus dem Operationssaal gekommen. Du darfst das, was sie sagt, nicht so ernst nehmen! Du hast ihr doch überhaupt nichts getan – du bist ihre Freundin!«

»So, wie ich deine Freundin bin, Michael?« Sie schüttelte seine Hände ab. »Du kennst mich überhaupt nicht. Ich hab' mich dir gegenüber unmöglich benommen, aber du scheinst mich für einen Engel zu halten! Das bin ich aber nicht. Mir sind alle anderen egal, ich denke nur an mich selbst!«

»Wir machen uns alle Gedanken um uns selbst. Das müssen wir auch, weil es sonst niemand tut. Ich weiß, wie du dich fühlst. Aber du bist kein schlechter Mensch!« Er hielt einen Moment inne, bevor er fortfuhr: »Wenn du das wärst, würdest du mir nicht so viel ...«

»Nein!« unterbrach ihn Jessica hastig. »Es ist wahr – alles, was ich tue, endet in einer Katastrophe! Bei Alice, Clair, bei Maria ... Ich glaube, ich tue es mit Absicht!«

»Hör auf damit! Jetzt tust du genau das gleiche wie ich nach der Beerdigung!« Er senkte die Stimme und versuchte, Jessica zurückzuhalten. »Jessie, bitte, hör mir zu. Ich muß dir was sagen!«

»Nein«, murmelte sie gequält und stieß ihn von sich, »bitte, faß mich nicht an, und komm mir nicht zu nahe! Ich bin schlecht, Michael, wirklich!«

»Jessie?«

Sie wollte nichts hören, sondern wandte sich um und floh den Flur hinunter.

Wenn irgend jemand Michael in den Tagen nach Alices Party bedrängt hätte, hätte er diesen Jemand vermutlich umgebracht. Und deshalb beschloß er, Jessica in Ruhe zu lassen – erst einmal, und vielleicht für immer.

Dann würde er eben allein bleiben!

Nick kam nach ein paar Minuten wieder zurück, blaß wie ein Gespenst.

»Haßt sie dich etwa auch?« fragte Michael müde.

Nick ließ sich schwer auf einen Stuhl fallen.

»Sie will denjenigen, der an der Plattform herummanipuliert hat«, sagte er. »Sie ist vollkommen verrückt geworden und glaubt, es habe eine Verschwörung gegen sie gegeben.«

»Und – da ist doch noch etwas, oder?«

Nick sah Michael einen Augenblick stumm an, bevor er erklärte: »Sie hat gesagt, ich soll die Hintermänner finden, und mir für den Fall gedroht, daß ich es nicht tue.«

»Aber womit denn?«

Nick senkte den Kopf. »Wenn ich nicht das tue, was sie will, sagt sie der Polizei, daß ich an dem Abend der Party gleich nach dem Schuß die Treppe hinuntergerannt bin, vom Schlafzimmer weg.«

»Ist das wahr?«

»Ja«, sagte Nick leise. »Ich hab' dich in diesem Punkt belogen. Ich hatte Angst, die Polizei würde es erfahren und glauben, ich hätte Alice umgebracht.«

Jetzt war es Michael, der sich haltsuchend an die Wand lehnte.

»Aber warum um alles in der Welt bist du denn nach unten gerannt?«

»Ich dachte, der Schuß sei von dort gekommen.« Er schüttelte unglücklich den Kopf. »Ich weiß nicht, warum. Ich war durcheinander und hatte Angst. Es tut mir leid, Mike!«

Kats hatte auch gedacht, der Schuß sei von unten gekommen!

Michael ließ die Wand los und klopfte Nick auf den Rücken. »Bleib bei ihr, Kumpel, und zeig ihr, daß du sie liebst. Das ist das Beste, was du im Moment für sie tun kannst. Ich fahre jetzt nach Hause.«

Nick senkte den Kopf und begann zu schluchzen. »Sie hat kein Gefühl in ihren Beinen, sie spürt von der Hüfte abwärts nichts mehr!«

»Ich weiß. Ich wünsche ...« Michael verstummte. Er hätte tausend Wünsche aufzählen können, aber das hätte keinen Unterschied gemacht. Es gab nichts Hilfreiches mehr zu sagen.

Er ließ Nick allein und ging hinaus zum Parkplatz, wo er in seinen Wagen stieg. Als er gerade im Begriff war, den Motor anzulassen, fiel sein Blick auf das Jahrbuch der Temple High, das noch immer auf dem Beifahrersitz lag. Aus einem spontanen Impuls heraus griff er danach und begann, es noch einmal durchzublättern. Er hatte beim erstenmal nicht wirklich intensiv gesucht, und vielleicht ...

Vielleicht war es ein Zufall, so wie Kats und Nick beide in die falsche Richtung gelaufen waren, um den Ursprung eines Schusses zu finden, dem sie näher waren als irgend jemand sonst.

Michael entdeckte Clark auf einem Gruppenbild in der unteren rechten Ecke der ersten Seite, die er sich ansah. Es war ein Schwarzweißbild, und die hellgrünen Augen und die roten Haare waren darauf nicht zu sehen. Aber es war niemand anders als dieser Bastard – dieses verzerrte Lächeln war unverwechselbar!

Keiner der Schüler auf dem Bild war mit Namen genannt. Michael blätterte um bis zum Ende des Kapitels über die unterste Klasse und las sich die Liste der Schüler durch, die nicht für eine einzelne Aufnahme posiert hatten.

Darin gab es nur einen Clark:

Clark Halley.

Dich knöpfe ich mir vor, Freundchen – und zwar gründlich!

ENDE
DES ZWEITEN TEILS

Diese Romane von CHRISTOPHER PIKE sind bereits als Bastei-Lübbe-Taschenbücher erschienen:

Die Mitternachtsfreunde
In einem Krankenhaus für unheilbare Kranke treffen sich jede Nacht um zwölf Uhr fünf junge Leute, um einander schaurige Geschichten zu erzählen. Eines Nachts schließen sie einen gefährlichen Pakt: Der erste von ihnen, der stirbt, soll die anderen aus dem Jenseits kontaktieren. Ein folgenschwerer Entschluß, wie sich bald herausstellt ...
Band 74 001

Laras letzte Party
Eine Clique Jugendlicher trifft sich nach langer Zeit erstmals wieder zu einem Skiausflug. Doch die Wiedersehensfreude bleibt nicht ungetrübt, denn plötzlich gehen merkwürdige Dinge vor. Und dann geschieht etwas, das die Erinnerung an das letzte gemeinsame Wochenende vor vielen Jahren wachruft – ein Wochenende mit entsetzlichen Folgen ...
Band 74 002

Gefährliches Rendezvous
Mark hat vor kurzem die High School abgeschlossen – und sich zur selben Zeit zum erstenmal richtig verliebt. Doch Becky, das Mädchen seiner Träume, ist in festen Händen. Mark ist verzweifelt – bis ihm zwei Freunde ein ›todsicheres‹ Rezept geben, wie er Becky doch noch gewinnen kann ...
Band 74 003

Die ewige Feindin
Während eines Griechenland-Urlaubs gerät Josie in Seenot. Sie kann sich auf die kleine Insel Delos retten, die in der Antike als Heimat der Götter galt. In der folgenden Nacht hat Josie eine merkwürdige Vision ...
Band 74 004

Nachricht aus der Zukunft
Relas neuer Videorecorder zeichnet keine Filme auf, sondern Nachrichten – über Ereignisse, die erst geschehen werden. Eine Weile findet Rela das witzig. Aber dann erwartet sie eines Morgens eine Neuigkeit, die ihr das Blut in den Adern gefrieren läßt: Sie sieht sich selbst in den Schlagzeilen des nächsten Tages – ermordet ...
Band 74 005

Der blonde Vampir
Alisa Perne hat seidiges blondes Haar, viele Verehrer und – ein Geheimnis: sie ist eine Vampirin und, wie sie glaubt, die Letzte ihrer Art. Aber eines Tages setzt ein mysteriöser Auftraggeber einen Detektiv auf sie an. Wer ist Alisa auf die Schliche gekommen? Die Vampirin hat einen Verdacht: Nur jemand, der so ist wie sie, kann ihr Geheimnis kennen ...
Band 74 006

Der blonde Vampir – Zweiter Teil: Schwarzes Blut
Alisa Perne, die letzte Vampirin, hat es geschafft, ihrem Todfeind Yaksha zu entkommen. Dieser ist in ihrem Haus in die Luft geflogen – das zumindest glaubt Alisa. Aber dann geschehen eine Reihe brutalster Morde, die nur das Werk anderer Vampire sein können. Wer, wenn nicht Yaksha, hat diese Kreaturen erschaffen?
Band 74 007

Todesmelodie
Die Pianistin Sharon und die bildhübsche Ann sind Freundinnen und gehen durch dick und dünn – bis Ann plötzlich spurlos verschwindet. Wenig später steht Sharon vor Gericht: angeklagt des Mordes an ihrer Freundin. Was fehlt, ist die Leiche, doch dafür gibt es drei Zeugen, die Sharon belasten.
Band 74 008

Der schwarze Dom
Eine Schnitzeljagd führt ein paar junge Leute an einen ›Ort ohne Anfang und Ende, an dem verborgene Wasser unter einem leeren Himmel fließen‹. Doch was als Spaß begann, wird für einen von ihnen zu einem Alptraum, aus dem es kein Entrinnen mehr gibt ...
Band 74 009

Der blonde Vampir – Dritter Teil: Der rote Würfel
Alisa Perne, die letzte Vampirin, wird vom FBI gejagt. Der Grund: Amerikanische Wissenschaftler haben den Auftrag erhalten, die Vampire-DNS aufzuschlüsseln und künstlich nachzubauen. In der Spielerstadt Las Vegas fällen schließlich die Würfel eine Entscheidung auf Leben und Tod ...
Band 74 010

Legende der Angst
Eine junge Frau besucht heimlich einen alten Indianer – und begeht danach mehrere Morde. Was hat sie zur Amokläuferin werden lassen? Es ist KAATU, die Legende der Angst ...
Band 74 011

Gestohlene Träume
Mit einem blutigen Messer in der Hand erwacht eine junge Frau neben einer Toten. Sie erinnert sich an nichts, nicht einmal an ihren Namen. Es gibt nur eine Spur in die Vergangenheit: Träume, die immer wiederkehren ...
Band 74 012

Tod eines Engels
Zum Schulwechsel veranstalten Jessica und ihre Freundinnen Sara, Polly und Alice eine ›Kennenlern-Party‹. Der Abend wird ein voller Erfolg. Aber dann geschieht etwas, das die Stimmung umschlagen läßt: in Panik und tödlichen Horror ...
Band 74 013

Sati
Einst kannte ich eine junge Frau, die dachte, sie sei Gott. Doch sie machte die Blinden nicht sehend, und sie ließ die Toten nicht auferstehen.
Sie verkündete keine Lehre, und sie sagte mir nie etwas, das ich nicht schon wußte.
Andererseits erwartete sie keine Verehrung, und sie wollte auch kein Geld. Sie nannte sich Sati, und sie hatte blondes Haar und blaue Augen.
Ich weiß nicht, vielleicht war sie tatsächlich Gott.
Eines aber weiß ich sicher: Sie veränderte das Leben aller, die ihr begegnet sind ...
Band 74 014

Mexikanischer Alptraum
Das Wochenende in Mexiko würde ein Traum werden. Vier Jungen, fünf Mädchen und ein wundervolles Ferienhaus direkt am Pazifik. Was konnte es Schöneres geben? Aber dann verlief alles ganz anders als geplant. Mysteriöse Dinge geschahen, die keiner von ihnen erklären konnte. Denn während sie noch ihr Sonnenbad genossen, hatte jemand anderes nur eines im Sinn: Rache ...
Band 74015